中国专业作家散文典藏文库

中国专业作家散文典藏文库

肖克凡卷

为有暗香来

肖克凡 ◎ 著

中国文史出版社

目　　录

第四辑　内蒙篇

第五辑　广东篇

第六辑　云贵川篇

第七辑　两湖篇

第八辑　江浙篇

第九辑　山东篇

第十辑　东北篇

第一辑
福 建 篇

蔚 蓝 记

我生活在中国北方一座滨海城市，小时候记忆里却没有海的印象。这座城市有一条据说奔向大海的河流。说来几乎无人相信，我首次见到家乡大海已然二十几岁了。那就是被称为渤海的海。我询问前辈长者，很多人大半辈子不曾到过家乡海边。看来，我居住在一座伪滨海城市。

我们这座城市的居民，似乎只认识河流而不认识海洋。河流的水是淡而无味的，有时泛绿。尽管有《蓝色多瑙河》世界名曲，我却不以为蓝。人文地理形成文化性格，我认为自己不具备海洋性格，反而更像内河流域的人。我曾给一家滨海城市的文学期刊写过贺词："渤海像是被上帝撒了一把食盐的大湖。"渤海确实不曾唤起我蔚蓝色联想，它更多的是微黄甚至浑黄。

从微黄到浑黄，我越发喜欢蔚蓝颜色，包括湛蓝。因为它们是海洋的颜色。无论蔚蓝还是湛蓝，都令我产生深远的联想——那是特别遥远的地方。

有幸参加"海上丝绸之路"主题采风活动，来到与蔚蓝相关的地方。从福州而泉州，从现实平台走进历史深处，一路感受真正的海洋。海洋的水是咸而发腥的，它的味道散发着它的性格。倘若没有味道，那还叫海洋吗？

中国海岸线很长，从南到北，连绵不断，口岸颇多，海上丝绸之路为何选择从福建出发呢？看起来，闽地文化，闽人精神，确实有待我们深度发现。

明代郑和下西洋，这是国人皆知的历史知识。三宝太监的"宝船"前往南洋驶过印度直放非洲，成为当时最为先进的远洋船队，当时天朝的航海水平就连西方人都难以置信。只可惜后来明朝实行海禁政策，关闭了中国走向海洋深处的大门，更关闭了探索未知世界的窗口。

然而，闽人的"海丝"情结从来不曾断绝，他们的胆识与气魄、智慧与才能，以及对远洋的无限向往，似乎成为遗传基因，一代代越发强烈。自明清以降，检索中国近代史，你会看到一群闽人应运而生，他们大步踏上风云变幻的历史大舞台，以蔚蓝大海做平台，创造了一项项"中国之最"：马尾船政，闽系海军，航空奇才，造船专家，林译小说……精英林立，光彩照人。一代代闽人，顽强地书写着蔚蓝色历史。

瞻仰中国近代人物画廊，令我备感亲切的当数严复先生。

天津古文化街小广场上，严复先生身披青铜静坐其间，使人觉得老人家依然居留津门，并未离去。天津与福建的关系，也因严复先生而紧密起来。

严复，字又陵，1854年出生，福州船政学堂驾驶班首届毕业生，即留学英伦学习海军，1880年来到天津北洋水师学堂担任总教习，只有二十七岁。严复在天津工作生活了二十多年，自称"三十年老天津"。他的母亲和妻子均病逝于天津，可以说津门是闽人严复的第二故乡。

严复故居在天津东北城角铁狮子胡同，他1895年翻译赫胥黎《天演论》就住在这里。《天演论》的翻译是严复在中国思想文化领域的重大贡献。"物竞天择，优胜劣败"，成为那个时代的最强音。康有为曾赞叹说"《天演论》为中国西学第一者也"。今人经常提到的翻译评价标准"信、达、雅"，正是严复首先提出，并且终生实践的治学原则，先生为后世留下百余万字译作，成为举世公认的翻译大师。

1895年甲午战争中国战败，这加深了严复的苦闷心情以及对封建旧制度的绝望，相继发表《论世变之亟》《救亡决论》等政治论文，为变法维新鼓吹与呐喊，他的思想直接影响了康有为、梁启超等维新派人物。

严复先生在思想文化领域的卓越建树，光芒照耀津门后人。多年后，他的学生张伯苓创办了著名的南开学校，这正是对先师的最好纪念。

1880年严复应李鸿章邀请抵津就任北洋水师学堂总教习。说来也巧，同年10月，一个名叫李叔同的人诞生于天津。

李叔同先生祖籍浙江，先祖落户津门成为富商。尽管李叔同先生不是闽人，他的人生历程却将天津与福建联系起来。

我们纵览中国近代文化发展史，可以说津门乡贤李叔同是公认的通才和奇才，他是中国新文化运动的先驱者，最早将西方油画、钢琴、话剧等艺术门类引进国内，同时以擅书法、工诗词、通丹青、达音律、精金石、善演艺而驰名于世。他在我国近代文化、艺术、教育、宗教领域做出极大贡献，堪称卓越的文艺先驱。他创作的"长亭外，古道边，芳草碧连天……"的歌曲，至今不论男女老幼皆为传唱，堪称旷世经典。他爱国的抱负和义举，更是贯穿于一生。

年近不惑，李叔同先生大彻大悟，离开天津南下游历，于1918年农历七月十三在虎跑定慧寺出家，取名演音，号弘一。从此，李叔同从才华绝世的博学先生转为高僧大德弘一法师。

弘一法师闻名僧俗两界，他潜心修行，研修佛经，尤其对律宗的研究与弘扬，做出非凡贡献。他为振兴律学，不畏艰难，潜心戒律，著书说法，实践躬行，受到学界高度评价："弘一大师的佛学思想体系，以华严为镜，四分律为行，导归净土为果的。他研究的是华严，修持弘扬的是律行，崇信的是净土法门……"

弘一法师严守律宗戒律，悲天悯人，生前每坐藤椅总要先摇动几下，以免压死藏身其中的小虫，西逝前要求弟子在龛脚垫上四碗水，以免蚂蚁爬上法身被焚，高僧大德的善心，令人景仰。

出自津门的弘一法师不辞艰辛弘扬佛法，晚年走遍闽地。南安、厦门、福州、泉州，都留下他的足迹：在涌泉寺藏经阁发现《华严经疏论纂要》，叹为旷世稀有，不胜欣喜，发愿刊印；在妙释寺开讲《改过经验谈》；在万寿岩开讲《随机羯摩》和《阿弥陀经》；在承天寺开讲《常随佛学》和《律学要略》；在开元寺开讲《一梦漫言》并圈点《南山律钞记》……弘扬佛学，殚精竭虑。

1942年，六十三岁的弦一法师赴灵瑞山讲经，提出三约：一不迎，二不送，三不请斋。讲经后返回泉州开元寺，移居温陵养老院。10月13日晚间弘一法师往生。西逝前三天，他写下"悲欣交集"四字，交给妙莲法师，也将他的最后哲思留给人间。

泉州是法师圆寂之地，尽得高僧舍利子千八百颗，可谓佛光普照，遗福后世。泉州也是联合国教科文组织认定的海上丝绸之路重要起点。千百年间，这里帆樯如云，商旅竞发，堪称"东方第一大港"。时光流转，延续当代，前年泉州还被联合国教科文组织评为"东亚文化之都"。此行采风来到泉州，一路阅读蔚蓝色历史，大开眼界，增长见识，很有收获。

历史名城泉州古称刺桐，以文化厚重闻世，宋元时期便成为世界贸易大港，随着商贸往来，佛教、基督教、伊斯兰教、景教……多种宗教和宗教流派在这里汇集，印度文化、波斯文化、阿拉伯文化、欧洲文化……多元文化在这里交融，久而久之积淀出丰富多彩的文化土壤，也形成泉州兼收并蓄宽广包容的文化胸怀。

参观泉州古船陈列馆，显要位置陈列着那艘七百年前从波斯返航的宋代沉船，耳畔犹闻蔚蓝大海涛声。这艘沉船宛若活化石，再现昔日泉州航海的辉煌。那一筐筐从海底打捞出的瓷器，精美无比。在英语里"瓷器"与"中国"发音相同——China，令我想起那则民间传说：当年西洋货船抵达泉州，洋人看见瓷器好奇询问这是何物。那时沿海闽人习惯将瓷碗瓷盘码放在柴筐里，便说这是柴筐。闽语发音"柴筐"为"柴纳"，于是"瓷器"与"中国"便同时成了"China"。

沉船是早年航海的历史，柴筐则是瓷器的代名，以讹传讹成为"中国"的引申义。当然，这只是民间传说而已。

拜谒泉州开元寺，这座始建于唐代的名刹是福建省内规模最大的佛教寺院之一。又一则美丽的民间传说告诉我们这座寺院的来历：泉州有黄姓巨富梦见桑树生出莲花，便舍弃桑园建立寺院并取名莲花寺，唐开元二十六年更名开元寺。桑树竟然生出莲花，说是梦境其实透露着泉州蔚蓝文化的想象力，也展现着泉州佛教信仰的虔诚心。

过午登临泉州清源山，弘一法师舍利塔便坐落其间。还有弥陀岩、瑞像岩，皆为依傍石壁而雕凿的浮雕。

清源山很大。我们只拜访了老君岩。一尊巨大石像背倚青山端坐草坪间，这正是道教始祖老子雕像。仰望先哲，耳畔不由响起深奥的《道德经》："道可道，非常道。""大曰逝，逝曰远，远曰反。"这些自幼可以背诵的名句，却包含着极其深刻的哲理，不是人尽皆解的。清源山的小草儿似乎告诉我们，无论佛教还是道教，这座清源山贮满精神宝藏，它唤醒我们探索世界终极真相与人类未来出路，鼓励我们走向丰沛走向深厚的地方，从而接近真理。

好像纪德说过，为了唤起对生活的热情我们付出了极大努力。日复一日的日常生活，可能使我们渐渐丧失热情产生懈怠。寻访别样的生活方式，这本身就是一种学习态度。我们乘车来到蟳埔村，走进泉州村民的日常生活。

蟳埔村坐落在泉州湾，临海，属于泉州的丰泽区。我们走进村子首先看到辛勤劳作的妇女，她们埋头收拾着一袋袋牡蛎，神情专注。我看到她们发髻都佩戴着鲜花，一朵朵很是耀眼。在我印象里从事体力劳动妇女都是包裹得严严实实，唯蟳埔村妇女如此打扮自己，看起来很不寻常。

更不寻常的还有蟳埔村的蚵壳厝，就是用蚵壳建造的民居。一面面蚵壳砌成墙壁，远看酷似抽象派油画，显得蟳埔村别有风貌。我发现，这种砌墙用的是大蚵壳，村里妇女正在收拾的蚵壳则很小。原来，这里面蕴藏着一个蔚蓝色的故事。

自唐宋以来，泉州便成为"海上丝绸之路"的重要港口，满载丝绸与瓷器的商航从蟳埔港起航，前往南洋、印度及非洲贸易。返航时形成空船便以当地蚵壳压舱，以利航行。这些来自异国他乡的大蚵壳卸在蟳埔海边成为弃物，当地先民废物利用，开始以大蚵壳建造房屋，这便是蟳埔村的蚵壳厝。

一座座蚵壳厝，见证着"海上丝绸之路"的历史，成为泉州沿海风格独特的民居。我们走进蚵壳厝参观，听着悠美的南音，仿佛嗅到历史气息，仿佛看到蔚蓝色海洋。

站在泉州后港马可·波罗出航的地方，一座石碑矗立岸边，显现着磐石的静默。古老的泉州身居何处，在我们眼前还是在我们身后？放眼远方，海天蔚蓝，浑然不可分也。古老的泉州在历史里，也在未来里。

因为，历史是青铜色的，而未来则是蔚蓝色的。泉州，一派蔚蓝。

晋江古街行

我从小喜欢地理课，而且喜欢打听地名的由来。比如天津就是"天子渡口"的意思。走进晋江博物馆，得知西晋永嘉年间（307—313），中原晋人南避战乱，沿江而居，因思恋故园，即称此江为"晋江"。知晓地名由来，总觉得是收获。

晋江城区发祥地，古称五店市，始于唐开元年间。一个地方能够保留古称，说明文化的传承与延续。随着近年中国造城运动的风起云涌，一座城市文化脉络在大拆迁中断裂甚至消弭，多有所见。晋江市对五店市传统街区的保护，正是出于对传统文化的珍惜。

俗话说建筑是凝固的音乐。参观五店市建筑群，亚似置身无声且宏大的"雅乐"中。一座座明清风格的闽南院落，从庄氏家庙到蔡氏家庙，这条小街遍布历史典故，眼睛里注满无声的阅读。

如果说五店市街区是"凝固的音乐"，这只是建筑学意义。一阵清宛悠扬的乐曲从宅院深处传出，悦耳沁心。我们拍着节拍寻声而去，一条古街倏地活了——"凝固的音乐"在清雅的乐声里，一下子成为鲜活的存在。

我走进庭院看到，五位艺人端坐庭前，琵琶与三弦列左，洞箫与二弦于右，居中者执拍而歌。我听不懂唱词，只觉得古风扑面而至，直入心脾。这正是久闻其名今闻其声的南音。

南音流行于晋江流域，由古代中原移民带到闽南，与当地民间音乐结合而成，其演唱形式主要为"丝竹相和，执拍者歌"。南音，由"大谱、散曲、指套"三大部分组成，现存曲目两千余首，有着丰富完整的音乐体系。它在这里得到保护与滋养，成为中国版"室内五重奏"。

脚踏南音行板，游走在五店市街区古街上，仿佛进入传统文化长廊。

一面影壁前，与著名的闽南高甲戏不期而遇。以前听说过这个地方剧种，今朝有缘目睹。晋江高甲戏，它是高甲戏中最具特色的也是传承最为完整的流派，以丑角挑大梁，表演生动活泼。柯派丑行艺术表演，已然成为高甲戏中的瑰宝。我们现场观看高甲戏，那个媒婆子的表演生动传神，令人捧腹。尽管彩妆，我还是看出他们都是年轻演员。这个堪称"活化石"的古老剧种的传承，因年轻演员而焕发着青春活力。

沿街来到庄氏家庙大门前，一座小戏台上演着极具晋江地方特色的布袋木偶戏，据说它有着一千多年的传承。我特意绕到后台观看这种掌中木偶戏的表演，发现这又是一群非常年轻的演员。一只只牵线布袋偶在他们手中翻动着，演绎着一出出古典剧情。我在中国北方看过木偶戏，后台演员多为白发老者，后继乏人。晋江则不然，这里的布袋木偶戏，正由一群年轻演员担任主角。我从他们的笑脸上，看到对家乡传统文化的热爱。

五店市街区，处处都是国家级非物质文化遗产。闽地饮茗，尽人皆知。我们走进万应茶博物馆，看到庭院当央矗着僧人铜像一尊，乃是万应茶创始人沐讲禅师。细看文字介绍，沐讲禅师俗名张定边。这么熟悉的名字？不由令我想起京剧《九江口》。

我喜欢听戏，那出《九江口》里小生是巧嘴华云龙，花脸是张定边。唱功尤佳。这尊铜像张定边与戏台花脸张定边有何关联？我怀着考古的心情看到这样的文字："元末，陈友谅与朱元璋于鄱阳湖大战中兵败身亡，部将张定边将其遗体葬于武昌，后遁入泉南灵泉山隐居，为避前嫌，削发为僧，自号沐讲禅师。他看到贫苦农民缺医少药，便遍采灵草，取红茶、鬼针、青蒿、墨旱莲等十七味青草药，配以五十九味中药，以师姑泉水精心泡制，历练成丹，号称菩提丸即今日的灵源万应茶。从明初沐讲禅师始，一代代禅师传承下来，至中华人民共和国为五十代，已然六百余年了。"

我为意外发现元末农民起义大将军张定边的下落而惊喜，同时也为灵源万应茶从一代宗师而传承五十代而震惊。这足以说明，地处闽南的晋江传统文化传承，有着难以描述的生命力。我们通常称为"海土"的地方，竟然有着如此深厚的文化土壤。

五店市街区是一座宏大的传统文化民俗生活博物馆，我之所以钟情"晋江灵源万应茶"。不仅由于它散发着悠远历史的清香，还有那连绵不绝的勃勃生机。

这一桩桩一件件，都是这条古街告诉我的。它不是高声大嗓的述说，而是低声细语的浸润。从而，我想到我们天津的意式风情区和五大道地区，同样是历史"活化石"。历史，从来是不可以断裂的。保护历史就是保护文化，这是我们共同的责任。

人在武夷山水间

这是个有茶有山有水的地方。华夏大地有茶有山有水的地方很多。这里有大红袍，这里有武夷山，这里有梅溪水。

大红袍、武夷山、梅溪水，其他地方都没有。这里因此而独特。举凡独特的地方，必然丰富而深厚。丰富而深厚的地方，往往难以被抽象，我们也难以概括它。

当然，武夷山更有历史文化名人——宋代理学宗师朱熹。

坐落在武夷山市东南部的五夫镇，号称朱子故里。当年朱熹随母定居五夫镇，正是少年。他后在福建同安、潮州、江西、浙江和湖南等地为官，甚至做过帝师。朱熹一生七十一载，在五夫生活四十余年。青灯黄卷著书立说，他完成《孝经刊误》《楚辞集注》《易学启蒙》《延平答问》等两千余万字的著作，丰富着中华文明的宝库。

如今，宏大伟岸的朱熹塑像矗立朱子广场，身后远衬蓝天白云，望之巍然。讲解员对先贤生平事迹如数家珍，充满亲情。

五夫镇历史悠久，不乏历史遗存：紫阳楼、兴贤书院、朱子社仓、朱子巷、屏山书院……一面面古老土墙，一座座幽深窄巷，无不留有古人足迹，行走其间，犹闻先贤身影，发思古之幽情。

紫阳楼，皆因朱氏祖籍徽州婺源有座紫阳峰而命名，这印证着中华民族不忘根源的文化传统，古人的不忘根源与当今倡导的"不忘初心"内涵相同，均强调坚守文化初衷。

朱子社仓，乃是建于南宋的民间机构。闽北地方，春夏之交，荒馑多发，朱熹动员地方富户以家中余粮平价赈济乡里，同时上书知府兴建社仓，造福于民，慈善桑梓，此举引得四方争相效仿，遂成济世救难的风气。

兴贤书院，早年朱熹求学的地方。为纪念恩师，朱熹扩建兴贤书院，亲笔题写匾额，并在此讲学，倡导"耕读之风"，沿袭至今。

走进朱子故里，顿感文化积淀深厚。远远望见那株硕大无朋的香樟树，近前瞻仰，叹为观止。大树下有勒石"朱子手植"朱红大字，令人想起山东曲阜"先师手植桧"的古树。从孔丘到朱熹，从《论语》到《近思录》，儒家学说流传百代，生生不息。

五夫镇人杰地灵，名人辈出：著名词人柳永、白水先生刘勉之、抗金名将刘子羽、南宋学者胡安国……小小古镇 2010 年被评为中国历史文化名镇。

以朱熹为首的历史文化名人，已经成为武夷文化标志，朱子文化则融溶武夷山水，使山清秀，令水甘洌。

天游峰海拔不高，武夷山也难比三山五岳，然而不可尽数的人文景观与自然风光，尽情揽抱于大山怀抱中，既丰富着自身，也丰富着游客。诠释着那句名言：山不在高，有仙则灵。

武夷山大红袍，无人不知，堪称植物世界里的绿仙。武夷山名人辈出，可谓历史长廊里的人杰。山水相因，人文其间，此乃是武夷本色。

那条名为梅溪的流水，沿途镶嵌两颗明珠，坐落上游者称"上梅村"，下游者为"下梅村"。走访下梅村，仿佛置身江南水乡。

梅溪发源于梅岭，一路迤逦而下。紧傍梅溪的下梅村，有着"万里茶道"的重要遗址——景隆码头。当年武夷茶便是从这里装船启程，经江西、湖南、湖北、河南、河北、山西以及内蒙古等八省，一路水旱行程到达中俄边贸城市恰克图交易，直抵俄罗斯圣彼得堡。

就这样，武夷茶从下梅村出发，横贯亚欧大陆，走向北方之北。

景隆码头因茶商景隆号而得名，也是闽茶走出大山奔向海外的出发地。一条溪水穿过下梅村，将村落一分为二，名曰当溪。当溪两侧，布满店铺，木桥跨溪而建。当年商贩们乘竹筏划进当溪，载着日常用品两岸交易，胜似小型号"清明上河图"。

清代中期，下梅村已是武夷山重要茶叶集散地。当年之繁华盛景，今人难以想象。据文字记载，下梅日行竹筏三百艘，几乎覆盖水面。

走进下梅村深处，一座座老宅院保存完好。本村旺族的邹氏家祠，好似活的博物馆，中华民族传统文化的"忠孝仁义"充盈其间。一方"大夫第"的匾额，记载着读书为官的功名。同时印证下梅村既是商埠，也是书香之地，颇具儒商气质。

随着万里茶道萧条冷清，四方茶商淡然隐退，下梅村从辉煌绚丽转为清静自然。山佑古村，水养乡邑，下梅村少有战火，平和安稳，童叟共乐，一派自给自足的田园风光。

于是，有着繁华前史的下梅村，就这样宁静了两百余年，宛若世外桃源。然而，山不转水转。进入20世纪80年代，武夷山旅游业起步了。

下梅村自然风光优美，人文景观丰厚，可惜"山水风光无限好，养在深闺人未识"。

青山，总有敞开胸怀时。嘉木，终会引得凤凰来。改革开放春风引路，溪流汇入江海，古村焕发青春。

下梅村挖掘自身潜力，着力开发旅游产业，终于结束了封闭安宁的日子，重振雄风，再现繁荣。

武夷山国际兰亭学校十四个国籍的三十名学员慕名而来了，这是文化的吸引力。

福建电视台来了，驻扎下梅村拍摄以朱熹为题材的电视剧《同安主簿》。

江苏电视台来了，到下梅村拍摄电视连续剧《范仲淹》。

山南海北的观光客，长城内外的游人，带着照相机来了……

下梅村，大步跨进新兴媒体平台，尽情展示着自己。

祖师桥，乾坤井，君山……这寻常不过的桥、井、岩石，不再沉睡在日常生活里，被开发成为极具历史文化积淀的景点，这一处处风景，使得下梅村成了"国家名片村"。

深秋时节，适逢武夷山市"茶博会"，展馆内外，人流如织，驻足其间，切实感受到中华茶魂所在。茶，确是中国献给人类世界无以替代的礼物。而武夷岩茶则是茶类世界无以替代的品种。

五夷茶养目，让你望得远，看得准。武夷茶清心，令你神清气爽。

大美武夷。登山，在武夷精舍品茗。戏水，沿九曲溪漂流。人在武夷山水间，正本清源，唤醒初心。

为有暗香来

佛光普照三平寺，灵应感通灵通山，文学巨匠林语堂，黄金之果琯溪柚，青花起源平和窑，精美绝伦平和土楼。

这是平和县六大文化品牌。一路采风，拜谒了佛教圣地三平寺和文学大师林语堂故居，游览了"闽南第一山"灵通山，参观了"海丝青花瓷"的南胜窑和田坑窑故址，走进了最具闽南特色的土楼……

来到红军三平会师纪念馆，不由走进历史深处。1935 年 7 月中国工农红军独立第三团和独立第九团在艰苦卓绝的三年游击战中，终于三平寺胜利会师，写下红色历史篇章。由此上溯到 1928 年 3 月 8 日打响八闽大地第一枪的"平和暴动"，印证着平和是有着红色基因的土地。

闽粤交界边的崎岭乡下石村，一座钢结构的桥梁横跨深溪，很是壮观。以前这里没有桥，深溪两岸乡民鸡犬声之相闻，老死不相往来。这座桥梁的落成，将两岸那两座建于乾隆年间的古老土楼"到凤楼"与"中庆楼"连通起来，也让深溪两侧从无往来的村民们走动起来，建桥打破壁垒，堪称和谐乡风。

令人惊叹的是"桥上书屋"。清华大学的设计师们巧妙利用空间，铺设地板将这座桥梁设计为两间书屋，摆放各类书籍供村民和游客阅读。它既是便民桥梁，也是传播文化知识弘扬传统文化的阵地。

就这样，一座现代化桥梁与两座古老土楼交相辉映，成为独具平和特色的景观。

这座构思新颖结构独特的"桥上书屋"荣获世界"阿卡汉建筑奖"。这是建筑界的诺贝尔奖。具有如此现代意识的建筑坐落在地处偏远的下石村，这是"土洋结合"的产物，也是"文化下乡"的成果。

我们坐在"桥上书屋"的教室里合影留念，人在桥上，心在书屋，感觉很是奇妙。

漳州境内土楼很多，名气不小，比如建于清嘉庆年间的环溪土楼。然而"藏在深山人未识"的景观，总会给游客带来意外惊喜。我们在平和县大溪乡庄上村，见到建于清初的大土楼，真是大开眼界。

这座大土楼依山而建，空中鸟瞰呈马蹄形状，它占地五十四亩，南北相距二百二十米，周长七百多米，建筑面积九千平方米，土楼高九米……仅从这组数字里，你很难感受它的恢宏气势。

正值学校放学，一路奔跑的孩子们沿着水塘边的小路，顺着土楼围墙跑向远处，一个个欢声笑语的身影消逝在土楼里了。

我们并没有意识到这座土楼的宏大，沿着孩子们的路线走向土楼大门。这座大门并不宽敞，使你觉得就是座普通的院落。

穿过门道走进土楼，我和我的伙伴们都惊呆了。眼前是一座宽广的场院，形似中国北方晾晒谷物的"打麦场"。围绕土楼形成的土屋鳞次栉比，一间间放眼望去，难见尽头。

沿斜坡前行，这时意识到是在登山。抬头观望一座十余米高的小山，矗立前方。原来这座被称为世界上最大的方形土楼，是将这座小山包围其间的。这时我突发奇想，庄上土楼就是一只巨型大碗，它将一座小山盛在大碗里，好像盛满拱尖的米饭。

登临小山，凉亭歇脚，请来土楼主任介绍情况，得知居住这座土楼里的村民均为叶姓客家人，先祖来自河南省叶县。楼内村民曾达一百余户人家，近两千人口。这座迄今列为世界上最大的方形土楼，可谓平和一宝。

说起这座土楼颇有来历，它为明末天地会首领叶冲汉的祖居地，相传小山下埋有宝藏，至今不曾开掘。山下那座"打麦场"则是当年小刀会习武的场所。自然天成的人文地理与深厚的客家文化积淀，使得庄上土楼被国务院命名为"全国重点文物保护单位"，当地已经拿出文物保护方案，拟定实施。

一路行走在平和大地，从佛教寺院到林氏家祠，从文庙到武榜眼府，以至九峰古镇的城隍庙，处处可见平和的历史文化特色。

我们参观九峰古镇得知，设立平和县的王阳明先生，竟然将唐代大诗人王维的牌位请进九峰城隍庙，摩诘先生端坐后殿，作主持日常工作状。这闻所未闻的故事，实乃古代文人从政之壮举。如今的平和文化人，只要谈到王守仁先生依然不乏感恩之情，他毕竟在中国版图里留下平和县，成为众人景仰的先贤。

然而，久久令我难以忘怀的却是平和境内漫天遍野的无形之物——那沉浸肺腑深进心脾的香气。

起初，我不知何种植物释放出如此典雅高贵的香气。无论你从哪里来，初春时节只要到了平和这地方，便与这香气今生有缘了。

我闻知这香气来自柚树开花，不由得心生向往，急于参观平和的柚园。

平和乃琯溪蜜柚产地，已有近五百年种植历史，琯溪蜜柚早年为清廷贡品。如今种植面积七十万亩，年产百余万吨占全国产量的四分之一，被称为"世界柚乡""中国柚都"。

我们迎着扑面香气寻根溯源，乘车前往高寨柚园。一路上，香气渐浓。不知为什么，我的心忐忑起来。近乡情怯？可是这里并非我故乡。似乎去见企盼已久的人，她正在柚园等候我。

其实，三年前我在梅州雁洋进过柚园，那是成熟的秋季，自然没见过香气淡雅的柚花。

高寨地方，漫山皆是柚树，远望就是一座绿山，细节不辨。好在道路两侧植有柚树，促成了约会。顶着蒙蒙细雨，下车观赏。

终于见到柚花。白色。这白色，白得厚重，白得大方，白得恰到好处。我以往见过诸多白色花朵，或白得灵巧，或白得俏皮，或白得精细……相比柚花，全然不同了。

沿着栈道，快步走进柚海深处，领略被称为"柚海布达拉宫"的高寨村景色。驻足观景平台，我脑海里迸出诗句。理应四句成章，偏偏前三句空缺，我只得第四句："不觉香气已压身。"又疑是古人诗句深存记忆里，更不敢献丑了。

纵身柚海赏花，有的柚花含苞欲放，花蕾低垂不显急切；有的柚花初开，花朵微张并不招摇。一树柚花不繁多，显出以少少许胜多多许的从容态势，大气，稳重，不做作，甚至流露几分憨态，其花已然具有果王气象。

我为柚花拍下照片，当即发到朋友圈，高寨柚花随着香气传播出去，远至北国家乡。

天气阴间多云。接待我们的朋友似有遗憾，表示如遇大晴天香气更易显现。我则颇为自私地认为，这等天气柚花香气不易扩散，恰恰令我尽享，岂不快哉！

平和城处处浸透着柚花香气，无疑成为有福之城。柚花初放时节，置身中国柚都，遥想果实成熟季节，一树百果，柚色金黄，实乃人间美景。那一颗颗憨态可掬的蜜柚，颗颗不改初心。那蜜柚初心，一定是晶莹的紫红色。

遥望平和柚海，为有暗香袭来。从容大度，不求香气冲天；持重恒久，只愿花蕾成果实。这便是平和的文化性格吧。

第二辑
山西篇

晋地短章

煤

既不是再现，也不是展现。这是什么呢？这是真实的存在。坐落在太原市区的煤炭博物馆，堪称中国唯一的煤炭博物馆，却不是通常意义的博物馆。它从煤炭的起源说起，却不圈于中国范围，而是囊括世界。举凡地球有煤炭的地方，均在这座煤炭博物馆展区里。

这里是山西省太原市，它地处中国内陆，却建成这座具有全球视野的煤炭博物馆。我受到轻微的震撼，跟随着美丽大方的讲解员，一路听讲，从远古走到当今，亲历了地球环境的演变以及煤炭形成的漫长过程。同时，我们也从中国山西走向世界各地：俄罗斯、美利坚……那些有煤的地方。

"契丹掘出的黑色石块可用作燃料"，这正是被西方旅行家称为"黑色石块"的煤。那是古代中国，西方国家对煤炭还没有什么认识。

站在山西太原煤炭博物馆里，我聆听讲解，对当年西方旅行家所说的"黑色石块"有了经典意义的了解：我国根据煤化度和工业化特点，将煤分为十四大类：褐煤、贫煤、贫瘦煤、瘦煤、焦煤、1/3 焦煤、肥煤、气肥煤、气煤、1/2 中黏煤、弱黏煤、不黏煤、长焰煤、无烟煤。

煤，来自亿万年前的绿色森林，变成神奇黑色精灵。它们被我们开采出来，燃烧出极大的热能。绿色森林是黑色煤炭的前世今生。

于是，我想起童年冬季家里取暖的"大砟"和"开滦"，当然也有

"大同块儿"，于是我站在展柜前对同行者说："没有大同煤，我的童年将是寒冷的。"

这是我的童年记忆，这是我的由衷之言。如今城市实行集中供热，家家户户没了取暖炉。煤，反而一下亲切起来。

讲解员告诉我们，煤炭博物馆可以下井参观，这实在出乎意料。于是排队领取安全帽，捻亮盔顶灯，依次乘坐焦罐车下井。

焦罐车匀速下降着，东摇西晃，显得极其真实。我顿时觉得自己成了煤矿工人。是的，我正在下井，前往作业面。

走出焦罐车，走进巷道，我便忘记了这里是地处太原市区的煤炭博物馆。一切都太真实了。它真实得令我想到那个词汇：开采。

从古代采煤开始，一步步走进近代。这里就是开采现场。我们乘坐小火车前行，前往现代化作业面。在一座大型采煤机前，我呼吸到现代化的气息。

一块黑色石块，让我们穿越了千万年，也让我想起童年取暖的炉火。山西，你为中国贡献了多少煤炭啊，你为中国现代化发展提供着不竭的热能与动力。如今，你面临产业结构调整的挑战。这令我想起凤凰涅槃。

山西，那是一只用乌金雕刻的凤凰，这是乌金的涅槃。

醋

赤色的高粱米是君，红小豆、小麦、豌豆、白小米、黄小米、药扁豆、芸豆、糜子、大麦、麸皮、谷糠、稻壳等等辅料是臣，君臣佐使，酿出山西好醋。

"自古酿醋数山西，山西酿醋数清徐。"走进"醋都"清徐，参观宝源老醋坊，扑面而至的是来自明朝年间的古老醋香。

这里是晋中清徐。清徐是中国酿醋的发祥地，宝源老醋坊珍藏着从古至今不同时期的醋坛、醋葫芦、醋篓、醋壶以及醋车等生产器皿与运输工具，一件件一桩桩陈列开来，堪称中国醋文化博物馆。

精选原料、原料碾磨、润糁蒸煮、酒精发酵、醋酸发酵、熏醋、淋滤、陈醋，我们一路参观这八道不可或缺的工序，它实景还原了明清时期山西老陈醋的传统酿造工艺流程。我在现场得知，宝源老醋坊酿醋投入的原料与茅台酒厂酿酒投入的原料完全相同；宝源老醋坊酿醋的工艺与茅台酒厂酿酒的工艺，前半程完全相同，只是茅台酒厂在"酒精发酵"工序之后继续酿酒了，而宝源老醋坊则转入"醋酸发酵"工序，坚定不移地酿醋了。

于是我心生不平：你茅台酒厂在发酵途中去酿酒了，于是一瓶酒卖到几千元。我宝源老醋坊义无反顾地去酿醋了，可是一瓶醋只卖百十元。这是何道理？

参观醋醅工序，我看到身穿古代服装双手佩戴黄铜手帽的师傅们，他们伏身缸前不断翻醅，为了更充分地耗氧发酵，完成醋酸发酵的过程。

师傅们表情怡然，完全融合在古老的劳动方式里。此情此景，令我释然。山西人酿醋，这既是天赋也是天意。假如他们都去酿酒了，中国便没了这种舌尖上的味道，古老的三晋大地承担着为中华民族调味的责任。因此，他们永远不会放弃酿醋的。

我终于明白，只有到了山西，才能真正体味到什么是醋。真正的好醋，乃是老实人酿造出来的，而不是精明人勾兑出来的。

参观这家醋厂现代化生产车间，我看到生产水塔牌老醋的流水线。一瓶瓶老醋经过机械灌装、机械装箱，最终走向市场。依遵古老的酿造工艺，引进现代化生产设备。古为今用，不改本真，山西老醋焕发青春，为中国人的日常生活添加着味道。

倘若中国有国酒，那么必然也有国醋。国醋就在山西。这正是中国文化的味道。

我在山西认识了什么是好醋。于是我携带山西好醋回家，不亦快哉。

水

中国北方是缺水的。于是有了南水北调世纪工程。古语云：胡马依北风，越鸟巢南枝。南方多水，见水不以为意。北人见水，将水视若财富。

我在山西，见到好山，当然也见到好水。首先是晋祠的水。身临古亭前，有竖匾高悬"难老"二字，下有"晋阳第一泉"横匾，争相观之，井底有清泉涌出，长流不断。我知道晋祠文化积淀丰富，起源与孝道有关。此水长流，诉说着中华传统文化的不竭不涸。

游览晋祠，有此心得，可谓不虚此行。无此心得，则山水失色矣。山西晋祠的泉水，不仅清澈，而且饱有内涵。

我不知难老泉的水最终是否流入汾河。但是，我知道汾河畔有一座以环境污染而闻名于世的城市：临汾。它曾经名列十大污染城市行列。近年京津冀名声大噪，成为环境污染的后起之秀，不知早年以污染成名的临汾市怎么样了。

一路向南，我们寻访汾河，前往临汾市。抵达临汾正是近午时分，多云天气，阳光不强，一时难以判断这里的空气质量。

我们穿过宽广的河滨广场，心情随即开朗。乘坐环保电瓶车，沿着弯弯曲曲的小路前往滨河路。这时我得知，兴建滨河公园之初，临汾市便制定保护树木方针，让道路给既有的树木让路，而不是砍伐树木开设道路。于是，便有了这条逢树让路的弯曲道路。保护环境首先从爱惜树木做起，这个令人感动的细节，已然透露出临汾人民环境意识提高的端倪。

一路行驶，终于见到了汾河。这是山西人民的母亲河，也是黄河在山西境内的最大支流。

乘船前往河心岛，这使人想起长沙湘江的橘子洲。放眼汾河，一脉清水，浪波不兴，两岸草木，郁郁葱葱。空气爽滑，沁人心脾。我们下船登临河心岛，拾阶攀上仿古楼台。汾河，尽收眼底了。

我们意外地发现，浩浩荡荡的汾河，新生了。曾经入选"城市污染黑名单"的临汾，一扫阴霾而重获新生了。水势雄阔，直连天际。俗话说，一滴水可以见太阳。我们从汾河的巨变看到临汾的巨变。临汾的巨变似乎是一个奇迹。在中国还有哪座城市像临汾这样，一声不响埋头苦干，用了不足八年时间便摘掉"最脏城市"的帽子，让这座城市的人民有清洁而尊严的日常生活。

倘若站在宇宙立场看临汾，汾河不过一滴水而已。然而当你站在汾河畔，却从这"宇宙一滴水"发出无限感慨。

我们以一滴水洗涤了焦煤，却弄脏了这滴水。当我们想洗净这滴水的时候，必将付出多么巨大的代价啊。

临汾，它以晋人自强不息的精神，终于洗净了这滴水。透过这滴清洁剔透的水，我们看到了太阳，我们看到了蓝天，我们看到了人们久违的笑脸。

我们沿着新生的汾河而行，期待看到更多的阳光灿烂，期待更多的碧水蓝天，期待更多的笑脸。

就这样，我们在临汾广胜寺山门外，邂逅霍泉。一池碧水，被微风吹出几分皱褶，静若处子。不经意间，偶见池水现出五只泉眼，无声地涌出股股清泉。

多少年了，河流干涸，我们习惯于向地下水索取，轰隆隆打出无数口深层机井，甚至达到数百米深层。此时目睹霍泉，这是久违的大自然景观啊。一只只泉眼，静谧而轻柔地涌出一股股清水，无言地奉献着。

人类的强行索取与大自然的甘愿奉献，形成鲜明对照。这正是霍泉给我们的深刻启示。这也是山西"一滴水"给我们的启示。

水，无疑是财富。我在山西看到了财富——它不仅仅是煤。

晋城撷英

结识王莽岭

多年前，有河北作家告诉我，太行山主峰在河北省满城县。他当时的表情绝非信口开河。无知的我信以为真。一次我将此说讲给别人，自然引起听者惊诧，似乎我并未具备小学文化程度。于是，关于太行山主峰的话题，牢牢刻在记忆深处。我暗暗告诫自己，人生在世，不可沦为耳识之徒。

多年后，有河南作家告诉我，太行山主峰在王莽岭。既然有河北作家的前车之鉴，我还是查了相关资料，确认河南作家之说不伪。从此，我的文化程度渐渐高于小学毕业。同时也对太行主峰王莽岭产生向往之情。

此番晋城采风，圆我多年夙愿。历来有着"太行主峰情结"的我，终于有缘领略王莽岭的风采了。

王莽岭景区坐落山西省陵川县，与河南省辉县搭界，因西汉外戚王莽追赶后来的光武帝刘秀在此扎营而得名。南太行主峰最高海拔一千七百米，为"太行至尊"，素有"清凉圣境""世外桃园"美誉。

时在过午光景，阳光普照大地。主人说这是访客带来好天气。一路采风所到之处，阴晴不同，风景各异。王莽岭有何美妙之处，人人心生期待。

我们乘坐登山缆车，一路攀升，王莽岭辖近百座山峰，远近高低，参差错落，座座山头，一望无际。此时阳光依然普照，脚下山峦颜色出现明显差异。一峰浓碧，一峰浅绿，一峰底色深重，一峰表象亮丽……我揣测这是太阳光照不同所致，有了山阳与山阴之别，高空鸟瞰，深浅浓淡有别，明暗间山峦有了层次。

然而，此番景色在他山同样多见，此时的王莽岭，你并未给访客们送来意外惊喜。

偌大的王莽岭，一声不吭，群山深沉。访客们乘坐的登山缆车继续爬升。只是一个瞬间，那普天阳光尽褪而去，远岫白雾腾起，宛若净纱素缟，卷舒间漫天而来，一下遮去群峰面目，只余几尊身高体健者，任雾幔缭绕其间。访客们惊喜不已，争相拍照。一幅幅近乎水墨的底片，兴冲冲存储心里了。

又是一个瞬间，云雾倏然散去，好似天公发力抽尽漫天云纱，群峰重现本来面目，活脱脱一个清新版王莽岭。王莽岭的云海景色，近似昙花盛开，稍纵即逝。有拍照不及者，高呼可惜。

这便是王莽岭的妙处所在。阴晴间，明暗处，悄然变幻只在眨眼间。阳光普照的王莽岭，分明是轮廓清晰线条分明的大汉，浑身肌肉隆起。云霭掩映里的王莽岭，则是身披薄纱身姿朦胧的美妇，令人近窥不得。

王莽岭的云开雾聚，令人忆想青春。那段看似漫长的岁月于人生旅次，绝非满目青山矣。

登临太行云顶，云雾再度聚拢，满山满谷皆为白色世界，万物隐于无形。此时你会觉得世界只是无边大雾而已，你则为雾中的自己。此时访客的观景感受，人人各有不同。

雾去雨来。我们在山顶凉亭避雨，不待雨歇即冒雨下山，一路湿身于王莽岭。沐雨下山途中，一拨拨游客冒雨登山，逆行而上，可见游兴大矣。我以为，有人喜欢云海朦胧的王莽岭，也有人喜欢新雨清丽的王莽岭，还有人喜欢阳光满山的王莽岭。有一千个游客，就有一千座王莽岭。王莽岭因此而丰富多姿。

登临王莽岭恰逢漫天云海奇观，不虚此行。归途下山巧遇新雨涤身，难得清新。王莽岭的云雾，朦胧而令人难忘。王莽岭的雨珠，则浸透记忆深处，润湿心田了。

夜宿王莽岭景区，有人竟然酣睡迟起而误了早餐，连呼"睡不醒"。这便是富氧离子的王莽岭。它令城市白领失眠者想起儿时摇篮，睡意甜甜沉入梦乡。

清晨时分，我走出宾馆沿左侧小径，快步攀援登上观景台，终于看到著名的昆山挂壁公路，宛若玉带环绕于悬崖峭壁。山高万仞在山西，谷深莫测是河南。

薄雾升起了，挂满太行绝壁，难辨山西与河南。你伸手采一朵带回家去吧，这肯定是王莽岭对你的馈赠。

发现蟒河

这里肯定没有蟒，蟒只是河流的名称。这条"蟒"沿山谷而下，你逆水而行进入景区，俨然走进一幅天然山水画间。

蟒河生态旅游区位于山西省阳城县境内，主峰指柱山海拔近一千六百米，素有"山西动植物资源宝库"之称。一路进山，只见蟒河顺势而下，沿途流淌跳越，便形成一挂挂瀑布。蟒河流经的山峦落差不大，因此瀑布性情温和，少咆哮而多柔情，一路相遇，水幕连连，湿了你的臂膊湿了你脸颊，极具抚摸感，很是可人。

今年外出采风多与瀑布相逢，当数蟒河景区最具特色，因为这里生活着人类的朋友——猕猴。儿时以为人类先祖为猴子所变，因此对猴子自然亲切有加。

随着当今城市化的进程，我们生活中出现许多热门词语，比如"散养"，尤其以散养鸡最有卖点。蟒河景区的猕猴正是"散养"的，于是形成最大看点。游客走进景区，首先得到温馨提示看好自己的提包，当心被不承担法律责任的猴子掠去。

游客们来到山前小广场，满山猴子闻讯随即下山，争先恐后好似士兵扑向阵地。蟒河猕猴有大有小，还有携带幼猴的猴妈妈，浩浩荡荡冲向游客。

面对漫山遍野的猴子，游客们惊喜不已，高声欢呼起来。对于游客来说这是来了好节目。对于猴群来说同样是来了好节目。

这里的猴群抢夺游客食物，从不遮遮掩掩，反而堂堂正正，瞅准机会就出手，显得磊落而坦荡。于是，人类的虚伪与动物的本真，在蟒河景区形成鲜明对照，反而益发引得游客喜爱，笑声不断。这可能与"大人不与小人怪"的传统文化心理有关吧。

给猴子喂食，几乎成为八方游客的共同需求。为了获取食物，猴群展开争抢。观看动物轮番争抢食物，也就成为游客们的莫大乐趣。我发现男游客投食多持戏谑心态，女游客则不乏同情弱者心理，极力将食物投给母幼猕猴。置身动物世界，可见人性光斑。

这里是猴子王国，它们或攀援枝头，好似守望；或隐身山岩，类似伏击。嬉戏玩耍，野趣横生。根据"对立统一"哲学原理，猴子的王国自然成了游客的乐园，可谓互为表里。

果然如此。小任女士告诉我，她独自下山，一只猕猴尾随身后，相隔丈余，一路不舍，她驻足回望，猕猴随即止步，与其对视，目光烁然。游人与猴子，互为观光客也。

蟒河景区山峦叠嶂，植被繁茂，水瀑成群。沿着山路行走，呼吸湿漉漉的空气，切实体验到水乃山之灵魂。无论满山植物还是遍野猴群，皆以水为生命源泉。

蟒河流水，水流不断。蟒河水流何方，那满山猕猴可知否？

猴的山峦，蟒的河流，猴山与蟒河，这应该成为景区的两个关键词。当然还有不可或缺的游客。

你发现了蟒河，蟒河发现了你。

品鉴泽州

山楂白兰地、山楂红酒、山楂甜酒……一款款美酒陈列面前，使你忘了山西是酿醋大省，当然也是煤炭王国。坐落晋城市泽州县的彤康食品有限公司建厂不足十年，双手捧出以山楂为原料的多款美酒，并且得到国家专利认证。

红酒缘起西方世界，以葡萄为酿酒原料，尤其以法国波尔多最为著名。中国改革开放以来，西方红酒大行其道，先是法国西班牙，近年又添阿根廷与澳大利亚的酒品。我也参观过国内几家红酒生产基地，一条条生产线都在酿造葡萄精灵。似乎酿造红酒是离不开葡萄的。

然而，太行捧出红宝石。我只知道北京的糖葫芦和天津的糖堆儿，从来没有想过被称为红果的山楂能够用来酿造红酒，这是山西省晋城市泽州区的创新，这里正是给你带来惊异的彤康山庄。

走进彤康酒窖仿佛走进巨大宝库。这一尊尊贮满红酒的橡木桶，那外形好似古代战鼓，我耳畔却流淌着悠扬的佛乐；那一座座存储红酒的大肚陶缸，那布封仿佛佩戴红色头巾，我想起迎接新娘的队伍。不知为什么，总感觉这座工业化的酒窖，有酒香，有人气，有文化积淀其间，阵阵散发着古晋气息。

这一款款以山楂酿造的红酒，富含黄酮和有机酸，尤其那款富含低聚果糖的山楂酒，具有健胃消食、抗菌消炎、排毒洁肠、活血化瘀等功效，特别适合糖尿病患者饮用。

行走在厂区大道上，一面青砖墙壁镌刻《彤康庄园赋》引人驻足，此赋乃彤康食品有限公司董事长赵武锁所作。这位从事煤炭工作多年的汉子，开宗明义写道："混沌初开，阴阳剖判；天地蕴秀，含哺育人。分四季而定天秩，循五行而演万籁。卒有万物之灵者，仰观天象，俯察品类，取法自然，修养生息，俱踪乎日月星辰之序列，欣欣其诸和俱生，繁茂斯域焉！"

作者从天地初开起笔，尽道万物其详，当我读到"夫彤康实业者，天地王坡煤业转型发展之实体也"，顿时明白了彤康庄园的前世今生。

我们参观彤康庄园山楂种植基地，登高放眼满山绿色，无不被这世外桃园般的风光所吸引，董事长赵武锁貌似平淡地说："我们这是还债呢……"

尽管此公语焉不详，我则揣摩这是对过往采煤的反思。山西是能源大省，多年从地母腹中掏取乌金，不乏有高速公路铺设在煤田采空区上的实例。多少年了，也应当返还绿荫给土地公公了。当然，彤康人懂得有债必还的道理，他们要给子孙后代树立榜样。

于是，赵武锁从北京返回家乡。十年生聚，励精图治；十年创业，埋头苦干。日复一日，经年不歇。时光不负有心人。就这样山西省版图终于在晋城市泽州县出现了六千亩浓绿——这是赵武锁们还的债，这也是赵武锁们立的功。

他们立足家园开发建设山楂种植基地，这里有三晋祖先的血脉，这里也有古老文化的传承，这里更有当代的奉献精神……

彤康人以"净天、养地、裕民、利己"为愿景，以"经营道德、经营良心、经营诚信、经营人性"为理念，走出一条具有中国传统文化特色的道路，这是真正的绿色经济，这是可持续发展的创新企业。

你看那六千亩山楂种植基地，为当地数千村民提供稳定的就业环境，这就是利民德政。当下有"大学毕业即失业"的负面说法。彤康庄园做出样板工程，他们以自身实例证明，山西人离开乌金，仍然能够立足华夏大地。

站在山楂种植基地遥想金秋时节，那一株株山楂成熟了，果实累累挂满枝头，宛如一颗颗太行红宝石，满树红宝石耀人眼目。只待一颗颗太行红宝石几经酿造成为红酒，则是香透心扉，不醉不休了。

下午时分，彤康庄园举行山楂白兰地收藏仪式，敬天、敬地、敬酒神。一时只觉得古风拂面，恍惚间穿越魏晋，置身唐宋了……

我以为，这不是彤康庄园的文化包装，而是彤康庄园根植乡土大地的文化内涵。文化包装是短时间可以完成的，文化内涵却是悠久历史积淀而成。历史的时间是野生的，任何人无法将其随意嫁接。这正是彤康人的无以替代的优势。

彤康红酒有"泽州红"系列产品。作家采风团长叶辛先生才高八斗，当即建议改为"太行红"并挥毫题写。

太行红，这是中国气派，这是国际视野。彤康人以泽州为起点，以走向全国走向世界为胸襟，以轻声细语告诉世人，我们以山楂酿造出旷世美酒，红了太行，醉了群山。

太行红，深得吾心。让我们拎起泽州美酒，带福还家。

太行高万仞。彤康人要站在太行之巅，手捧美酒以禀天下：敬请诸位到山西泽州来，在彤康庄园过绿色生活，在彤康庄园品尝山楂佳酿。

红酒彤康，山西之光。

晋城美食

山西晋城美食，品种多样。晋城米淇、清汤饸饹、李圪抓、羊杂格、油圪麻、炒凉粉、十大碗以及八八六六宴，各具特色。

人的肠胃是有记忆的。肠胃记忆的载体则是食物。某种食物凝结着中华民族的共同记忆。比如元宵节汤圆，比如中秋节月饼，比如端午节粽子，还有许多少数民族的小吃。

古老的晋城同样拥有凝结着千年文化记忆的食物，给我留下深刻印象的首先是高平烧豆腐。

一路采风餐餐可见烧豆腐，得知这道菜起源于高平遍布晋城地区，迄今两千多年历史。高平古称长平。正是著名长平之战的古战场。那场秦赵大战遮天蔽日惨绝人寰，秦国大将白起击败赵国统帅赵括，四十万赵军投降。秦将白起嗜杀成性，被六国称为"杀人魔王"。白起下令坑杀四十万俘虏，一日之间血流成河。

长平百姓憎恨残暴成性的白起，同时祭祀四十万亡灵冤魂，将豆腐烘烤制成"白起肉"。仇之深，恨之切。他们大吃"白起肉"以解心头之恨。

久而久之，"白起肉"渐渐流传开来，形成高平名菜"烧豆腐"。

我们在高平的"长平之战纪念馆"外边的小摊上，品尝了原产地的"白起肉"。这种豆腐经过先炸后煮，以豆腐渣和蒜泥姜汁制成"蘸头"。一人一份，咀嚼不已，不觉已然两千多年历史了。

以前曾经听说是西汉淮南王刘安发明了豆腐，从而传遍华夏大地。如果从"白起肉"算起，中国豆腐的历史还要提早近百年了。

如今"高平烧豆腐"成为晋城名菜，多见宾馆酒店餐桌，受到八方游客欢迎。一道名菜承载着两千多年的历史，本身就是"非物质文化遗产"了。一块小小的豆腐，记载着一场大事件。一块小小的豆腐蕴含着古老赵国百姓爱憎分明的情感，已经成为当今餐桌上的"历史活化石"。

在晋城地区体现悠久历史与人文理念的菜肴，还有阳城烧肝。它同样包裹着故事与传说。

很久很久以前，阳城县官姓甘，他为官贪腐搞得民怨沸腾。城南住着三兄弟，大哥为屠以卖猪肉为生，二哥贩菜，三弟是个读书的种子，很有才学。

一天有学友远道来访。三弟无米无柴，锅灶冷清，只得求援于长兄，可惜大哥家别无长物，只剩半叶猪肝。那时阳城人比现今讲究，从来不吃猪下水。三弟转往二哥寻求帮助，哪知菜贩筐里只余几瓣大蒜。

聊胜于无。三弟携半叶猪肝几瓣大蒜归家，洗净切碎包紧成型，上锅蒸熟切片，然后主客两人临火烤食，吃着外焦里嫩的美食，纵论天下不平事。一时间香味四溢，学友询问美食名称。三弟想起祸害百姓的县官，书生意气义愤难捺，连声说"烧甘！烧甘!"从此"烧甘"音转为"烧肝"在阳城流传开来，竟成民间美味。

这道承载历史文化的菜肴，佐证着世道人心。我在晋城地区几个地方吃过烧肝，听到不同版本的传说。

在阳城烧肝的不同版本中，贪腐成性的阳城甘姓县官改为陷害忠良的南宋奸臣秦桧，一下扩展了民间传说的空间。

"白起肉"演化为"高平烧豆腐"，绝非世世代代的高平人不忘旧怨，它反而医治着国人的"历史健忘症"，告诫子孙后代抵制战争，反对杀戮。至于阳城烧肝传说中的反面角色从地方县官变为当国宰相，则将阳城民间所蕴含的正义感，表现得淋漓尽致。这道菜也因百姓对秦桧的痛恨，更容易走向全国了。

晋城好奇妙，竟然将普通美食吃成历史教科书，而且让你吃得不忘爱憎，秉持公道。

无须多论。仅以高平烧豆腐和阳城烧肝便足以证明，晋城是个具有深厚历史文化内涵的好地方。

上 党 吟

漳 河 水

少年时代知道漳河，来自阮章竞的长篇叙事诗《漳河水》，记得长诗开篇是这样的："漳河水，九十九道湾，层层树，重重山，层层绿树重重雾，重重高山云断路。清晨天，云霞红红艳，艳艳红天掉在河里面，漳水染成桃花片，唱一道小曲过漳河沿。"

因由这部长诗我读到了漳河，却不知晓她跟我有什么关系，也不知晓她跟我居住的城市有什么关系，一下就过了这么多年，当然，我也喝了这么多年海河水。

后来知道了红旗渠，还知道这项工程原名"引漳入林"工程。从此，我对漳河有了些许印象——红旗渠把山西的漳水引入河南的林县，造福子孙后代。即使这样，漳河依然离我很远。

初秋季节，来自京津辽川的作家们齐聚山西省平顺县采风。采风启动仪式上，主人介绍全县概况：平顺县位于太行山南端，地处晋、冀、豫三省交界，是抗日战争的革命老区，也是国家扶贫开发重点县……我认真听着，对这个陌生的地方有了感性认识。

主人谈到平顺县水系："漳河源头七条支流，在山西境内就有三条，发源于平顺境内的浊漳河流出山西之后，在河北西南部边境与清漳河合为漳河，向东经馆陶并入卫河，在山东临清汇入南运河，流至天津进入海河。"

流至天津进入海河？我听到"天津""海河"这两个熟悉而亲切的词语，颇为惊喜。哦，原来我到了海河源头。仿佛孩子听到手中糖果的来历，漳河与我的关系，顿时清晰明朗了。

我是土生土长的天津人，自幼喝海河水长大。天津号称九河下梢。海河是天津的母亲河，多少年来哺育着津门儿女。我想起少年时代的海河，水流奔腾，不舍昼夜，朝着大海滔滔而去。然而，关于海河的上游，我只知道子牙河和大清河，由此上溯便不晓其详了。

如今我来到平顺采风，有幸抵达海河源头，不禁备感亲切。同行作家们，只我一个"天津卫"，我便成了与平顺有着特殊关系的人。从小喝着海河水长大，那里面就有漳河水。于是心头泛起沾亲带故的涟漪。拜山谒水访亲情，自然成为我这次采风的关键词。

平顺奇山秀水，旅游资源丰富，文化积淀深厚，却鲜为世人所熟知。参观大云院，方晓该寺创建于五代后晋天福五年，距今千年有余。清康熙三十一年夏，山洪将"殿宇僧舍漂流无存"，颇为神奇的是唯弥陀殿和七宝塔安然无恙，成为迄今全国仅存的五座五代木构建筑之一。尤其大殿内的五代壁画，堪称全国仅有的艺术绝品。

平顺县城迤东的龙门寺，创建于南北朝时期的北宋天保元年，现存五代、金、元、明、清六朝建筑，被誉为"中国古代建筑立体博物馆"。其大雄宝殿建于北宋，从建筑开间比例到木构件细部做法，与《营造法式》规定非常相近。而燃灯佛殿为元代建筑，梁架构架用自然弯稍加砍凿即用，结构形制不受宋金之矩，元代特征明显。殿内供奉燃灯古佛，也为世所罕见。

平顺境内还有金灯寺、九天圣母庙等多处文物保护单位，足以令游人大开眼界。近年全国各地着力开发旅游产业，纷纷恢复重建寺院庙宇，甚至出现以传说为依据的伪文物和假古董。此行平顺采风，处处真山真水真风物。面对如此古老而真实的文物风景群，我们则颇有平顺风景"养在深山人未识"的感慨。同时也为当年梁思成林徽因不曾到达这里考察而惋惜。

汽车行驶在山间公路，我无意间看到一条石砌水渠悬挂于山壁一侧，阳光下酷似绿色绸带，哗哗蜿蜒而去。我蓦然意识到这正是"引漳入林"的红旗渠源头，也正是我期待以见的漳河水啊。

汽车驶去，渐行渐远。我的目光依然紧紧系在那条"水绸"上，不忍挪目。尽管上游修建水库，沿途分流，下游废航。河尾与河源的关系，却是永远存在的。我在采风日记里写下这样的文字："如果你是喝海河水长大的，就应当去她的源头看看，如果你认为海河水是甜美的，那么她的源头——山西平顺的山川肯定是秀美的。不品源头水，枉为天津人……"

挂壁公路

平顺境内的太行山，时而露出郁郁葱葱的真面目，时而隐于云雾深处，一派朦胧仙姿。一路盘山而行，一路承受着"万仞悬空"的心理压力。有那么几个瞬间，我竟然觉得云丝缠绕袖间，温润心田。几经逶迤盘旋，我们乘坐的"考斯特"驶近"挂壁公路"隧道入口，大家下车拍照。

隧道入口右侧，一座石拱桥横跨深涧，山风拂面。我们上桥留影，身后背景则是万仞绝壁。石拱桥下正是深不见底的太行大峡谷，向东望去可以到达河南林县——那是因红旗渠而著名的地方。

上车驶入隧道。洞体并不宽阔，两侧明显留有钢钎开凿的痕迹，使人想起一双双布满老茧的大手，还有凿山开路的故事。一路行驶，光线转暗。继续行驶，天色猛地放亮。我以为汽车出隧道，原来是隧道右侧开出一孔孔石窗，吸进外面的光亮。啊，原来我们行驶的隧道就开凿在峡谷峭壁边缘，石窗外便是目不可及的万丈深渊。我们行驶在著名的"挂壁公路"里。

临窗而坐的冯秋子女士面色紧张。我鼓起男子汉勇气主动与她调换了座位。我临窗坐了，壮起胆量感受着这条沿着峡谷开凿、悬挂于峭壁的"天路"带给我的震撼。

我想起寓言《愚公移山》里的句子，"山北愚公者，年且九十，面山而居。惩山北之塞，出入之迂也，聚室而谋曰：'吾与汝毕力平险，指通南豫，达于汉阴，可乎？'"

果然，主人向我们介绍说，这里是革命老区。世代居住井底村的山民们，为了改变世代被大山隔绝的生活，自己动手开凿道路。1985年他们沿着山壁，一钎一镐地开山劈石，整整用了十五年时间，在悬崖上凿穿三十九孔石窗，在峭壁间开出三十三条连体隧洞，终于打通这条总长一千五百二十六米的挂壁公路。山民们扬眉吐气走出祖祖辈辈封闭的天地，阔步走进改革开放的新生活。

举世闻名的红旗渠，其间流淌的是漳河水。不为世人所知的"挂壁公路"，穿行其间则是车流。这条山西平顺境内的挂壁公路，充满着愚公移山的气概，足以与红旗渠相媲美。

2007年，当代愚公们将隧道拓宽，同时铺设柏油路面。如今，我们乘车驶过一孔孔石窗，仿佛从一幅幅太行油画前掠过。"劳动创造世界"的人间真谛，响彻太行大峡谷。

平顺境内的挂壁公路，无疑是现代版《愚公移山》。为我们树起"造福当代，昭示后人"的丰碑。我们走访平顺县西沟村，则感受到"劳动光荣"的深刻含义。

太行山区的西沟村，出了两位全国闻名的劳动模范，一位是全国第一个互助组的建立者、爱国丰产运动的首创者李顺达；一位是中国最早举起男女同工同酬大旗的申纪兰。今年八十二岁的她，是唯一的第一至第十一届全国人大代表，几十年来，她在西沟村创造了不朽的太行精神，堪称劳模"活化石"。

尤其使人感动的是申纪兰担任过县委副书记、市人大副主任、省妇联主任（这是正厅级干部），仍然本色不改，扎根西沟，坚持田间劳动。她提出"五不方针"，至今令人感到震撼。

一、不转户口；二、不要级别；三、不领工资；四、不配专车；五、不离开西沟，不脱离劳动。

我站在西沟展览馆里，望着申纪兰风华正茂的照片——那是她新中国成立初期去芬兰参加世界妇女代表大会的留影。几十年过去了，一诺千金的申纪兰，毫不走样地坚守着她的"五不方针"，说到做到，一丝不苟。走进改革开放新时代，老树新花，申纪兰更是不甘人后，率领西沟人民走在前头。办起铁合金厂、农工贸实业公司，尤其纪兰饮料公司生产的核桃露，货真价实，受到广大消费者信任。喝纪兰牌核桃露，一百个放心。

参观后我在留言簿上写道："劳动光荣！申纪兰是当代中国劳动人民的杰出代表。"

是的，申纪兰代表的太行精神，闪烁着金子般的光芒。她本身就是一座丰碑。至于那条令人惊叹的"挂壁公路"，则告诉我们在生生不息的太行深处，生活着默默无闻的当代愚公。

寻访黑铁

从长治市去长治县。一路向南，公路平坦，并不像行驶在太行山区。天色渐晚，车速适中。我无意间看到公路右侧有长平地名，朦胧间想起那场大决战。

这里正是两千三百多年前秦赵生死决战的地方。我的思绪沉入悠远的历史深处……

赵王贪心不足，笑纳了韩国奉献的上党郡，于是引发秦国讨伐。而后赵王弃用老将廉颇，改用盲目自信的赵括。当时有人言，"齐之技击不发魏之武卒，魏之武卒不如赵之劲骑，赵之劲骑不如秦之死士。"经过变法的秦国，已经强大起来。

赵括纸上谈兵。秦将白起佯退，最终大败赵军于长平，秦军坑杀四十万被俘赵兵，令史册滴满鲜血。

两千三百多年过去了。公路两侧的北方农田，广袤而哑言地躺着，一任玉米和高粱站在自己身上，从青涩到枯黄。这是多么古老的土地啊，已然不见丝毫战争痕迹。那数千年的历史积淀究竟沉落何方呢？

车过长治县而继续前行，说是去一个名叫荫城的地方，参观铁器博物馆。铁器？我顿生还乡之感。十六岁入机械行业工作，我对铁器情有独钟。

驶入荫城已然暮色四合。与当今社会主义新农村相比，荫城显然没有旧貌换新颜。然而，我喜欢旧貌。所谓千篇一律的"新"，不如风格独特的"旧"。

我得知，荫城在春秋后期开始冶炼，代表着当时最为先进的生产力。当韩、赵、魏三国大量使用铁器进入"黑铁时代"，秦国军士还在手持青铜兵器。从西汉铁官进驻荫城，到明朝洪武年间铁业所在荫城成立，此地的铁货行销全国，甚至出现国际贸易。荫城不是一个地名，而是一个时间绵长空间辽阔的中国概念：千年铁府。

随着冷兵器时代的终结，荫城冶铁自明清两季渐渐失去昔日辉煌。荫城头顶的光环也日渐暗淡。一座名镇就这样站立在历史深处，渐渐被遗忘了。

走进十字街头的荫城铁器博物馆。它与大都市宽阔高大的博物馆相比，乃小巫也。然而，它的馆藏却显得充实，处处散发着黑铁的气息。

玻璃展柜里，陈列着一柄柄生锈的兵器，或刀或剑，生着厚厚的铁锈。我学过金属学和铸铁学，那厚厚的锈层，从五氧化三铁到三氧化二铁，既说明着铁器氧化的过程，更说明着深厚的历史进程。我甚至揣测，这刀这剑，或许就出土于长平战场吧。这厚厚的锈蚀，恰恰是漫长的历史啊，尽管有时候锈蚀也意味着遗忘。

放眼铁器博物馆陈列品，大多出自明、清两代，止于宋。铸铁的物什，大小不一，小的有权、有油灯、有马镫、有铃铛……我发现一只形如镇纸的物件，便以为是铁质镇纸，主人告诉我这是晋地农村冬天压被角用的，以防止小孩儿睡觉蹬了被子挨冻。我顿时被扑面而来的古老生活气息感动了。

大型铸铁器里，我看到十几口铁钟，还看到"鸣金收兵"的"金"，这种军用响器的独特之处在于发出的音响短促有力，它不像磬声绵长悠远，也不像锣声空旷发散，显现着军令如山的行伍精神。

锻铁陈列品展台，摆满各种刀具，这是历代战争的记录，从古代的剑到近代的刀，无声记载着人类争伐的历史。

尽管不乏藏品，还是感觉这座博物馆有些简陋。经人介绍我认识了馆长原建国。这是一个寡言的男子，笑容里隐藏着难以察觉的坚毅。

他热爱家乡，倾一己之力办起这座民间博物馆，为的就是不让"千年铁府"被历史湮没，让人们知道中国有一个名叫荫城的地方，曾经为华夏黑铁时代做出极大贡献。他十几年来花费大量财力物力，逐步积累着铁器收藏。而这座铁器博物馆址也是原来供销社的房间，他借来用的。

我问原建国，你有何等财力支撑这座几乎毫无收入的铁器博物馆呢？他平淡地笑了笑，说自己有建筑工程队。

原建国平淡的笑容令我难忘。我做过六年铸造工人，我了解黑铁。与原建国的交谈，我甚至觉得黑铁的质感已然融入他的血液里，保留着自古荫城的遗传基因。

我不知道如今有多少像原建国这样的人，做了这样大的事情脸上却挂着平淡的微笑。从这个意义上讲，原建国为了恢复家乡历史保存黑铁记忆而流露的平淡的微笑，足以感动具有正常文化心理的人。至少我被他的铁器收藏感动了，也被他的文化义举感动了。我希望大家能够知道中国山西有个名叫荫城的地方。这里有着悠久的文化积淀，也有着守护历史遗产的人士，还有着生锈依然散发着幽暗光芒的黑铁。

与青铜时代一样，黑铁也是一个时代。置身令人目眩的高科技时候，忘记黑铁时代可能不会对我们的日常生活产生任何影响，然而，还是不应当忘记。因为，无用之用可能是最有用的。

你站在荫城铁器博物馆里，应该会明白这个道理的。

从"大同蓝"说起

初次听说"大同蓝"这个词语，难免惊诧。昔日"中国煤都"的印象，几乎成了与蓝天无缘的思维定式。一行走访，下煤矿，进工厂，到农村，游古城，访新区，所见蓝天白云朵朵，所遇青山绿草茵茵，清风拂面，空气爽心，果然换了人间。

似乎大同人已然觅得神奇的造物调色板，鬼斧神工将天空抹得蔚蓝，把青山染得苍翠，进而在辞书里编纂个"大同蓝"词条，以供我们阅读。

有言道：天地人。其实蓝天只是现象而已。从现象追寻动因，"大同蓝"的答案应当在大同人脚下。大同人脚下是古老而富蕴煤层的大地，乌金得天独厚。

亘古至今的不懈采煤，使得北国煤都名声远播，四海皆知。中国大同奉献的煤炭，给人类世界带来动力与温暖。

然而，大地深处采煤的钎镐无意间化作给天空涂抹暗色的画笔。尘雾蒸蒸，烟气缭绕，混沌着城市天际线，减去了日月辉煌。

这正是大地与天空的关联。以此反证，今日的"大同蓝"便有了真实来历——即"蓝天源于大地"。这"大地"无疑是城市经济转型的坚实基础。

如今的大同以关停高耗低能厂矿治理环境污染企业为前提，从而完成能源型城市的经济转型，实现绿色循环经济。

请看塔山煤矿调度指挥中心大屏幕：从作业面采煤到主扇风机监测，从胶带运输机到原煤装车出矿……全景实时监控，细节尽收眼底。高科技时代的安全生产文明作业，已经走进世界前列。昔日的"煤黑子"不复存在。

拥有千万吨级矿井集群的大唐同煤集团，摆脱单纯煤炭生产格局，以"依托煤、发展煤、延伸煤、超越煤"为发展布局，以"高科技、高效益、高品位"的循环经济模式，实现电力、煤化工、机械制造、金融资本，物流贸易等八大产业多元化发展，在创新驱动和转型升级的背景下，只要原煤出井便被"吃干榨尽"，从粗放原料转为多种精细产品，只剩余煤矸石堆积成山，也被绿化为花果山。

"蓝天源于大地"——就这样，绿色循环经济在矿井奏响序曲，这序曲升腾而起，唱响蓝天白云。

花果山无疑是景致。然而常年采煤形成的"采空沉陷区"却是难题，这种地貌既不能种植也不能建筑，沦为荒凉废弃的"地表斑秃"，直接影响生态环境。有难题必有对策。大同人充分利用沉陷地带建起十万千瓦光伏示范基地，也就是通常所说的"太阳能发电"。

行走在昔日采煤沉陷区，山岗处处架起光伏板件，好似给大地披上铠甲。这片片"铠甲"上部光伏发电，下面农业种植，一地多用，清洁能源，环境增益，农民增收。我们仰望蓝天白云，脚踏"变废为宝"的绿地，再次体会"蓝天源于大地"的基本道理。

同样事例在大同市新荣区。这里富含优质石墨矿产，他们以新成新材料有限公司为龙头的七家企业，形成碳素产业集群，生产超大规格石墨电极、太阳能储热石墨基板，尤其细颗粒特种石墨产品远销欧美二十多个国家，已在"新三板"上市。

令人惊喜的是新成公司自主研发的"高铁列车受电弓碳滑板"，已经通过国家鉴定验收即将投入使用，我国高铁从此不再依赖同类国外进口产品，彻底实现耗材原件的国产化。

他们立足家园大地，走产业转型科技进步道路，既增加经济效益，也促进当地环境保护建设。

"蓝天源于大地"——就这样，从单纯矿业开采走向创办高科技企业，从原料粗放作业走向成品精细加工，从量变到质变，印证着"大同蓝"的累积效应。

以"雁门清高"命名的苦荞养生系列产品，正是传统农业转型的产物。苦荞生长的地域，土壤贫瘠，温度偏低，位于高寒与温润的临界地带，绝大多数作物难以生长，这恰恰体现了苦荞坚韧顽强的生物性格。

物随其人。苦荞的营养价值颇具开发优势。他们立足本土，开展特色农业种植。寻常苦荞便从普通杂粮变成宝贝。苦荞膳食、苦荞健茶、苦荞家纺……"雁门清高"系列保健产品成为当地经济转型的典型范例。

"蓝天源于大地"——从小门小户的庄稼种植到特色农产品深度开发，经济转型，产业革命，减负增效，净化环境，社会主义新农村建设也为"大同蓝"提供了坚实的基础。

从塔山煤矿的传统产业转型到左云县光伏示范基地，从新荣区的"高铁列车受电弓碳滑板"国产化到"雁门清高"苦荞系列养生保健品开发，这点点滴滴无不构成大同新天新地的"要件"，充分印证"大同的蓝天来源于大同的大地，大同的大地是城市产业转型的成果"这个基本逻辑。

今日大同仍然是煤都，却有了脱胎换骨的容貌，让你感受到陌生的欣喜。大同市民深知，城市转型最终还是人的转变。

大同的城市规划建设总体方案，同样为"大同蓝"的出现构建了愿景。一条御河划分老城区与新城区，既保护了老城区古老历史文化景观，也为新城区发展提供了广阔空间。

一座城市科学合理的总体发展规划，首先包含清洁的空气和甘甜的水，还有阳光大道上市民们舒心的笑容。

"大同蓝"的出现，无疑源于坚实的大地。谁都知道大地上写着一撇一捺的"人"字。在那些尚未实现蓝天白云的城市，只要我们脚踏实地"撸起袖子加油干"，那蓝天不远，那白云在望，还有苍翠欲滴的青山。

吕梁山护工

明亮的教室里学员们统一着装：天青色短袖衫，黑色制裤，端坐听讲，表情专注。学员以中年妇女为主，少有中年男子。一身厨师长装束的教师前台授课，在讲饮食营养。

天气晴朗，参观吕梁市卫生学校，起初以为没有多少新意。许多城市设有这类学校，每年招收医护专业学生，将少女们培养成白衣天使，然后输送到医院做护士，仅此而已。

然而，这所学校楼顶镶嵌大字标语："打造诚信勤劳专业的吕梁山护工品牌。"那白底红字极其鲜明，引人注目。

沿着楼层依次参观，地板清洁，墙壁雪白，玻璃明亮，近乎无尘世界，我们随机走进这间教室。教室迎面有幅标语："打造吕梁山护工全国第一品牌。"

显然吕梁卫校是在培训护工，而且打出"吕梁山品牌"。吕梁大地新生事物层出不穷，随即引发参观者兴趣。

一间教室里，一条铺着浅草色桌布的台案，两侧坐着十几名女学员，人人手捧塑胶仿真婴孩儿，如何捧头，如何护腰，如何抱起，如何活动婴孩手足……这间教室墙壁标语是："母婴的守护天使，把我最好的，给你最爱的。"

原来这间教室正在培训育婴员，也就是通常所说的"月嫂"。女学员们认真接受着训练，那表情分明在护理真正的婴儿。望着浅草色的桌布，令人想起初升太阳照耀下的原野。

教师讲解的育婴课程，分明是有教案的，专业而规范，这使得塑胶仿真婴孩儿顿时鲜活起来，将我们笼罩在母爱氛围里。

走进培训"老年护理"护工的教室，这里完全装修成医院病房的样子，一个个模仿老年病患的志愿者躺在病床上，女学员们练习测量血压，一个个颇像卫生员。

一间装修成厨房的教室里，展示有"中国居民平衡膳食宝塔图"和"科学的饮食方法"系列挂图。燃气灶前正在开展教学实践。多种食材摆放板台，有鱼有肉有青菜，这都是教材教具。一只不锈钢锅里解冻着乌鸡，另一只锅在烧水。一个男学员朝锅里淋了几滴食用油，然后解释说这样焯水后蔬菜颜色鲜亮，促进老年人食欲。

教学楼办公室里，几个身穿迷彩服的军士为"军训"做着准备工作。这时我终于意识到，吕梁卫生学校是座不同寻常的学校，他们摸索吕梁山区实现精确脱贫的新路子，打造"吕梁山护工"就是鲜活的例证。

吕梁属于革命老区，曾经是红军东征的主战场、晋绥边区首府、中央后委机关所在地，也曾经是陕甘宁晋绥联防军和中央西北局驻地。然而，为中国近现代革命做出杰出贡献的这片热土，由于地理环境困厄仍然处于贫困状态，它是全国十四个集中连片特困地区之一。

吕梁实施精准脱贫工程，就是要落实到"人"，从而达到"培训一人、就业一人、脱贫一户"的精准脱贫成效。

于是，力争五年内培训十万"吕梁山护工"，便成为山西省给吕梁量身打造的"三个一"精准脱贫工程项目之一。天降大任于吕梁市卫生学校，这里成为培训"吕梁山护工"的首选基地。

让农民兄弟姐妹走出大山，学有所长，进城就业，实现精准脱贫的目标，首先要将常年"面朝黄土背朝天"文化知识薄弱的质朴农民培训成既掌握基本职业技能又具备适应陌生环境能力的"新人"，这难度很大。他们编写教学大纲制订教学计划，优选教师，组织教材，购置实验设备，筹备实习场所……就是要让农民姐妹自身发生转变。吕梁护工的培训设为素质教育和专业教学两部分。专业教学涉及多项课程：婴幼儿护理、孕产妇护理、老年护理、礼仪、烹饪、月子餐、常见病护理……素质教育同样包括多项内容：军事训练、职业素养、法律常识、宗教信仰、感恩励志、城市生活、礼貌用语等等，达到"授之以渔"的效果。

近年来不少城市住院病房里多见散兵游勇式的护工，大多没有受过系统训练缺乏基本护理知识，职业素质不高，与之相比"吕梁山牌护工"受到专业培训和职业教育，属于训练有素依规注册的"正规军"。

教室里的展台汇集着吕梁卫校几年以来的教学实践实物：从体检合格证到学员听课证，从学员结业证到班级体照片；一摞摞装订成册的"吕梁山护工培训学员档案"，厚厚的十几册，一批批学员结业而去，吕梁卫校与结业学员们保持长久联系，这里是他们别样意义的"母校"。

参观结束座谈会上，几位女学员先后发言，不约而同称赞吕梁精准脱贫的政策，免费吃住免费培训，还负责推荐到大城市就业。

来自方山县的女学员心情激动，说以前在村里种地全年剩不下一万元，参加护工培训后去大城市做护工，每月收入三千元，一年就是三万多元，全家就能够脱贫了。来自临县的女学员深有感触，说开始不知咋回事，听了几次课越听越爱听，老师讲得真好。可是年岁大了又做学生，心里紧张。学校领导开导我们，说吕梁卫校就是吕梁护工的家，你们出去遇到困难就给家里打电话，走到哪里都不用害怕……

三年以来，吕梁卫校培训家政护工八千余名，学员毕业走向太原、天津、青岛、济南、沈阳、哈尔滨、内蒙古……就业率近百分之六十，赢得"素养好、技能高、干得好"的口碑，尤其在首都北京"吕梁山护工"出现供不应求的态势。

打赢精准脱贫攻坚战。吕梁卫校培训科因此被中华全国总工会授予"工人先锋号"的荣誉。吕梁实施精准脱贫工程取得明显成效。"吕梁山护工"的示范效应，已经形成政府支持、专业培训、持证上岗、跟踪服务、勤劳诚信的特色品牌，让更多贫困农民走出大山，以辛勤诚信的劳动实现脱贫，从而过上有尊严的生活，奔向小康社会。

前往武乡

　　一连几天长治采风，潞安集团听取煤制油项目讲解，平顺县拜谒赵树理创作《三里湾》时居住的小院，屯留区参观抗日军政大学一分校旧址，壶关县游览万里森林防护墙，长子县瞻仰唐宋古代建筑奇观，襄垣县欣赏"非遗"艺术展演……然而我心有所属，特别盼望前往武乡的行程。

　　我岳父生前经常说到山西武乡，以及武乡砖壁村。他老人家没文化，只会写自己名字"王绪元"三个字。然而"武乡"成为晚年忆旧关键词，显然饱含战争岁月的情感。

　　此行有拜访八路军总部王家峪的日程，我自然兴奋不已。王家峪坐落武乡县境内。武乡正是我岳父念念不忘的地方。他1938年7月在武乡参加革命工作成为秘密交通员，1939年转入八路军一二九师三八六旅独立团担任班长，后来几年升任十六团炮兵连连长。

　　不知为什么，我岳父生前多次说到砖壁村八路军总部，还谈及从太行军区到太岳军区。我推测他不曾驻防王家峪，于是对砖壁村印象深刻。采风行前我查阅相关资料，得知1939年秋到1940年夏八路军总部驻扎武乡王家峪，之后迁往武乡砖壁村。在东渡黄河后艰苦抗战的岁月里，八路军总部数经转战，先后五次进驻武乡，从而创建了晋冀鲁豫、晋绥、晋察冀以及山东等敌后抗日根据地，使之成为华北抗战的中流砥柱。

　　乘车离开五阳煤矿前往武乡王家峪。五阳乃是传说"后羿射落五只太阳"的地方，因此获得五阳地名。一路上我期待尽早抵达武乡八路军总部，那是我心中热土。然而中途停车李峪村，又是参观景点，我跟随采风队伍信步走进"王来法纪念馆"，有些心猿意马。

纪念馆迎面墙壁挂着几百只地雷模型，七个横匾大字写着"地雷大王王来法"。我随即专注精神，听取讲解。

这位被称为地雷大王的王来法本是河北省人，年幼逃荒来到李峪村。1938年日军入侵武乡，他的养父被残酷杀害，这点燃王来法内心复仇的火焰。他挺身而出带领村里青壮年组建抗日自卫队，并担任村武委会主任，前往县武委会学习爆破技术，他心灵手巧很快掌握装雷和埋雷技能。

1943年日军在蟠武镇修筑炮楼设立据点，李峪村多次遭受日寇扫荡，损失严重。我太行军区八路军决定发起蟠武战役，围歼蟠武公路沿线日军据点，以此孤立敌人。王来法积极参战，带领民兵自卫队不分昼夜出没在蟠武公路两侧。他们白天钻进青纱帐造地雷、装地雷，夜晚摸黑在公路上埋设地雷，以封锁敌人出击。无论日军出动大队人马清剿，还是出动小股兵力奔袭，只要脚踏蟠武公路便无法避开王来法布下的地雷阵，经常被炸得晕头转向人仰马翻，于是有了"天不怕，地不怕，就怕李峪村王来法"的传说。

即使日本鬼子蹚过地雷阵进村搜查，王来法他们早在院门里挂好手榴弹，用这种"挂雷"给敌人送上"见面礼"。

中华军民抗日是持久战。由于物资匮乏，武器紧缺，铁制地雷壳供应不足，王来法利用石头制造石雷，一举成功。我看到纪念馆地上摆着形状不同的石雷，几乎就是未经打磨的石块，那装填火药的石孔塞着木楔，看似样貌简陋，却蕴含着杀伤力。

这间纪念馆玻璃展柜里陈列着很多地雷原件，这令我想起电影《地雷战》，那银幕里的人物显然就是王来法的化身。1943年王来法获得"杀敌功臣"称号。1944年7月"太行首届群英会"受到"太行地雷大王"荣誉嘉奖，那面锦旗上写着"抗战柱石，建国先锋"八个大字，落款是"晋冀鲁豫边区"。我被"建国先锋"四字所吸引，遥想抗日战争尚未取得胜利之时，晋冀鲁豫边区军民便满怀建立新中国的崇高理想，这正是坚定初心使然。

走出王来法纪念馆，跨越公路高悬"中国魔术第一村"红色横幅，下边配以"地雷大王故乡，魔术文化兴村"的标语。当年地雷与今日魔术有何关联？我不解其意跟随采风团走进大礼堂，落座观看《太行精神，光耀千秋》的情景剧。

赶在开演前，李峪村书记王竹红特意表演小节目，他的道具是两只瓷碗三颗核桃，变来变去好似乾坤大挪移，看得我们眼花缭乱。这时我们得知王竹红酷爱魔术，在他的带动下全村千余人口，居然有四百多人会变魔术，能够登台演出者高达二百余人。

首先是魔术表演。表演者多为李峪村妇女，竟有七十多岁老奶奶登台献艺，精彩表演引来热烈掌声。

大型情景剧《太行精神，光耀千秋》开演，演员阵容多达百人，个个都是李峪村村民。这台情景剧视野开阔编排紧凑，全面展现李峪村军民不屈不挠的民族斗争精神。他们真情实感的本色出演，深深沉浸于抗战烽火年代，"抗日救国，打败日寇！"发自肺腑的呐喊。这种演出明显有别于专业演出团队，使我们切实感受到历史深处的"李峪村表情"。

李峪村在发展农业种植的同时，紧紧抓住"地雷大王故乡，魔术文化兴村"的思路，将红色文化与魔术表演紧密结合，已经做成文化旅游产业。谁说红色文化不是软实力？谁说民间艺术没有吸引力？且看一辆辆旅游大巴开进村前广场，一拨拨旅行团赶来观看抗日情景剧。李峪村的文化旅游产业做得风生水起，名声远扬。

告别李峪村，我忽有所悟。魔术在京津地区也称为"戏法儿"。当年地雷大王自造石雷把侵略者炸得晕头转向，等于跟日本鬼子变起"战争戏法儿"，如今和平年代硝烟散尽，地雷大王的后代们充分发挥聪明才智开发第三产业，给游客们变起"幸福戏法儿"。时代不同了，李峪村村民继承红色基因，大步走进新时代。

我们到达韩北乡王家峪村，随即参观八路军总部。朱德总司令的住室，彭德怀副总司令的住室，左权副总参谋长的住室……

王家峪八路军总部周边，老一辈无产阶级革命家亲手栽种的小树，如今其势参天。特别是那几株大杨树堪称神奇，你将小树枝的横纹轻轻掰开，树枝横断面便清晰呈现红色"五角星"图案，极像红军战士帽徽，这几株大树被称为"红星杨"。我将两截"红星杨"树枝带走，留作此行纪念。

　　暮色降临，我们赶往武乡县城参观"八路军太行纪念馆"，我在八路军迫击炮展台前拍照留念，意外发现八路军总部炮兵团团长武亭将军戎装照片。武亭是我岳父在炮校学习时的教官，也是他生前经常念叨的名字，尽管他只是个普通的八路军老兵。正是他多次念叨武乡地名，使我这次红色之旅收获满满……

沁源邂逅天津

一路车程将近四小时，终于抵达被大自然绿色包裹的地方——沁源县。这里有条河流古称沁水，郦道元《水经注》云："沁水即少水也，或言出谷远县羊头山世靡谷。三源奇注，经泻一隍，又南会三山水，历落出，左右近溪，参差翼注也。"沁水今名沁河。沁源境内有沁河源头六处，应了"不集小流无以成江河"的古训。

一路采风行走，参观美丽乡村建设，游览社会主义新农村，接连走过王陶乡岭上村、灵空山镇黑峪村、紫红移民新村、善朴古村民宅，处处各具特色。一路采风探访，融身大自然深处，切实感受山林风光，接连来到交口乡合欢本草谷、花坡、沁河源头、中峪乡龙头油菜花种植基地、灵空山国家级自然保护区，处处留下深刻印象。

就自然条件而言，沁源得天独厚生态优良，全县森林覆盖率高达60%，宛若"绿色宝石"镶嵌于晋东南大地，堪称天然大氧吧和最宜深呼吸的地方，被誉为三晋大地的"香格里拉"。

就生物多样性而言，沁源丰富而独特，这里山林盛产油松，令人惊叹的"油松之王"树高四十六米，树冠覆盖面积七十平方米，一树派生出九枝树干，宛若九杆大旗昂然耸立林间，得以"九杆旗"美名，已被列入上海大世界吉尼斯纪录之最。山林深处还有名贵的褐马鸡存在，这种珍禽羽毛异常美丽，曾广泛用于清代官员顶戴花翎，可称"官家用品"。

就经济均衡发展而言，沁源小县人均 GDP 名列山西省首位，这在增长速度普遍放缓的形势下，继续保持全省经济发展强县的势头，沁源足以令人艳羡。

就革命历史传统而言，抗战期间太岳军区司令部和太岳行署扎根沁源，具有厚重的红色文化积淀。当年阎寨村曾被喻为"小延安"。持续两年半的"沁源围困战"，全县八万人，没有一个村成立"维持会"，没有一个人做汉奸，充分体现中国人的血性与气节。自 1942 年起延安《解放日报》发表《向沁源人民致敬》《沁源人民胜利了》等百余篇文章。这种红色基因传承至今。

如此优美宜居的自然环境，如此丰厚的历史文化积淀。一处处自然美景，一桩桩历史故事，沁源县几获美誉，实至名归。然而，远离高速公路与机场造成交通不便，沁源颇有几分"养在深闺人未识"的况味。绿色沁源的名声，红色沁源的名望，理应获得更为广泛的传扬。

一路采风行走，临近活动尾声，随团来到郭道镇参观，不由稍感疲惫。然而，走进安静整洁的大院落，迎面望见铁青色建筑墙上镶嵌"三线沁源展览馆"几个红色大字，这曾经熟悉的词语蓦然唤醒我的记忆。

不忘 20 世纪 60 年代，中国版图周边形成"马蹄形包围圈"，国际形势急迫，战争因素骤增。我国东部沿海老工业基地，首当其冲直接面临"美帝""苏修"穷兵黩武的威胁。于是中央依照全国战略地区划分，在我国中西部十三个省区开展大规模的战备建设，包括国防、科技、工业和交通基本设施，统称"三线建设"。

一声令下，备战备荒为人民，好人好马上三线。从政府机关选派得力干部、从科研单位选调优秀人才、从先进企业抽调生产骨干、从名牌大学分配毕业生，从地方招收青年工人，会集成为"三线人"的特殊群体。他们来到荒凉的大山深处，风餐露宿、肩挑背扛、白手起家，建宿舍、盖厂房，开辟祖国三线建设新天地。

中国三线建设分为"大三线"和"小三线"。山西省划为"小三线"地区。我记得 20 世纪 60 年代末，中学同学小于跟随父母从天津迁往"大三线"陕西宝鸡山区，从此断了联系。我还记得 20 世纪 80 年代初在天津市机械工业局工作，办公室老王同志曾经参加山西"小三线"建设，每每谈起天津迁往山西的工厂，多次说到"长治"这个地方。人的记忆随着时光推移，渐渐容易淡忘。采风走进郭道镇"三线沁源展览馆"，一部鲜活的"小三线"历史呈现面前。沿着展览路线依次阅读，我从展板里寻找"小三线"天津建设者的足迹。

名称：山西东升器材厂。性质：军工企业。代号：1027厂。包建单位：天津永升器材厂。

名称：山西晋东器材厂。性质：军工企业。代号：1018厂。包建单位：天津卫东器材厂。

名称：山西长虹机械厂。性质：军工企业。代号：1010厂。包建单位：天津永红器材厂。

名称：山西开源线材厂。性质：军工企业。代号：1029厂。包建单位：天津卫东漆包线器材厂和天津工农兵电线厂。

名称：山西人民器材厂。性质：军工企业。代号：1011厂。包建单位：天津新民器材厂。

名称：山西沁河机械厂。性质：军工企业。代号：1013厂。包建单位：天津天源器材厂和天津津源器材厂。

当年沁源县总共七座工厂，有六座来自天津。我不禁兴奋起来，企盼从"小三线"建设者照片里找到熟悉的天津面孔。

一张张照片里青春洋溢的笑容、意气风发的目光、朝气蓬勃的身影，分明定格于五十多年前光景里。我猛然意识到，他们如今均已年逾花甲甚至年过古稀，难以对照青春面容了。

尽管企业名称几经变更，我还是能够识别"天津卫东漆包线器材厂"就是坐落河西区陈塘庄工业区的天津市漆包线厂；"天津工农兵电线厂"就是坐落南开区长江道的天津市电线厂。这无疑是天津机械行业的荣耀。

三线沁源展览馆陈列着当年的机械生产设备。我能够认得二零车床和导轨磨床，还有立式铣床和剪板机，它们无声讲述着"小三线"建设者艰苦奋斗的故事。当年开源线材厂生产的被服线，产品质量难以达标，他们派员到天津609厂接受技术培训，很快排除产品质量缺陷。这让我感受到沁源与天津的不解之缘，也使我在山西沁源邂逅不曾谋面的天津前辈。

参观即将结束时，我意外得知那张铁木结构的台案被当地称为"天津桌"，因为当时沁源没有见过这种具有折叠功能的台案，便有了如此称谓。

我给这张"天津桌"拍下照片，带它重返天津家乡。

从天津来到沁源小三线的建设者，起初有南开大学毕业生，后来有天津知识青年和复员军人，他们无私奉献了青春年华。当时生活物资极其匮乏，女工在沁源商店里连卫生纸都买不到，只有草纸。许多生活日用品都是从城市家里捎来的，即便吃顿水饺也成了奢侈的事情。创业者艰苦奋斗的精神，迸发出难以想象的能量，在太岳深处小三线树起丰碑。

城乡生活确实存在差别。夏天里小三线女工穿起塑料凉鞋，竟然引起当地妇女们好奇，此前她们没见过裸露五只脚趾的鞋子，也没嗅到过小三线女工们身上散发的雪花膏味道。冬季天冷男徒工戴个口罩，穿件棉猴儿也会引来惊异的目光。这群小三线建设者，受到当地政府和人民的大力支持，同时影响了当地的精神文化生活与文明生活习惯。

小三线工厂举行篮球、乒乓球、象棋比赛，带动了当地村民体育运动的开展。小三线工厂的文艺节目表演、锣鼓秧歌游行，放映露天电影，上映朝鲜的、阿尔巴尼亚的、南斯拉夫的电影，给当地青年村民播下喜好文艺的种子。清晨广播喇叭里的"新闻和报纸摘要节目"、晚间食堂开饭的味道……为闭塞静寂的山村生活吹来清新空气。村民们听见了普通话，看到了广播体操，接触了海报与大标语，懂得了粮票、布票和各种票证，受到现代工业文明的熏陶。他们在工农互通有无的交往中，缩小着城乡差别，结下了深厚友谊。来自大城市的小三线职工们，在这里安家落户生儿育女，将沁源山村当作自己的第二故乡。

青山犹在，绿水长流。随着国际国内形势发生重大变化，人类世界的和平与发展，成为不可阻拦的潮流。不论"大三线"还是"小三线"，顺应时代发展与改革开放气候，纷纷走上转型之路。那六座天津包建的小三线工厂，先后搬离沁源迁到榆次，几经整合完成凤凰涅槃，企业获得新生。然而，那些来自天津的小三线建设者的业绩，已然被写进那册《三线沁源》的书里，令后来人阅读与铭记。

翼城访古话名山

以前知道翼城只是地名而已，地处晋南黄河流域汾浍之间、太岳山与中条山和临汾盆地的交接地带。此行访问翼城得知此乃"华夏文明发祥地"。七千多年前"枣园遗址"的彩陶以玫瑰花卉为特色，学术界谓之"玫瑰部落"，四千多年前"尧封唐侯"，始有"天下唐人，老家翼城"之说。三千多年前，周成王"剪桐封弟"，终成"二晋源头，故都于翼"的史证。有晋以来，近七百年间三十六代国君，竟有二十六代生活在翼城。

人人皆知《左传》以鲁国纪年。然而叙述夏商西周和春秋战国历史的《竹书纪年》，自周平王东迁后用晋国纪年，三家分晋后用魏国纪年。由此可见晋国史官的地位。于是，此行翼城几近访古，采风仿佛穿越时空，朝圣尧帝舜帝，拜谒晋国先贤，可谓大长见识，收获颇丰。

尧，名放勋，号陶唐氏，姓伊祁氏，故亦称唐尧。这位古代圣王最为人敬佩的是以天下为公，不传位于子而传与舜。舜名重华，字都君，史称虞舜。舜为民时忠厚孝道，执政后诚信厚德，"一年而所成聚，二年成邑，三年成都"。天下归心。关于虞舜的故事，翼城多有流传。

舜耕历山

翼城因翔山如翼而得名。翼城多山，首推历山。司马迁《史记》有载"舜耕历山"。乘兴前往历山访古寻根，这便是经典行程了。

一路上听到民间传说，虞舜于历山农闲时抚琴吟诗："陟彼历山兮崔嵬，有鸟翔兮高飞，瞻彼鸠兮徘徊。河水洋洋兮清冷，深谷鸟鸣兮嘤嘤……"这是古代圣贤对历山的颂扬，与民同乐。

历山主峰名曰"舜王坪"，海拔二千三百五十八米，为山西省南部最高峰。坪者，山间平地也。一路攀援不觉间，果然有辽阔平地展现眼前，宛若山巅天然大牧场，一望无际远达人烟罕至的原始森林。置身舜王坪，处处风景皆与"舜耕历山"有关。一道宽约五尺、深三尺的垄沟，相传是当年舜王驾驭大象耕作而出的犁沟。情不自禁想象远古晋南，气候温暖湿润，土地丰厚肥沃，大舜带领子民辛勤劳作，吟唱《卿云歌》："卿云烂兮，纠缦缦兮；日月光华，旦复旦兮。"华夏先民纯朴敦厚之风，不觉扑面而来。

放眼漫山遍野形似"串串草"的野草，便认为这是古代圣贤的遗存植物，随即请教当地老汉得知此草名为"细心"，确为药用植物。草名细心，令人莞尔。于是我越发细心观景，唯恐有所遗漏，虚了此行。

走近那座以石料砌成的屋宇，这正是"舜王庙"，因纪念"舜耕历山"而建，始建于宋元，初为砖木结构，历经多次复建现为砖木石结构，供奉舜帝与娥皇女英，以志不忘先祖功德。

我观舜王庙建筑格局，坡顶单脊，造型简约，朴实无华，尤其体量不大，很是符合远古生活样貌。转念想起当下地方兴建庙宇，殿高廊阔，金碧辉煌，院阔场宽，盛大恢宏。这舜王庙的拙朴，恰恰还原了"舜耕历山"的历史现场，令游客们顿生人文始祖的亲和感。

一路起伏行走，兴趣盎然。有景点名为"奶泉"，相传尧禅位于舜，并将两个女儿娥皇、女英嫁舜为妻。舜承继母之命凿井，遭到暗算被困井底。舜妻女英情急小产，赶来挤奶救夫，奶满石穿，遂成甘泉，因此得名"奶泉"。此泉出水甘甜，经年不竭，传说饱饮泉水包治百病，为当地百姓视为先祖造福后代的神泉。

我看到奶泉旁有两尊水缸，这定是给游人积水而用。源自上古的神话传说，无论舜帝还是女英，均为充满人格化的神。这种神话传说成为生生不息的载体，源源不断将先祖朴实善良的民风传递至今。

舜王坪的最高点为南天门，其东面是五千四百余亩的亚高山草甸，西望则是被称为七十二混沟的原始森林，兴冲冲登临南天门，历山全景尽收眼底。

立身南天门瞭望西北方，可见坡下有摞摞层石叠垒，形成小石群的规模，引人注目。快步趋前得知此为"天书石"，躬身仔细观赏，这"天书石"有石而无字，坦坦荡荡天书也。

翼城有民间传说，华夏先祖观天象、识冷暖、辨阴晴、寻规律，摸索二十四节气的规律。然而，舜王孜孜以求，亲临"天书石"以阅读无字天书，最终心领神会，悟出"七十二物候"，形成适用于黄河流域的"七十二候历"。所谓七十二候历就是把两个节气之间的十五天按五天划"候"，各候均以一个物候现象相对应，称为"候应"。从而细化二十四节气，为先民提供更为精确的天文气象规律，以事农耕。经过当代专家论证，已经确认"七十二候历"起源于翼城历山，翼城历山为中国"历法之源"。

关于"天书石"的神话传说，无疑蕴含着后人对古代先贤的崇敬与膜拜。所谓舜得神示悟出"七十二物候"，恰恰印证着华夏先民的实践精神。他们面对变幻莫测的大自然，渐渐认识二十四节气与七十二物候，精准掌握耕作规律，从而走向丰年。

下山途中，我再次拜谒"舜床"。这真是造物的神奇，一面浅褐色石板，酷似床形，一方立石极像床头，这既形似又神似的石床，被民间传说为远古先贤农忙歇息的"舜床"。举凡民间传说，皆饱含人类思想情感。舜王爱民，百姓拥戴，这块天然巨石便被演绎为先贤歇息之所，从而广泛流传。

下山途中回首遥望南天门，观日亭、梳妆台、御剑峰、舜王天厨、老虎口……只觉得满山风景盛载着"舜耕历山"的传说，几千年来流传不绝，这种种美好传说已然生出双脚走出历山，流传天下。

德孝绵山

翼城域内多山，东有佛爷山，北有塔儿山，南有翔山、望月山……可谓群山环抱，有绵山巍然其中。

绵山位于翼城县城西北方向，俗称"绵上"。绵山西边有天马—曲村晋侯墓地，东面为苇沟—北寿城遗址，北侧是唐叔虞墓和晋文公避暑城。这真是历史遗存悠久文化积淀丰厚的神奇土地。我们知道令绵山闻名于世的当属历史人物介子推。然而，三晋大地有两座山同姓同名同传说的绵山，不知介公属于此绵山还是彼绵山。明末大学问家顾炎武曾经游历翼城，几经考察推断此绵山正是当年介子推隐居之所。顾亭林先生依据晋国故都翼城距此绵山路程，断定介子推背负娘亲行走之脚力，那是难以跋山涉水北上奔赴彼绵山的。

一家之言，不排众议，权作百家争鸣。翼城绵山自古以来，建有多座庙宇，武当庙、三皇庙、黑虎庙、观音堂……尤其介子推庙规模宏大，每年三月初三庙会，信众祈福，香火甚盛。华夏民族素有将先贤奉作神灵的文化传统，以此教化世道人心。

我们抵达山脚，举目仰望绵山，此山与五岳相比，委实难以"高耸巍峨"形容，却能够体验"山不在高，有仙则灵"的道理。

从山腰牌坊起步，沿着绵山中轴线筑有登山石阶，笔直而宛若天梯，徒步登攀可以直达山顶。举凡来访者，望而却步者少。一路躬身俯首呈登山朝圣状，全然不顾疲劳。这正是古晋先贤的感召力，引领登攀者抖擞精神。

登临山顶，迎面有汉白玉雕像巍然而立，供人瞻仰。只见介公长衣束带，昂首望远，表情淡然，左臂垂后，右手似握竹简，一派浩荡古风极其传神。这雕像似乎走出千年传说，鲜活矗立于"洁侯祠"前。

洁侯祠是座飞檐斗拱的仿古建筑。祠内三尊彩塑神像泰然端坐，主位供奉威烈天神（洁惠侯介子推），绵山圣母（介母）与清远正神（晋国大夫解张）分列两端。我揣测"洁侯"名号乃是身后追封。介公生前超然物外，身后封侯实至名归，一个"洁"字准确地概括他的精神境界。

祠堂东西两壁绘有八幅壁面，谓之《介公灵应图》。"遗简兴晋，春柳疗诊，驱鸟灭蝗，破堤防汛，显灵降雨，惩处忤逆，寄道汉文，卖扇济民"，可见这位古晋贤士早已被供奉为神，造福四方百姓。

祠堂南壁绘有"子推逸事"三幅彩图，"割股奉君"与"背母隐山"的故事，尽人皆知。公子重耳流亡多年归晋继位，记功封赏追随者，就连车夫壶叔都封为大夫，却忘了为其大腿割肉煮羹充饥的介子推，令人唏嘘。

此番登临绵山拜谒洁侯祠，"解张鸣愤"的故事令我感动。功高反而不被封赏的介子推，一声不吭背负娘亲进山隐居，淡泊名利。这位晋国大夫解张登堂鸣愤，历数介子推的蒙冤受屈，令晋文侯幡然醒悟。这在伴君如伴虎的家天下，大夫解张挺身而出仗义执言，他的胆识与勇气，足以令后人称道。

尽管兴师动众甚至放火焚山以请介子推出山，然而介子推母子火海永生，于华夏青史留下浩然正气，贯穿古今。于是，这座绵山便有了感天动地的故事。

如今每逢清明节，便举办绵山德孝文化旅游节，以"德孝文化"弘扬介子推忠孝美德。一个历史名人与一座历史名山，必将让后代子孙不忘先贤人品高洁，继承中华民族传统道德文化，代代传承下去。

第 三 辑

河 北 篇

七月，沿滦河而上

　　七月。七月流火，其实是说天象而非天气。七月。我们赴河北采风。有俗语云，十里不同风，百里不同俗，千里不同情。相隔十里，生活风气不同；相隔百里，生活习俗不同；相隔千里，人情世事不同。看来采风并非寻常意义的旅行。接到河北省作家协会发来的日程安排，果然路程千里。由此说来，燕赵大地的风、俗、情，乃是此行的主要观感。天津与河北原本一家，内心顿生亲切之感。

遵化·清东陵

　　这是河北省旅游局与河北省作家协会联合举办的"作家看河北"活动，我有幸忝列其中。出京城走燕郊，采风首站是遵化。遵化属于京东文化板块，与天津蓟县相连，因此并不陌生。改革开放以来，旅游业振兴，清东陵成为著名景点，尤其慈禧陵墓被盗的故事几度被拍成影视作品，吸引着来自世界各地的游客。至于陵寝珠宝的真实下落，更是令人猜想不已。

　　我此行再度游览清东陵，感觉景区设施与管理有了很大提升。然而我心目中的最大风景乃是赵英健女士。她曾经四次做客央视名牌栏目《百家讲坛》，以清代陵寝故事为主线，为观众揭开康熙、嘉庆、道光、慈禧陵寝的谜团，一跃走红成为电视明星人物。

　　赵英健女士聪慧健谈，亲自为我们讲解，这是高规格的待遇。我是她的"粉丝"，听其讲解获益匪浅。清东陵，皆因赵英健女士登临《百家讲坛》的传播，更加成为吸引广大游客的著名景点。从大众传媒意义上讲，电视受众与旅游业发展，确实关系密切。

　　清东陵，沉睡着皇帝、皇后与皇妃，无言无语凝固于中国历史深处。赵英健女士的讲解，使得皇家清东陵成为具有深厚历史积淀的公共景点，从这个意义上讲，她盘活了历史也盘活了遵化的旅游资产，在历史与现实之间，搭起一座无形的桥梁。原本已被固化的历史遗存，随之鲜活起来。在历史与未来之间，恰是社会变革的当下。

　　这正是遵化给我的启示，也是我对"赵英健现象"的解读。

迁西·青山关

从遵化向东继而向北，我们前往迁西境内的青山关长城遗址采风。沿途丘陵不绝，山坡多栽板栗树，于灌木丛中呈鹤立鸡群状。当地名产"遵化板栗"，香甜可口。然而，从天津口岸输出海外，却改名"天津甘栗"。我在日本各地中华城或唐人街，发现都有"天津甘栗"出售，颇受欢迎。明明是遵化板栗，却让天津出了名，真是委屈了遵化。

进入迁西境内，一路车程，河流频现。我蓦然意识到"考斯特"正向滦河上游驶去，心情难免有些激动。

从20世纪70年代起，天津便饱受干旱缺水之苦，民间流行"自来水腌咸菜"之说，市民饮用的自来水，苦涩难咽。20世纪80年代初期"引滦入津"工程告竣，天津人民终于喝上甘冽清亮的滦河水。滦河对天津市确有恩德，天津人对滦河怀有亲情。因此，车近滦河上游，我的心情与同行作家相比，别有一番滋味在心头。

我看到公路右侧小河流淌，一打听方知它是滦河支流名叫长河。这就是一千两百万天津人喝的滦河水，不声不响奔流而下奉献而去，解救了一座特大城市的焦渴。

迁西境内河川纵横，还有洒河、清河、横河等等支流，全县80%的流域面积为滦河水系，积小流为大川，持续不断为天津市提供着水源。

迁西境内景点不少，有景忠山宗教文化旅游区、凤凰山民俗文化旅游区、潘家口水下长城、喜峰雄关大刀园……尤其迁西境内的大黑汀水库区，尚有栗香湖和滦水湾两处景点，均与引滦入津工程有关，可惜行程紧迫，我无缘造访。

在迁西众多旅游景点中，我们还是选择了青山关长城古堡旅游区。中国人的长城情结，几乎代代难以磨灭。

在迁西县一百一十五公里的古长城中，青山关古长城保存最为完好。这里有七十二券楼、月亮城、提吊式水门，还有修建于明朝万历年间的长城古堡。关城设南北两门，我们从南门进入，登上城墙俯视城关，南北略扁，东西凸起，呈元宝状，因此此处被人们称为"元宝城"。

我们穿过水门，在古堡址拍照留念，人一下子融入深远的历史里。青山关长城古堡颇具"活化石"的意义，令我们全然不觉地化入历史深处，不知今夕何夕。

夜宿青山关，这是一座古式山村小院，栽有果树与菜蔬。我与诗人汪国真为邻。闭灯安歇，夜黑如墨，万籁俱寂。多少年了，身居嘈杂喧嚣的大都市，黑白颠倒的夜生活，霓虹闪烁，街灯如炬，使得黑夜不黑；笙歌不断的夜生活，卡拉OK，灯红酒绿，使得静夜难静。

青山关之夜，黑得如此清净，静得如此纯粹，不由发人深思。我们究竟需要什么样的生活？反思社会生活的现代化，究竟让我们得到了什么又失去了什么？

是夜，我头枕长城，滑入童年梦乡。

前往北戴河·路上

　　离开青山关，驱车向南而后向东，前往旅游胜地北戴河。此行途中经过迁安，这也是辽代古县。改革开放以来，迁安钢铁产业崛起，成为经济强县。不觉间车过钢城大桥，一条宽广的大河跃入视野。这就是迁安境内的滦河干流。它与此前迁西境内的支流长河相比，可谓浩浩荡荡。心怀感恩之情，我终于体验到滦河何以济津，那正是由于它的宽广与浩荡。

　　驶出城市，进入郊野，滦河一下露出它的本来面目。宽广无比的河面上，薄雾笼罩，似真似幻，宛若仙境。这才是真正的滦河，这才是城市人多年无缘相见的充满野性的大河。我想起多年前看过北欧艺术团演出的"大河之舞"。滦河的滔滔之水，印证着艺术的真实。

　　我想套用《黄河大合唱》里的朗诵词："朋友，你到过滦河吗？朋友，你见过滦河吗？你见过滦河那奔腾不息的场景吗？"

　　尤其天天喝着滦河水的天津人，请你们在节假日里到上游去看看真正的滦河吧，那是一条真正具有生命的河流，在那里很可能获得对生活的重新理解。

　　一路行驶，前方就是著名的北戴河。那里有更多的水，那里有大海。大海乃是无数条河流的汇聚而已。海水咸，河水淡。有俗语云：咸中有味，淡中香。

　　我还是想念迁西和迁安境内的滦河。

前往赤城寻访温泉

离开怀来县的大唐温泉，乘车前往赤城，继续寻访温泉。这一带温泉甚多，几乎进入大数据时代。然而，无论沿途温泉多少眼，总会有那么一股暖流属于你——润泽肌肤，沁养心脾，全身心感受大自然的恩赐。于是，寻访心仪的温泉，几乎成为此行的重大使命。

初次听到赤城这个地名，我下意识想到它的同音词：赤诚。不知为什么竟然受到莫名的激励。炎炎夏日里，赤城的地名越发显得与众不同。这地名确实令人不易忘记。

郦道元《水经注》中称，"渔阳之北实有汤泉，去燕京三百里。"此公所言，正是今日赤城。傍晚时分，结伴入住寒谷温泉区，依山傍水，满眼植绿，爽风徐来，一派祥和所在，只是未见"汤泉"何在。

此前已然得知，古人对自然涌出地表的热泉分为"温""汤"两类，水温高而烫手者为"汤泉"，水温略低而不烫手者为"温泉"。赤城热泉水温接近七十摄氏度，足以煮熟鸡蛋，自然归为"汤泉"了。

汤泉，这又是个引人神往的词语，一时觉得古风扑面而来，恨不得立即听到潺潺流水，亲近赤城汤泉。

华灯初上。晚间走出住所，沿山坡而行，步步登高。道路两侧，店铺生意火爆。一路上人流渐稠，一辆辆小轿车从身后驶来，似乎不约而同朝着一个共同目标而去，颇有渐入佳境之感。

行至半坡，道路右侧出现一方平地，一座仿古牌坊赫然而立，掩映灯火间。我随人流拾级而上，夜色朦胧，抬头望见这座牌坊顶端镂刻两个行体金字，近前观看，竟然是"汤泉"。

这便是郦道元先生所言的汤泉了。疾步上前，迈过小桥，石阶左侧有水汽蒸腾，伴着潺潺水声。

一道明渠，沿着山坡逶迤而下，热泉流淌，雾气环绕，颇似仙境。明渠两侧，一个挨一个，已然坐满游人，有男有女，有老有少，衣着颜色各异，宛若五彩盛开。他们挽起裤角，伸出双脚蹬踩在水畔鹅卵石上，不时将足尖儿浸入奔流里，旋即提起，不由咝咝吸着冷气。这便是赤城汤泉，水温偏高，人体难以沉浸其间，所谓足浴，亦似蜻蜓点水，场面颇为好玩。女人们只得将毛巾浸湿，不停地擦拭着双腿，动作文雅而从容。男人们则打了赤膊，挥动毛巾擦胸拭背，不亦快哉。

我沿着明渠，拾阶而上，寻访源头。明渠两侧，早已没了空位。人们尽情享受着汤泉，人气极足。这时候，我看到奔流的泉水出现落差，陡然形成一个热气腾腾的小瀑布。我从未见过热泉瀑布，夜色氤氲，飞流疾下，跌宕起伏，颇有一唱三叹的感慨，堪称人间奇景。

夜色渐浓，人们或端盆或拎桶，从小瀑布处接满热水，然后闪到旁边，悠然地享用汤泉之美。

我找到渠畔足浴的一家人，主动攀谈。这户人家居信县城，经常开车来这里享受汤泉。我问男主人生活满不满意，他下意识指着奔流而去的热泉说："当然满意！我开车搞运输，妻子开饭馆，生活很好！"他说话时目光不离脚旁的奔流，似乎他的生活与汤泉有着很深的关联。

女主人则说："我全家经常来这里，汤泉保健，含二十几种微量元素，治风湿，治皮肤病，治神经衰弱，降血压，软化血管，消炎止疼！"

如数家珍。我被这家人的生活态度感动了，而他们的生活态度决定着他们的生活质量，而他们的生活质量，又确实与这里的汤泉有关。

赤城的汤泉啊，又确实与民生有关。于是，我初步认识了赤城汤泉。它不仅仅是旅游景点，也不仅仅是疗养胜地。它首先属于赤城民众的日常生活。月色朦胧，被称为草根阶层的城镇居民休闲于此，悠悠哉享受着汤泉足浴，其乐陶陶。

倘若时光倒退三十年，我肯定认为这里是欧洲瑞士小镇。如今，这已经成为赤城民众的寻常生活。为普通百姓提供热情与兴致——这才是赤城汤泉的应有之义。因此，我听到泉水一路欢歌而去。

当晚返回宾馆住所，我灯下捧读有关赤城的史料，渐渐了解到汤泉的来历。赤城汤泉，又称"关外第一泉"，早在明代便已闻名天下。俗话说，大地方有大地方的风光，小地方有小地方的景致。赤城汤泉汩汩流淌，有着深厚的历史文化积淀。

举凡风光景致，总是伴随着古老神话而传播。相传上古天有九日，赤阳炎炎，暴晒九州。赤城有个壮汉名叫二郎，他常年下田劳作，老母亲给他送饭，半路晕倒暴晒而死。二郎至孝，拔起一株千年古松，担起两座大山要把太阳压在山下。他终于追上一个太阳将其压在山下。从起，地下泉水经过这个太阳的炙烤，腾腾升温成为赤城汤泉，终日流淌不绝。如今赏析二郎神话传说，赤城汤泉的来历无疑与中华民族的传统孝道密切相关。弘扬仁孝，当是正道。

神话终归神话。赤城周边的民间传说里，首先出场的是康熙皇帝的祖母孝文皇后——博尔济吉特氏·布木布泰。

孝庄太皇太后年老，患有腿疾，俗称"老寒腿"。她得知"关外第一泉"赤城汤泉疗效神奇，便萌生前往赤城的意愿。康熙皇帝至孝，立即派大臣耿昭忠前往赤城汤泉修建行宫，以迎驾祖母莅临。民间传说无凭，有《赤城县志》记载："屋两层，各三间。"楼下"凿石为盆"，"明渠引泉"，这便是耿昭忠修建的行宫，以供太皇太后享用汤泉。

汤泉行宫建成。1673年正月二十四，康熙皇帝率领文武百官护送孝庄太皇太后銮驾离开京城，翻越八达岭，经过怀来卫，过长安岭，走雕鹗沟，前往赤城。《赤城县志》记载："上出居庸关奉太皇太后幸温泉行宫。"一路历时六天，康熙皇帝为祖母扶辇而行，适逢浮桥，他还要先行上桥检验是否坚固，以确保太皇太后安全。中途住宿，这位皇帝或暖榻或奉膳，均亲自侍奉，不离左右。

太皇太后抵达汤泉行宫。人们意外地发现，有褐色石碑立于汤泉之畔，镌刻"洗心"二字，很是醒目。康熙皇帝伺候祖母下榻行宫，心中有数。

原来，耿昭忠之兄耿精忠世袭驻守福建。清室入关，曾分封"三藩"。

即"平西王"吴三桂，"平南王"尚可喜，耿精忠袭封"靖南王"。康熙十年，朝廷强化中央集权，撤藩之心日显。精明过人的耿昭忠唯恐其兄耿精忠罹祸，借修建赤城汤泉行宫之机，请胡之浚书写"洗心"二字，勒石刻碑于汤泉之畔，以此表明效忠清室之心，从而明哲保身。

五百多年后的今天，有赤城当地文人阎宪将这段历史写成六集戏曲剧本，使"洗心"的故事广为传播。

清代的赤城汤泉果然神奇。太皇太后驻跸赤城五十余日，以汤泉疗疾，困扰孝庄多年的"老寒腿"竟然治愈了。康熙皇帝的孝心总算有了圆满结果。从此，赤城汤泉的神奇疗效，更加天下流传，成了一时佳话。

赤城汤泉，皇家佐证。随着时光流转，这道热泉流淌着一个个感人的故事。

九一八事变后，日军继而攻占热河，而后占领察哈尔和河北大部土地。抗日名将吉鸿昌将军亲赴赤城，劝说孙殿英抗日。孙殿英虚以委蛇，延请吉鸿昌将军到赤城汤泉沐浴游览。走到康熙"洗心"牌前，抗日心切的吉鸿昌将军触景生情，大发感慨："大敌当前，山河破碎，洗心何用？洗雪国耻才是当务之急啊！"

孙殿英只得连声称赞，当即叫来纸笔请吉鸿昌将军题写"洗耻"二字，镌刻于崖壁。这两个力破千钧的大字，久经风雨闪烁着爱国主义的光芒。

另一位抗日名将佟麟阁将军，于七七事变之时指挥第二十九军与日军激战，于南苑战场殉国。他生前曾经到达赤城汤泉，挥起大笔写下"赤泉"二字，其势刚柔并济，为赤城留写功德，名垂青史。

我几度阅读史料，沐浴历史长河，涟漪不绝，不觉心情激越。赤城一方热土，不仅有一眼眼热泉奔流，更有可歌可泣的热血志士涌现，他们的英灵与热泉相伴，永存人心。

曦光大放，旭日升起。我走出住所，趁着清晨脚步再度探访赤城汤泉。昨晚景象犹存脑海，今晨视野里又添新鲜场面。蓝天白云下，绿色草木间，晨风里，只见明渠两侧再度坐满洗浴热泉的人们。或家庭或团队，扶老携幼，煞是和谐。尽情享用着汤泉带来的生活情趣。我终于明白了，帝王之家，有皇室尊贵的至圣孝道。寻常百姓，有根植千年沃土的天伦之乐。这才是我们日常生活的意义，这才是赤城汤泉存在的真正价值。

沿着明渠攀援而上，我寻访被昨晚夜色遮蔽的景观。来到六泉之一的"胃泉"近前，我急不可待从泉口接满一杯清水，一饮而尽。泉水温热，沁人心脾，一扫疲惫之气。眼泉，平泉，气管炎泉……我终于站在总泉旁边。这里是源头，赤城汤泉流淌而下，皆出自这里。

总泉灼热。我尽情感受扑身的热气，空气中嗅得淡淡气息，这或许就是热泉微量元素散发的味道，它从几百年前的皇家行宫，飘进当今寻常百姓身旁，久久环绕而不散。这是时代的变迁，这也是赤城汤泉的新生。

汤泉不老，清水长流。我在距离炽热的总泉不足两米的地方，看到"冷泉"石牌。冷泉近临热泉，水位平稳，常年不枯，两泉相邻咫尺，居然凉热各异，堪称人间"谐趣"。

我想，冷热相伴，辩证依存，和而不同。这正是赤城汤泉的谐趣吧。千年流淌，百世不竭。赤城有赤泉，更有赤子之心。

你也跟我一样来赤城寻访汤泉吧。途中，你可能邂逅沉甸甸的历史；路旁，你可能牵手生机勃勃的小树。冬天，这里必有一股温流属于你。盛夏，这里可以送奉一派清凉。

是的，赤城汤泉欢声笑语，她在这里等你。

热河观花

金山岭上

屈指算来，此番"中国作家看承德"活动，距离我初次登临金山岭长城，已然二十年时光了。那时的金山岭长城，似乎处于野生状态，一派尚待修葺的景色。印象最深的是它浓郁的野趣与盎然的春意。

金秋收获时节，我再度访问河北省滦平县境内的金山岭长城，登高远眺，蔚为大观。我不禁想起《岳阳楼记》范子的名句：览物之情，得无异乎？

长城巍然屹立，清风徐来，绿意满眼。二十年变迁换了人间，此金山岭景观自然也大不相同了。

文化沃土积淀，古树又增年轮，一处处浅绿，一处处深翠，远近层次分明。蓝天白云下，长城逶迤而去，从山麓而顶巅，高低错落，目不可极。此行登临金山岭长城，令我感受到正在实施的"京津冀一体化"国家战略，真可谓及时而切实。继珠三角长三角之后，又有改革大手笔勾画出中国经济发展"第三极"的远景。

此前，京津两市近在咫尺，却难以全方位协同发展，港口重复建设，断头路难以织就交通网，使得咫尺形同万里。说起首都与河北，说起天津与河北，似有无形的长城阻隔，多年以来不能完全进入融溶互补状态，犹如三大高音歌唱家，似乎不能形成经济发展的大合唱。

其实，不论多年形成的交通壁垒还是区位局限，我们首先要破除的还是僵化的思想壁垒。站在改革创新立场反思，我们的思想解放任务，依然任重而道远。

京津冀手机通信取消区域漫游费，此例正是突破地方壁垒的明证。从隔绝走向贯通，从隔墙走向共处，从各行其是走向共同发展，这是最好的开端。

始建于明代的金山岭长城，这分明是国宝级的文物古迹。戚继光当年筑建长城，自然出于军事防御之需，肯定是越坚固越好。长城内，意味着国泰民安。长城外，意味着战争危险。

长城，对封建王朝来说意味着闭关与锁国。从防御到防御，这是历代皇帝修建长城的本意。而今太平盛世，金山岭长城内外一派和谐景象，人民安享和平生活。尤其置身京津冀一体化的大背景下，金山岭长城只是一处国家级文物名胜而已。

长城内外公平发展，共同进步，这不仅是大自然造物的平等，也是改革开放的新景观——长城内的青草与长城外的青草同样绿，长城外的鲜花与长城内的鲜花同样红。这正是京津冀一体化的应有之义。

长城，已经不再担负防御任务而依然屹立世界东方。放眼今日金山岭长城，它以逶迤起伏的宏大气势，时时激发着我们登攀向上，从而成为规模最大的人生励志风景。

我们，建造物质世界的长城并不难，不过一砖砖一石石，不过千千砖万万石而已。我们，破除僵化的思维定式则不易，不是一朝一夕，不是累月经年，而是朝朝夕夕时时刻刻分分秒秒，不松懈不怠慢不自满，从而在心中筑起我们新的精神长城。

我想，这便是金山岭长城给我的启示吧。

承德寺庙

不是首访普宁寺，也不是初谒小布达拉宫。承德外八庙，你多次拜谒也难以充分领略承德积淀深厚的宗教文化内涵。

普宁寺始建于清乾隆二十年（1775），三年后竣工。普宁寺主殿大乘之阁供奉着世界上著名的金漆木雕千手千眼观世音菩萨，高达 22.28 米。因为，普宁寺俗称"大佛寺"。

大乘之阁大殿前，前来拜谒的僧俗两众，无不引颈瞻仰，惊叹佛教建筑的宏伟与精细。普宁寺是一座典型的汉藏结合建筑风格的寺院。尤其那尊跪拜姿态的石像，颇具藏传佛教"五体投地"的朝圣体态，独具匠心。

步出普宁寺山门回首望去，山门匾额"普宁寺"鎏金寺名，书有满汉蒙藏四种字体，这均出自乾隆皇帝手笔。

此行拜访普宁寺，乾隆帝题写的四种字体鎏金巨匾给我留下深刻印象。

普陀宗乘之庙又称小布达拉宫，因为普陀宗乘是藏语"布达拉"的意译，因此这座寺院被称为"小布达拉宫"。它的名气并不亚于普宁寺。

1770 年是乾隆皇帝六十岁寿辰，次年适逢其母皇太后八十岁大寿。青海西藏蒙古各民族王公贵族纷纷要求赴承德祝寿。乾隆皇帝下令模仿拉萨的布达拉宫建造普陀宗乘之庙，以迎盛事。

拜访承德的寺庙，因人而异，各有心得。然而，正是承德这样一座独具深厚文化积淀的城市，为我们提供走进历史长廊的机缘，从而不虚此行。

拜访承德寺庙，虽属圣地重游，依旧新意盎然，感觉颇有收获。承德有景，常游常新。

关于丰宁

此行采风行走，乘车行驶在承德境内的高速公路上，我发现写有"丰宁大汗行宫"的巨大广告牌，挺身矗立高速公路两侧，颇为引人注目。我几次觉得"丰宁大汗行宫"字体颇为熟悉，一时却想不起这书法出自何人手笔。

原来正是出自"何人"手笔——著名作家何申先生告诉我，这六个大字是他写的。只要沿着承德境内高速公路行走，几乎随处可见。何申先生乐乐呵呵说，并没有得到半个铜板的润格。作家兼书法家何申为自己第二故乡的风景名胜出力，写字自然不为孔方兄。

何申先生的题字，唤起我前年造访丰宁大汗行宫的记忆。承德境内的丰宁大汗行宫坐落在丰宁坝上，有"京北第一草原"之称。这是距离首都北京最近的天然山地大草原，海拔一千四百八十六米，辽阔高远，令人心旷神怡。

这片草原自然风景区吸引游人的地方，正是被称为"大汗行宫"的景区，也就是当年成吉思汗驻留之所。这个旅游景区以大自然为资源依托，以蒙元文化为基础，集访古探幽、观光娱乐、餐饮住宿为一体。进入大汗行宫城门，一片开阔地带矗立着无以计数的古铜色雕塑，再现蒙古骑兵战场冲锋的宏大场面。一尊尊雕塑形态神色各异，蔚为壮观。

沿中轴线行走，远处一尊雄鹰石雕呈离地起飞状。越走越近，方知此尊雄鹰石雕之硕大无朋。众人与其合影，相比之下人体宛若豆荚。

中轴线的底部是成吉思汗的寝帐。此公塑像居中，形象伟岸，面露英气。大帐中央高悬狼头的图腾，透露出蒙元铁骑横扫欧亚大陆的霸主气概。

乘小火车样的电瓶车环游景区，凉风习来，尽扫暑热，令人身心爽快。沿草原湿地行驶，一条小河若隐若现，令我想起早年舒婷在诗歌《故乡山岗上》上的句子："我相信浅草中，有一道看不见的泉水。"

果然，我得知这道浅草中的河水居然就是滦河源头，不禁兴奋不已。我饮滦河水三十多年，始见到滦河源头，这是人与大自然的缘分。我当即取出相机拍照，便将这源头美景带回家了。

这条与天津人民紧密相关的滦河，发源于丰宁大滩镇的东猴顶山，其干流在丰宁境内长一百四十七公里，流域面积三千一百三十四平方公里，不舍昼夜流淌，经潘家水库分流，最终汇入天津蓟县的于桥水库，送往天津的家家户户。

饮水思源。我站在丰宁大汗行宫，眺望滦河源头。丰宁胜地，不仅"丰芜康宁"，而且有着丰富的水利资源。从而滋润着我们日见干燥的心田，使我们得以享受湿润而抵御沙化。

其实丰宁的历史还是颇有来历的。它于1778年建县，县名来源于乾隆皇帝御赐，取"丰芜康宁"之意。如今丰宁是满族自治县，县城里有座满族文化博物馆，内容丰富。丰宁境内风景名胜不少，令人称奇的景点是九龙松。

那株被称为"九龙松"的古树，据说栽植于北宋年间，历经六个朝代，已有千年历史。这株松树高4米，树围3.5米，全树覆盖面积525平方米，九条粗大的枝干，盘旋交错，枝头似龙头，树身弯曲似龙身，树皮宛若龙鳞，形成九条腾空欲飞的蛟龙形状，神韵绝伦。因此，它获得"天下第一奇松"的美誉。

我以九龙松为远景，拍摄留念。猛然间我发现，若以此角度拍照，九龙松的全貌宛若一顶巨型官帽。据说有志于仕途登攀者，多选此角度拍照，以求官场平步青云。这株九龙松带给世人各种各样的吉祥期待与美好期许。

九龙松风景区内，还有一座五龙圣母祠。祠内供奉的圣母，俗姓李，她育有五子皆为龙。当地盛产野果"欧李儿"。传说圣母受孕时感觉有"欧李儿"自左肋入而右肋出，即怀龙子，龙子出生皆从母姓。我在祠堂看到圣母所育的第五龙子塑像，其尾残缺。五龙圣母祠的讲解员告诉大家，这五龙子是条小黑龙，其龙尾被斩断，因此人称秃尾巴黑龙。每年圣母生日，这条秃尾巴黑龙定然风雨兼程回家省亲，被民间称为"孝龙"。

我打量着秃尾巴小黑龙的塑像，当场想起童年时期与祖母共同生活，每逢农历六月十三必然雷雨天气。她老人家便望着天空说"这是秃尾巴老李回家看望娘亲啊"。

我在丰宁县五龙圣母祠看到的这条孝龙，正是当年祖母给我讲叙的"秃尾巴小黑龙"。当年祖母称他"秃尾巴老李"，这恰恰佐证他是随母亲李姓的。此则出自丰宁地区的神话传说，竟然远在天津地域得以广泛流传。看来"十里不同俗，百里不同风，千里不同情"这句民间谚语，也有不应验的地方。

当年承德境内采风竟然邂逅这个儿时听到的神话故事，丰宁之行，不亦快哉。

其实，以前我从《中国作家大辞典》里得知，承德所辖的丰宁县乃是诗人郭小川先生故乡。郭小川故居在丰宁县凤山镇，那是一座普通的农家院落，庭院不大，六间房屋设为郭小川生平展室。我从一张张图片里看到这位著名诗人的人生沉浮。他在天津静海五七干校写作的著名长诗《秋歌》和《团泊洼的秋天》，广为人知。我与郭小川的长子郭晓林是好友，曾经听他讲起诗人意外去世的经过，不禁感慨不已。人生无常，一个杰出的诗人从此哑言。即使哑言，郭小川的诗歌仍然唱响于人世间……

承德采风，方知人杰地灵。承德采风，方晓历史文化积淀深厚，这里不只避暑山庄、不只外八庙、不只木兰围场、不只潘家口水下长城、不只清季帝王将相……你如何概括承德呢？似乎难以概括。举凡难以概括的地方，你也无法抽象它。这便是承德的丰饶与深厚。

由风而雅

采风结束之日，我清晨时光漫步于兴隆县安子岭乡上庄村的"诗墙"前，一时沉浸在诗歌王国的氛围里。这连绵不断的诗歌长廊，云集古今中外诗人诗作，宛若百花盛开的精神王国，令我流连忘返，不知今夕何夕。

这里是诗上庄。听得公鸡迎着晨风鸣叫，看太阳升起了。这太阳不光是小山村的，同样也是全世界的太阳。

诗人可以说：太阳是我的。诗人也可以说：我是太阳。

诗人们完全可以这样说。因为在诗人王国里，诗歌属于世界。诗歌就是世界。

我站在诗上庄的小路旁，尽情沐浴秋风。青山不改，绿水长流，这一派田野风光，不仅象征着五谷丰登的农家生活，也有诗风迎面拂来。

青山掩映下，我相信远处山村有炊烟初起。那袅袅炊烟在历史与现实之间，高高升腾起来了……

成语之都话邯郸

以前知道成语"邯郸学步"也知道邯郸是古都，还有廉颇和蔺相如。1988 年春天我曾经去邯郸参加《工人日报》征文颁奖会，游览了"丛台"和"黄粱梦"两个景点，以为了解了邯郸。

这次邯郸采风，乘车从京深高速公路驶进市区大道，无意之间发现两侧路灯别有新意，其形状巧妙模仿中国古代弓箭，无言叙述着赵武灵王"胡服骑射"的成语典故，可谓先声夺人。当下中国处处掀起城市建设热潮，大江南北各显神通。邯郸的"弓箭路灯"将历史与现实有机融合，给我留下新奇而深刻的印象。

走马观花古邯郸，从赵苑到武灵丛台，从回车巷到广府古城，胜景处处。令我艳羡不已的是邯郸堪称中国成语典故之都。当地专家学者告诉我，中国现存成语典故洋洋大观，其中与邯郸文化历史相关的竟然达到一千五百八十四条之多，不由令人惊叹。

发祥于八千年前的"磁山文化"，使得邯郸成为我国新石器文化的代表地区。春秋时期，这里是晋国重要的工商业城市，进入战国时代则成为赵国首都。从西汉以来的"五都之一"，到东汉、晋魏、南北朝，邯郸又成为后赵、冉魏、前燕、东魏、北齐的国都，隋唐、北宋、元明清……如此连绵不绝积淀深厚的中原文化，使得邯郸成为中国成语典故之都，也就不足为奇了。

一座城市拥有如此丰富的成语典故，这在中国版图里可以说是绝无仅有的。与邯郸相关的成语典故，从类型划分，有表现神话、寓言及民间传说的，如"女娲补天""黄粱美梦""梅开二度""罗敷采桑"等等；有反映军事战役的，如"围魏救赵""马陵之战""背水一战""破釜沉舟"等等；有反映人物业绩的，如"赵氏孤儿""董狐之笔""完璧归赵""毛遂自荐""负荆请罪"等等；有鞭挞不良习气的，如"纸上谈兵""利令智昏""飞扬跋扈""南辕北辙"等等；有揭示人生哲理的，如"锲而不舍""前车之鉴""青出于蓝胜于蓝""兼听则明，偏信则暗"……这每一个成语故事都蕴含着一段历史故事，好似一块块"活化石"。

近年来，邯郸市大力挖掘"成语典故"的文化存量，以弘扬民族优秀文化，彰显这座古城的传统文化魅力。无论邯郸市区还是周边郊县，随处可见"成语典故"雕塑和碑文，让历史"复活"于现实，让现实"链接"历史。

在古老的沁河上有一座学步桥，传说正是寿陵少年学步的地方，如今这里建成一座两万平方米的景区，"邯郸学步"的大型雕塑矗立于绿茵茵的草坪上，融汇古今。当时，河北作家谈歌对"邯郸学步"这则成语典故持不同见解，他认为所谓"学步"不是学走路的步姿，而是学跳舞的舞步。我对历史文化一无所知，只得兼听而已。

位于城区的回车巷，传说是文官蔺相如避让武将廉颇的胡同，也是这位老将军"负荆请罪"的地方。如今这里新建广场，维修碑亭。游人仿佛走进历史深处亲历"将相和"的场面。

在邯郸教育区，站立着战国学者荀子的雕像。他手持书卷仿佛低吟着《劝学篇》里的名句：不集小流，无以成江海……

为了集中展示邯郸成语典故的风采，近年在古赵苑附近建起一座规模宏大的邯郸成语典故苑。它西牵九宫城，东依铸箭炉，今人游走其间宛若重返古赵大地，洞悉华夏历史的深邃与博大。我们透过一个个出自《庄子》出自《淮南子》出自《左传》出自《战国策》出自《史记》的成语典故，宛若置身上下五千年的中华民族文化宝库。从这个意义上讲，邯郸无疑是储存我国古老文化的大容量"硬盘"，古为今用着。

顶天立地、步履蹒跚、一狐之腋、奉公守法、旷日持久、价值连城、盛气凌人、不遗余力、奇货可居、瓜田李下、三人成虎、惊弓之鸟、一字千金……这一条条成语典故蕴含着文化气息扑面而来，散发着历史幽香，使得今人从这座古城汲取知识营养。

邯郸与天津不无关联。就在这座古城附近有一座著名钢铁企业，它的名字也是四字词语，当年叫"六九八五"，如今叫"天津铁厂"。

成语是凝固的历史。然而现实生活还在不断产生着新的词语，譬如近期出现的"天津航空"，就给津门蓝天增添了新景致。老成语与新词汇，同样丰富着我们的日常生活。

山海路线图

从清晨开始

拉开宾馆房间窗帘，窗外便是这座城市的清早。我国经济建设高速发展，无论哪座城市都是高楼大厦，模样差不多，倘若没有地标建筑你很难识别城市特征。我临窗凭高拍了两幅照片，把清晨外景装进镜头里，然后将照片发了朋友圈附了文字说明：嬴政岛清晨。

一个个点赞出现了，我知道这是惯性，没人问这是哪座城市。一个记者朋友出现了，问我嬴政岛在哪里。我复了"你猜吧"。

我意识到自己掉书袋弄得朋友不知所云。此行秦皇岛采风就要开始了。这是座有山有海的城市，还有长城与领袖诗篇。不知为什么我想起《山海经》。是啊，山与海，构成神州版图框架与内涵。所谓平原则只是大海腹地而已。秦皇岛这座城市，既有山也有海，而且山海相依，海山共存。我们的采风足迹，无疑是山海路线图了。

到了采风出发的时候，朋友圈里的记者朋友仍然没有猜出"嬴政岛"的真实身份。那么曹孟德的谜底肯定在前方，那会是个什么样的谜面呢？

这个具有历史文化积淀的地方，它必然是深厚的。

海港：前世今生

一座城市拥有一连串令人耳熟能详的地名，恐怕只有秦皇岛：山海关、北戴河、碣石山、昌黎黄金海岸……然而尽人皆知的是这里的海滨。

北方的海，有沙滩也有滩涂，秦皇岛正是北方大海的代表，它的海风是北方的，有男性的雄浑苍劲；它的沙滩也是北方的，有女性的柔美大方。秦皇岛有着典型的渤海，海水里融着孟姜女的泪滴，倒映着魏武的鞭影，更有"大雨落幽燕，白浪滔天，秦皇岛外打鱼船，一片汪洋都不见，知向谁边……"的宏伟诗篇在时光里回荡。

中国不可能有第二个这样的地方。有山，有海，有长城，而且还是蘸着海水的"咸味长城"，西端嘉峪关长城则是原味的。

有海的地方，往往有港。秦皇岛正是孙中山先生"建国方略"构想的中国北方大港。一座海港的前世今生成为这座城市的缩影。

于是，乘着深秋海风，我们来到这片被称为"开埠地"的码头。一座百年港口的历史画卷，徐徐展开了。

那是1898年，距离1900年八国联军大举入侵还有两载时光，颇具维新思想的光绪皇帝钦批在秦皇岛自行开埠建港，于是这里成为中国北方政府唯一自开主权的口岸。中国的沿海开埠大多与不平等条约有关。秦皇岛是个例外。时光流转到1915年，这块开埠地基本形成大码头格局。孕育其间的秦皇岛港，迄今百年历史了。

在我的记忆里，秦皇岛港是当今中国能源运输枢纽大港：大庆原油输出，万吨煤下海……为年轻的共和国提供着生生不息的动力。

秦皇岛西港区，1962年、1975年、1987年、1993年、2004年，经历了几个发展阶段，码头不断扩建，港口屡屡增容。然而，风雨洗礼，时代变迁，为发展完善城市功能，2013年大码头正式停产，曾经昼夜繁忙的海港清静下来，时间仿佛凝固了。

就这样，西港区落下帷幕。百年开埠地如何扮演新的角色？在城市高速发展进程中，一份考卷摆在秦皇岛人面前。

我曾经伫立泉州海边，望着那尊记载马可·波罗离船登岸的石碑，古老的码头已然镶嵌在历史深处了，只有千年海风迎面吹来。漫漫时光早将昔日繁华的码头还原为海滩，不知今夕何夕，任凭海浪抚摸着。

人类从工业革命开始，已经将无数荒芜变得无比繁荣。在改革开放的中国，我们完全能够将这一种繁荣转化为另一种繁荣。

秦皇岛就是这样，这座充满钢铁肌肉般的力量的北方能源大港，当然不会由于码头停产而悄无声息。西港区开始华丽转身，从动输大港变为以旅游休闲养生为主题的宝地，旧貌变新颜——走上发展文化"软实力"的康庄大道。

我们脚踏昔日路基砟石，沿着西港区铁道行走，前方却是一派新景。那是座火车站。一列"紫皮客车"停在那里。火车站台上，一座木质门楼式站牌上写着"开埠地站——1899"。

当年西港区这座古老的货运车站，已经被改造为开埠地旅游观光列车的始发站。崭新的候车站台，崭新的旅游列车，却满载着积淀深厚的历史文化内涵，载着游客们驶离海滨风景，前往向山的怀抱。

这座"开埠地车站"象征着港区历史，这列旅游客车则驶向美好未来，而西港区恰恰站在历史与现实的交义点，叫谓承上启下。承上，落下海港生产的幕布；启下，拉开旅游开发的帷幕。

海边堤岸，保留着一座硕大的"旋转卸车机"，在流行"蓝牙与 U 盘"的时代，它无疑属于庞然大物。我读到这样的文学介绍："旋转卸车机 20 世纪 70 年代投入使用，又称'绞龙'，由秦皇岛港自行设计制造。工作时通过螺旋作用，将车厢内煤炭推出，完成卸车作业。"

有言道：细节是雄辩的。这台钢铁铸就的"旋转卸车机"就是海港留下的细节。我在这座沉默是金的机器前拍照留影。我身后是令人怀念的百年历史，我身前是一派充满新时代的景观。

如果说秦皇岛港的"开埠地"已经成为海港换代转型的榜样，那么在过去与未来之间，它正经历着充满活力的"现在进行时"。

现在，古老的"开埠地"迈出西港新城开发的步伐，建成婚庆产业基地"海誓花园"。

海誓花园占地十余亩，面朝大海，背靠青山，设有婚纱厅、喜宴厅、婚房……尤其那座当年港口生产车间，经过主题装潢，摇身变成典雅圣洁的婚典殿堂。

这是多么奇妙的构思，这是多么优雅的创新，当年的苍莽原生海岸，兴建起蜜月的私属海滩和独立婚房，敞开山海般胸怀欢迎幸福的新人们到来。

流连海誓花园，我不禁产生联想，曾经的码头工人大手，竟然拿起绣花针绣出如此锦绣篇章。西港新城以婚庆产业著称的"海誓花园"，居然脱胎于港机轰鸣车来船往的大码头。

倘若你忘记了这里曾是码头，这印证着西港区的华尔兹舞步似的优美转身；假如你想起这里曾是港口，那说明历史没有"断环"，昔日西港区的魂魄犹在，只是旧貌换新颜了。

这里是"海誓"，翘首望山，远处还有"山盟"。乘坐满载欢声笑语的旅游观光列车如约前往吧，那里有着更为盛大的婚宴。

一座拥有自身历史的海港，必须既有前世，也有今生。这就是山海路线图的基本逻辑。

山庄：沿线风光

告别"海誓"，沿着长城旅游公路，沿着这条绿色走廊，前往"山盟"方向。浓绿满地，蔚蓝在天。一座座社会主义新农村，宛如明珠镶嵌绿色山峦间，长城旅游公路将颗颗明珠串起，秦皇岛人挥笔书写新时代"山海经"。

第四辑
内蒙篇

阿拉善散记

知道阿拉善地名，很久了，是二十多年前。打开中国地图册寻找，总觉得那是遥远的西部地区。后来我到过内蒙古自治区几个地方，比如赤峰，比如兴安盟，比如呼伦贝尔，水草不错，牛羊行走。想起西部的阿拉善，脑海浮现的是沙漠与戈壁的景象，甚至黄沙漫天。这种毫无实践佐证的最初印象，几乎成了我对阿拉善地理风貌的定见。

人，有时候被定见所左右。这即是我心目中的阿拉善。岁在龙年，我终于迎来走进阿拉善的机缘。夏深秋浅的季节，随中华文学基金会采风团走进巴彦浩特，这里是阿拉善盟所在地，也是阿拉善左旗所在地。阿拉善加阿拉善，我的阿拉善之旅就这样开始了。

阳光·蓝天

那么强烈的阳光，那么湛蓝的天空，那么纯净的白云，这是中国大都市里难得一见的景象。大都市的阳光没有这么强烈，因为阳光被灰霾消解了；大都市的天空没有这么湛蓝，因为天空被灰霾涂抹了；大都市的白云没有这么纯净，因为白云已然变成灰霾……巴彦浩特就是这样，爽朗明快地呈现在你面前，当你置身其间，觉得自己也爽朗明快了，任凭阳光强烈地抚摸着你。

是啊，很久没有被阳光如此豪爽地抚摸了。大都市里，处处飘动着太阳伞，同时散发着防晒霜的味道。人对阳光的躲避，似乎印证着人与大自然的隔膜。我不知道，这是都市人对大自然的逃离，还是大自然对都市人的疏远。

此时，我们在阿拉善第四中学校园里。一排排身着整洁校服的中学生们站在阳光下，参加中国作家协会、中华文学基金"金叶育才图书室"的捐赠图书仪式。那一张张透着健康肤色的青春面孔，使我想起一株株茁壮成长的小树。

价值两百四十余万元的各类图书，一箱箱摆放在炽热的阳光下，散发着知识的光芒。这光芒里蕴含着一股面向未来的力量。这使我们感到，处于物质充盈甚至泛滥的时代，书籍，仍然是人类社会不可或缺的财富，仍然是人类精神世界最为宝贵的源泉。书籍，仍然为人类构筑着文明进步的阶梯，召唤我们走向更高的人生境界。

身穿天蓝色校服的女学生，跑上主席台为来宾们佩戴红领巾，以此表达阿拉善人的情意。当这个女孩子给我佩戴红领巾时，我内心惶恐起来，颇有无功受禄的感慨。是啊，我还没有为阿拉善做些事情，便成为这里的贵客。

佩戴着红领巾，顿时回到自己的少年时代。那时候大都市的蓝天白云与今天的阿拉善同样，湛蓝而纯净。阿拉善，你令我们的心儿重返少年，重温美好时光。

于是，我问给我佩戴红领巾的女孩子叫什么名字。她说叫张海燕。海燕，无论她是汉族还是蒙古族，我都祝愿她在知识的海洋里，学习进步，展翅高飞，舞动漫天白云，直冲蓝天九霄。

赠书，这不是单边行为。这是一次相互赠予。我们送来图书，是赠予。而阿拉善则赠予了我们天天向上的精神。

玛瑙·胡杨

胡杨的名气极大，蒙古语为"陶来"，它是当今最古老的树种之一，有着六千五百年历史，堪称"活着的树化石"。几乎人人知道关于胡杨的那句名言："活着一千年不死，死了一千年不倒，倒了一千年不朽。"尽管这累计的"三千年"不乏修辞语义，然而胡杨无疑是最使人激动的大漠之树。于是，前往戈壁绿洲拜谒胡杨，便成为作家采风团的内心热望。

乘车离开阿拉善左旗，告别巴彦浩特镇，我们前往额济纳旗，据说那里有着令人神往的胡杨林，也是张艺谋导演拍摄电影《英雄》的外景地。

前往胡杨林这路程，穿越戈壁沙漠，足有六百公里。那是遥远的额济纳，那是遥远的绿洲。此前，我已然得知三百年前一路冲杀奋勇东归的土尔扈特部落的后代，正是居住在额济纳旗。胡杨与土尔扈特，这更加令人神往。

大约八年前，我到黑龙江省大庆地区采风，到达了杜尔伯特部落定居的地方。我参观了那里的东归纪念馆，内心受到强烈震撼。土尔扈特部落与杜尔伯特部落，同属当年东归的"英雄部队"。此时前往额济纳旗拜访土尔扈特人的后代，他们身上肯定凝聚着大漠胡杨生生不息的顽强精神。

前往额济纳的途中，我们乘车经过被称为玛瑙滩的地方。善解人意的主人热情停车，带领我们去"沙海拾贝"。我有过大海拾贝的经历，赤脚行走在湿润柔软的海滩上，在细沙中寻觅着。置身干燥多风的大戈壁，这次沙海拾贝，却是崭新的体验。

阳光明亮，极目远方，一览无余，世界显得极其透明，人心也单纯起来。然而面对沙海拾贝的诱惑，心儿却像孩童般贪婪起来。

沙海拾贝，这贝正是亿万年前大海轰然退去的馈赠——玛瑙。我不懂得玛瑙的物理学定义，只觉得玛瑙应当是从石向玉演进的一种固化状态。这种玉化的演进，使得一望无际的沙砾里，隐含着饱经岁月磨砺的精灵。茫茫戈壁，天地相连。我们忘情地扑向玛瑙滩，以为戈壁精灵俯拾皆是。其实，寻觅自己心仪钟情的玛瑙，却不是一件容易的事情。

同行作家告诉我，这几年阿拉善玛瑙声名鹊起，被称为玉石后起之秀。冒着烈日，我捡到一块形似山峦的玛瑙石。它紫色的底部，米色的腰峰，仔细端详，犹如一座微缩版珠穆朗玛峰。手捧世界最高峰，我蓦然想到它的形状完全出自亿万年前大海波涛的雕琢，浪花拍岸之声，犹然响在耳畔。我领悟着大戈壁的前世今生。亿万年前的大海，那是水做的大戈壁，如今的大戈壁，不就是沥干脱水的大海吗？此时我手中的玛瑙，正是当年海贝的化身。

沧海桑田，亿万年间。于是，我越发向往传说中的额济纳胡杨树——它无疑见证着滔滔大海退去后大戈壁亿万年间的成长经历。成长，赋予了大戈壁蓬蓬勃勃的不朽精神。

进入额济纳旗，这是包金女士工作生活十八年的地方，也是三百年前英勇东归的土尔扈特部落的定居地。我们首先来到奥敦·高娃的蒙古包。未见大路两侧胡杨林，我却从手捧美酒的蒙古姑娘的歌声里，感受到乐观向上的民族精神。

生活在沙漠绿洲深处的蒙古人，他们以自己生生不息的传承，诠释着令人景仰的胡杨精神。

走出奥敦·高娃的蒙古包，我们在一条柏油公路的两侧，见到成片的胡杨林。我兴奋地朝前走去，一株株胡杨与我同行，我则成了胡杨身旁移动的风景。我看到幼年胡杨，它们的叶形接近柳树，而随着时光成长，它的叶形渐渐变成心形。心形，这是多么神奇的寓意啊。

面对"望之蔚然而深秀"的景色，我竟然感到词穷，不知如何形容大漠胡杨。根深叶茂，威武不屈，就这样默默站立着，一站就是千年啊。

秋色尚浅，胡杨还没有从浓绿变成金黄甚至赤红。然而，领略胡杨深沉的绿色，已然令我陶醉。

此时，我并不知道明天将去参观被称为"神树"的那株巨大无比的胡杨。只有站在那株神树面前，我才真正懂得我们之所以赞美胡杨，因为它象征着人类精神。

沙漠绿洲的绿色啊，你的灵魂正是一株株胡杨构成的。你绿得持重，绿得坚忍，绿得令人心动。

这就是遥远的额济纳。胡杨，使额济纳零距离站在我面前，还有美丽爽朗的奥敦·高娃和她的歌声。

遗迹·水

黑城，蒙古语"哈日浩特"，它是古代丝绸之路现存最为完整的一座古城。黑城始于西夏国设立的"黑山威福军司"，西夏语作亦集乃。1226

年为成吉思汗攻破。当年意大利旅行家马可·波罗朝觐忽必烈，也曾路经这里。如今，它成为阿拉善境内为数不多的人文遗址：夯土筑成的城墙，覆钵式佛塔、清真寺、民居、街道……行走其间，古代情景，依稀可见。当年，这里是一部内容丰富的故事，如今，只残存几个故事细节。留在黑城迹址西北角城墙上的洞口，相传是当年黑城守将黑将军突围的洞口。这个细节，使游客们犹如听到当年战场的厮杀声。

遍布遗址城内的陶片与瓦砾，便是历史留给后人的点滴细节。细节是雄辩的。它证明着阿拉善地区的历史。游客们忙着捡拾陶片与瓦砾，分明是在捡拾历史细节，小心地捧在手里。

我捡到一块五彩瓷片，这是难得的纪念。望着黑城人文遗址，我寻思着。举凡历史遗迹的存在意义究竟是什么呢？我想，它的意义就是告诉后人，你从哪里来，你到哪里去。

我从哪里来，我到哪里去。这样的发问，正是黑城遗址不可替代的存在意义，也是黑城遗址必不可缺的存在价值。

我们离开黑城这座历史人文遗址，乘车前往"怪树林"观光，那里是一座自然遗址。

由于胡杨林干旱缺水，大片枯死形成"怪树林"。远远望去，那一株株原本挺拔茂盛的胡杨，仿佛宁死不屈的古代武士，屹立着。走进怪树林，心情反而沉重起来。一株株形态各异的枯树，已然成为植物界的"木乃伊"，风干着枯黄着，没有丝毫水分。游客们被一株株"怪树"吸引，认为这株树像龙，那株树像鹤，尽情展开自己的想象力。怪树林，确实属于世间罕见的旅游景点，同时它更是一座大课堂，不断向我们敲响保护自然生态的警钟。

气候干旱，地下水位下降，造成大片胡杨死去。胡杨是沙漠地带生命力最为顽强的树种，它的从绿变枯，无疑说明大自然的危机。是水，染绿了绿洲。缺水，也使绿洲褪色，让生机勃勃的胡杨林成为"怪树林"。枯黄替代了浓绿，死寂替代了生机。这种强烈反差，时刻告诫着人类，生态是脆弱的，我们必须像保护自己眼睛那样，呵护环境与生态。

是啊，"怪树林"不光是旅游景点，它还是"警世堂"。

我们乘车来到居延海，发现这里是更大的"警示堂"。生态的危机，日渐严重。远望那片水面，自幼背诵唐诗"单车欲问边，属国过居延"，不承想今日站在居延海面前，发思古之幽情的同时，颇为未来的生态担忧。

居延为匈奴语，意为"天池"或"幽隐"。蒙古语叫"苏泊淖尔"。历史上的居延由东、西、北三个海子组成。1961年，北、西居延海干涸，如今的东居延海，也曾在1992年干涸。为了抢救额济纳生态环境，国家投资实施黑河流域生态综合治理工程和黑河下游额济纳绿洲生态抢救与保护工程，2002年7月，滚滚黑河水流入东居延海，干涸十年之久的荒漠，终于重现碧波。

如今，东居延海常年水域面积达到四十平方公里，似乎再现沙漠明珠的美丽。天鹅回来了，大雁回来了，野鸭回来了，还有水里的鱼儿。

然而，水禽们以它们的鸣叫声告诉我们，恢复并保护居延海，任重而道远。

石头说话

这是在阿拉善右旗的境内，这是名叫海森楚鲁的怪石公园。海森楚鲁为蒙语，意为像锅一样的石头。此时，怪石公园游客不多，只有一辆越野车开了进去，载着几个好奇的孩子。孩子们瞳子里，注满了惊异。

这里堪称沙漠绝域，方圆几十里布满奇形怪状的石头。四周静寂，声音似乎被空气过滤掉了，只有怪石们矗立着。海森楚鲁的石头不会说话，却召唤人们走向怪石林深处。

我们驱车驶入海森楚鲁深处。沙地平坦。看到有绿的地方，那沙地便是湿润的。有水，就有生命。大自然景观再次告诉我们这个道理。

既然海森楚鲁是"像锅一样的石头"，我们伸出目光极力寻找着象形与会意的景物。一路上，我充分享受着想象力带来的快感。从一尊尊石头身上看出它的"前世原形"，不亦乐乎。

第一次停站，面前矗立的这尊巨石果然像一头憨态可掬的大肥猪。于是想起西游记，这尊石头更加活灵活现了。

驶向怪石公园更深处，我看到骆驼，看到奔马，看到海龟，看到鳄鱼，看到雄鹰，最后看到大蘑菇……这时候，我蓦然意识到，我们的想象世界，往往大于现实世界的，这也证明着文学的无穷魅力与存在意义。

阿拉善右旗的怪石公园，它的意义不仅在于"怪"，更在于它激发了我们的想象能力，调动了我们的比喻能力，于是，我们流连忘返于想象与比喻的世界里。这个世界与现实世界，平行而同时存在。

就这样，海森楚鲁的石头告诉我们：这个世界似乎没有永恒的事物。大海永恒，亿万年前的一个夜晚，地表隆起大海变成怪石林；高山永恒，亿万年前的一个清晨，岩浆喷发高山变成湖泊。

告别海森楚鲁怪石公园，我和衣向东搬来石块，满怀欣喜地在大蘑菇石旁堆建了一座小型敖包，权作我们对大自然的敬意。

驱车前往曼德拉苏木山，我们观赏曼德拉岩画。据说那里有四千余幅岩画，记录了自原始社会至元、明、清各代游牧民族的社会生活与生存情状，堪称我国西北古代艺术画廊。

一路上山，两侧山坡乱石林立，充满野性的力量。岩画远在深处。这如同游客拜谒胜景，总有那么一段令人却步的路程。只有你不却步，便是虔诚的朝圣者。

这就是曼德拉岩画，镌刻在山岩上，一幅幅诉说着远古的故事。它与阿拉善博物馆里的岩画照片相比，没有那么清晰，没有那么明丽，却震撼人心。岩画本来就是野生的。我站在野山里观赏野生岩画，别有感受在心头。

如果说怪石公园的怪石激发我们的想象能力，那么我们在曼德拉岩画里看到了中华民族先人们的表达能力。一幅幅岩画里，有牛有马有羊有鹿，有游牧民族日常生活，还有我一时难以辨识的内容，只能凭借猜测了。面对一幅幅岩画，仿佛聆听着远古先人的诉说。曼德拉岩画告诉我，当人类社会进入高精尖时代，远古先人这种以画代字的拙朴的表达方式，似乎具有别样的感人力量。

石头会说话的。石头说话了。这就是海森楚鲁和曼德拉告诉我的。是的，只要你静下心来，肯定会听到它的声音。

巴丹吉林

这是我有生以来首次走进大沙漠。这是巴丹吉林。我记住"吉林"是蒙语"六十"的意思。这里有六十个湖泊。记忆里湖泊是在水乡。将沙漠与湖泊联系此来，似乎只有巴丹吉林。沙漠里的湖泊，这正是巴丹吉林的风光所在。

自从离开怪石林，我再度感受到空旷，仿佛置身火星。我肯定没有去过火星，我想象火星犹如沙漠般空旷。一种由于空旷而产生的陌生感，使得天空更为高远。风儿，将沙坡吹出皱褶，这是大自然的笔法，写下凡人难以解读的随形文字。

一路并没有经历太多颠簸，我们使来到这片湖水面前。大家忙着拍照，以为如此容易便见到沙漠明珠。

主人告诉我们，去看沙漠深处的"明珠"，必须换乘四轮驱动的沙漠冲浪车。冲浪？立即令人想到大海。这里是沙海。沙的海与水的海相比，充满刚性。

我们四人一组，乘坐苏拉师傅驾驶的"皮卡"，驶向沙海深处。地势平缓，车轮行驶在沙地上，使人想起购自阿拉善右旗的地毯。很快，一道道沙梁出现在前方。苏拉驾驶的汽车顿时发出老牛般吼叫，朝着高高的沙梁冲去。

随着呼啸声，一道道沙梁被我们甩在身后。有着乘坐"过山车"经验的我们，渐渐体会到沙漠冲浪的独特感受。游乐园的过山车，那是钢铁结构的游戏，充满人类设计的机心。海滨度假村的冲浪，阵阵浪花扑面而来，你不断被水拍打着，反而有一种被吸附的感觉。此时的沙漠冲浪则完全不同，天高地远，空气干爽，你感觉自己变成一只干燥的物体，随着冲高与回落，仿佛悬浮在空中。尤其冲击最为陡峭的沙梁，爬坡达到四十五度角，汽车轰然而上。此时，视野里没有蓝天，只有黄沙。你感觉自己即将被镶嵌在沙坡上。

冲过沙梁，汽车低头向下。这时你感觉不是乘坐汽车是乘坐飞机，而且是战斗机，它高速俯冲下去。面对又一道沙梁，"飞机"再次高高拉起。

沙漠静寂，确实使人觉得飞在天上。这便是沙漠冲浪的双重体验：既有大海快艇冲浪的刺激，又有高空飞机俯冲的惊险……

我们终于到达观赏沙漠明珠的地方。站在这里可以看到周边三个湖泊，依照物理学"连通器"原理，这三片水域应当保持同一水面，但是这三个海子水平面落差竟然高达三十米。这大自然神奇的现象，还有待我们去探索。

并不遥远的地方

阿 荣 旗

手捧中国地图寻找山山水水，宛如走入博大世界。我以为地图册是世界最大的图书，令人心驰神往。

我在地图里找到镶嵌在黑蒙交界地带的阿荣旗，对我来说这是个遥远的地方。于是心生向往。我向往遥远的地方。阿荣旗的遥远，总会使我产生遐想。比如森林，比如草原，比如久违的蓝天，比如清澈的河水，比如肥沃的土地，还有质朴硬朗的汉子和美丽迷人的姑娘。

同时也产生了疑问：阿荣旗地处高纬度的北方，为何取了"阿荣"为地名呢？这很像一个南方孩子的乳名。于是，越发向往那个陌生而遥远的地方了。

飞行，解构了遥远，这是高科技的功德。陌生，往往容易转化为亲近，这是文学的"陌生化"效应。我从天津而哈尔滨，从哈尔滨而齐齐哈尔，逾越黑蒙省界走进阿荣旗，开始了对这座北国小城的解读。

第一印象便是阿荣旗的太阳很勤勉，加长版的白日充分显现北国慷慨，天色便黑得晚了。之后知晓了阿荣旗因其境内的阿伦河而得名。无论蒙语阿伦还是满语阿荣，均为"清洁、干净"之意。我不由受到触动，在全国河流绝大多数受到不同程度污染的悲情下，"清洁、干净"这样的寻常词语，足以沁人心脾。我的心儿来自远方，却源于清洁与干净而亲近了这座高纬度小城。清洁与干净，代表着大自然的原本状态，如今已然成为

96

人类生活的稀缺胜景。我们渴望清洁的空气，我们渴望干净的水源。阿荣旗的得名，唤醒了我们的记忆，清洁与干净，应当是人类社会发展的基本前提，而不是丧失。

然而，阿荣旗吸引我的还有这里的人文景观。我自幼接受传统教育，成长于崇拜英雄的时代，深知自身平凡而对英雄心怀景仰。来到阿荣旗我意外得知，这里竟是英雄王杰的故乡，"一不怕苦二不怕死"这句充满革命英雄主义的口号，曾经激励着一代人的成长。

傍晚漫步宽广开阔的王杰广场，我肃立英雄铜像前，犹如听到1965年7月14日的那声巨响。在江苏省邳县军事训练现场发生意外，战士王杰毅然扑向引燃的炸药包，保护了十二名民兵的安全，却献出了自己的宝贵生命。

我在王杰纪念馆里看到这样的记载：1973年在江苏邳县，八年前被王杰献身救出的十二名民兵当中的王彦清，同样在军事训练中奋不顾身保护战友，失去了双眼。这使我想起一句久违的话语：榜样的力量是无穷的。一个良好的社会，需要这样的道德榜样和精神偶像。一个优秀的民族，应当具有克己奉公的价值观念和时代精神。

王杰的铜像矗立王杰广场中央。每逢节假日这里便是阿荣旗各界群众的集会场所。我想起司马迁《史记》里的名句："桃李不言，下自成蹊。"王杰，就这样不言不语注视着后人们，他的不朽精神宛若青铜，泛着悠远而永存的光芒，与人类文明共存，与时代精神同进。

参观王杰纪念馆后，来到阿荣旗的呼伦贝尔东北抗联纪念馆，我们仿佛沿历史长河上溯，置身当年东北抗日战争的烽火硝烟里，感受着先烈们不屈不挠的伟大民族精神。

1931年，日本帝国主义发动"九一八"事变，武装侵占我国东北地区，对东北人民进行政治压迫、经济掠夺、精神奴化和军事镇压。1936年，东北各地的抗日武装改编为东北抗日联军，同日寇展开艰苦卓绝的武装斗争。

我看到东北抗联第三路军"三进呼伦贝尔"；我看到七勇士可歌可泣的英勇事迹；我看到一张张抗日烈士的遗照一件件抗联战士的遗物；我看

到一个个生长于东北黑土大地的汉子，放下农具，拿起武器，面对训练有素武装精良的日本侵略者，毫无惧色，拼死抵抗，保卫着家园……

我想，那些平凡而普通的东北抗联战士，可能他们没有更多文化，但他们一如《游击队歌》所唱那样："我们生长在这里，每一寸土地都是我们自己的，无论谁要把它抢占去，我们就跟他拼到底。"

我还看到展柜里陈列的"东北抗日联军第三路军龙江北部指挥部指挥就职宣言"，这宣言发布于1939年10月，发布宣言的是龙江北部指挥部指挥冯治纲将军。

他当时肯定不是将军，但是我要尊称他为将军，他站在抗日烽火硝烟里，他是一个真正的将军。

我用数码相机拍下了冯治纲将军的就职宣言。"……禀奉东北抗日联军第三路军总指挥部令，前龙江北部指挥许亨植同志已调转他职，遗职委治纲担任，于奉命之日，已如集此部全体战士，宣誓就职。"

不知为什么，我被他的就职宣言打动了。"治纲不敏，自顾才疏，任重或负此托，旋念国家兴亡，匹夫有责，因此，誓率抗日战士，与日寇周旋于龙江旷野，促使日寇早亡，复我大华领土……"

冯治纲将军的就职宣言，文武才情兼备，充满谦逊君子风，饱含慷慨壮士情，没有说教，没有妄语，谨言"与日寇周旋于龙江旷野"而不故作强大状，尤其"周旋"一词，清晰记录了当年日寇之武力强大，我军之装备落后。冯治纲将军的就职宣言，令我强烈感受到中华民族传统文化中的"弱德"精神，面对恃强凌弱的日本侵略者，东北抗日联军以弱敌强的不屈精神，尽显其间。

冯治纲将军的就职宣言，字字千金诺言，句句民族担当。如今读来，几近绝响。它令我反思当下社会生活，同时令我备感汗颜。

我在东北抗联烈士名单里，看到"二连连长贾某某"，看到"教导队长杨某某"，他们只留下姓，连名字都遗失在历史长河里了。他们只是历史长河里一朵小小浪花。然而，我还是从这一朵朵小小浪花里，看到一个个高大坚实的背影，他们悲壮地走向历史深处，心甘情愿只留下一个模糊的背影。

人生自古谁无死，留取丹心照汗青。从东北抗日联军到中国人民解放军，从抗日战争年代的杨靖宇将军到和平年代的解放军战士王杰，英雄们远去了，历史犹存。因此，对我来说阿荣旗并不遥远。因为，她将光荣，她将崇高，她将不容忘却的民族精神与英雄史诗，高高举过我们头顶，令我们得以仰望。

我们得以仰望的地方，并不遥远。那是我们理想抵达的地方。

这就是阿荣旗，这就是母亲大地，这就是我们的精神故乡。

阿　尔　山

从北京乘火车前往乌兰浩特，走承德过赤峰，然后经过通辽和白城，二十个小时之后到达。我们在乌兰浩特换乘火车，前往阿尔山市，又走了将近七个小时，清晨终于抵达那座日式风格的小站。屈指计算，我们在路上走了两天。

这就是阿尔山。这就是遥远的阿尔山。

真的，很久很久没有见到这样的蓝天了。只有童年的蓝天，能够与阿尔山的蓝天媲美。然而，童年是遥远的。

真的，我从来没有喝过如此甘美的泉水，那是"五里泉"的矿泉水，这绝无仅有的清泉，真的是上天的赐予。

那么你就走进疗养院的后院吧，在这块五百米长二百米宽的狭长地带上，分布着四十八只泉眼，泉水汩汩而出，成为远近闻名的矿泉洗浴圣地。这时候你终于明白，阿尔山不是"山"，她是蒙语里"神奇的矿泉"。于是，自乾隆年间以来每逢夏季，牧民们便源源不断地赶着羊群千里迢迢来到阿尔山，有的甚至来自俄罗斯。他们是前来寻找圣水的。啊，这就是遥远的阿尔山。

是的，犹如腾格尔的《天堂》，这里有蓝蓝的天空，这里有青青的湖水，这里有绿绿的草原，这里有洁白的羊群，这里有奔腾的骏马，当然这里还有美丽的姑娘。是的，这就是阿尔山，这里是人类真正的家园。

你驱车驶往远方吧。远方风景无限。远方的风景仍然属于阿尔山。那是横空出世的玫瑰峰。那是亿万年前火山喷发之后的遗存——石塘林。那是流经中蒙边境的清澈见底的哈拉哈河。那是生长于沙地上的稀有树种——樟子松。那是人工造林的"绿色万里长城"。是的，远处有湖水。你在那里可以看到著名的七仙湖。湖里有恬静的天鹅、嬉戏的野鸭，还有一群群不知名的水鸟。

这就是遥远的阿尔山。这就是令人流连忘返的阿尔山。

阿尔山，因此而神秘，因此而令人向往，因此而犹如天堂一般遥远。然而，阿尔山人告诉我，阿尔山并不遥远，正在修建的公路一俟通车，从乌兰浩特到阿尔山市，只需两三个小时。

是的，阿尔山的飞速发展，日新月异。宏伟蓝图上的新远东铁路，不久也将会成为现实——欧亚大陆桥又增添新的贯穿东西的大动脉。那时，阿尔山将还遥远吗？

我怀着这种心情，从山上采摘一只只野红果儿，不远千里带回了家。我怀着这种心情，从草原上采撷一朵朵黄色的金莲花、紫色的野玫瑰花，带给我的亲人。我怀着这种心情，用家乡的水，将那一朵朵来自阿尔山的花朵浸泡在晶莹剔透的玻璃杯里，于是花儿盛开了，那花儿是那样的清香，那样的鲜活，那样的令人陶醉。这来自阿尔山的花儿啊，沁人心脾，入人心田。这来自天堂的花儿啊，它绽放在我的家里。亲人告诉我，这花儿，是大自然对我们的恩赐。这花儿，是阿尔山给我们的赠礼。

我和我的亲人享受着来自阿尔山的礼物，回味不已。

第五辑
广东篇

虎门点滴

销 烟 池

说起虎门，地方虽小，它的名气还是很大的。我在小学时代就知道中国近代史里林则徐的"虎门销烟"的壮举，那无疑是中国人民扬眉吐气的光彩段落，包括三元里抗英。前几年我从白云机场乘车进入广州市区，居然在闹市区发现"三元里"牌坊。这真是沧海桑田，大名鼎鼎的三元里村已经高度城市化了。而来到虎门参观鸦片战争博物馆，看到保留至今的"销烟池"。它面积不大，貌不惊人，一池静水，形似北方海边的"晒盐池"。

我站在销烟池畔留影，并没有清晰意识到身后历史背景的深刻含义。离开虎门我将照片存在笔记本电脑里。一天，我无意之间打开电脑"相册"，竟然浏览到这张摄于 2005 年 12 月的照片。一瞬间，历史与现实，轰然碰撞，使我猛然看到虎门"销烟池"的巨大分量。

新中国成立以来，毒品二字很少出现在我们的生活里，可以说基本销声匿迹了。就我的成长经历而言，毒品确实是个生疏的字眼儿，包括鸦片。所以说，"虎门销烟"只是我们在电影《林则徐》里看到的场景，至于保存至今的虎门销烟池，似乎也没有起到更大的警世作用——因为，我们的生活里几乎没有毒品，就连风云一时的少帅张学良，当年也早早戒了"大烟瘾"。

然而，历史总是出人意料地画了一个大圆圈儿，让消逝多年的丑陋现象重新出现我们的身边。海洛因、可卡因，大麻、冰毒以及更多新型毒品，通过一条条罪恶的渠道，疯狂地闯入人类生活，它不仅在西方，也在我们中国几成愈演愈烈的社会毒瘤，一时难以切割干净。

多少年了，我们不遗余力地开展禁毒工作。然而毒品仿佛一簇簇暗火，屡禁不绝。改革开放以来，随着信息的透明，我们更多地看到毒品在中国境内造成的恶果与伤害。很多电视剧也以禁毒与贩毒为题材，吸引了广大观众。

就这样，我重新打量着那一帧帧存在电脑里的照片。那沉寂百年的虎门销烟池，不动声色地述说着人类禁毒的任重道远。虎门销烟池宛若一面百年镜子，依然映照着人间，也映照着人心。

透过照片，我仿佛看到林文忠公洞穿百年烟云的目光——激起销烟池一片片巨大的涟漪，警示后人。

虎门要塞

还是儿时从电影《林则徐》里看到虎门要塞的激烈战斗，尤其是清朝守军提督关天培横刀自刎的场景，惊心动魄，英雄殉国，令人难忘。

我站在珠江入海口的左岸，登高遥望虎门海域，天海一色，云水难分。身后是中国海军驻防的兵营，说明着中国国防力量的日渐强大。

当年的炮火硝烟，早已淡然无踪。船来舟往，一派改革开放大好形势下的繁荣景象。好在还有虎门历史博物馆，它让我们走进当年的烽火硝烟。

我站在一篇篇人物志面前，详读着他们的英雄事迹，一位位舍身成仁的志士，不声不响地消逝在历史长河里。我终于相信，即使生前轰轰烈烈的英烈们，身后不过是历史长河里的一滴水，汇川入海而已。尽管如此，我们站在他们生平介绍栏前，依然顿生敬意。我从一篇篇英物人物志前缓缓走过，竟然看到一位当年英勇殉国的同乡姓名。

这是一位清朝军官，他在坚守虎门的战役中，以身报国。我看到他的籍贯介绍为"直隶宁河"，不禁心头一动。直隶就是今日的河北省，而宁河正是今日天津所辖的宁河县。这位虎门殉国的军官，邑人也。

我将这位军官的名字记在本子上，想回去写成文章纪念这位乡贤。可惜归途本子遗失了。但是，更令我震撼的是这位军官的战场坐骑。

原来，这位军官阵亡后，他的战马长嘶不止，随即多日不食草料，殉主而死。从前，我在传奇小说里读到过这样的义马情节，竟然在真实战事里得以印证。义马，再次打动了我。

清廷腐败丧国，然而这位军官与他的战马相继殉国，也给外国入侵者以极大震摄。

多少年过去了，战争硝烟散尽，今日虎门一派和平繁荣景象。我以后来观光客的名义，向那位战死疆场的爱国军官致敬，还有他的那匹忠义战马。

南栅村所见

那年去安徽采风，在凤阳一带发现"天津饺子馆"颇多，似乎以"天津"作为饺子的招牌，便是一个好出身了。类似北京烤鸭的首都效应。天津饺子为何在凤阳地区享有如此声誉呢？我以为其中必然沉淀着一段已然失传的历史缘由，后人不得而知。由此说来流行于凤阳地区的"天津饺子"应当属于"历史文物"了，只是难以考证来历而已。历史，往往湮灭了历史本身。

天津人往往希望自己的城市在当代中国社会具有广泛影响。我在凤阳看到"天津饺子"的招牌，心中自然高兴。这种心情，我在广东的虎门镇重新感受了一番。

这次是在虎门镇南栅村遇到天津包子。说起虎门，那名气是很大的。在中国近代史里林则徐的"虎门销烟"无疑是中国人民扬眉吐气的光彩段落，包括三元里抗英。那次我从白云机场乘车进入广州市区，居然在闹市区发现"三元里"牌坊。可谓沧海桑田，大名鼎鼎的三元里村已经高度城市化了。而虎门的鸦片战争博物馆保留至今的"销烟池"，可见当地人民不忘历史的爱国主义意识。

去虎门镇的南栅村参观蒋光鼐将军故居。说是南栅村，其实它跟珠三角的其他村镇一样，已经成为高度城市化的社区，生活富足，其繁华程度不亚于大城市。珠三角地区的经济发达，令足不出户的北方人难以想象。就说虎门镇吧，一个镇竟然拥有三座五星级酒店，而且客房爆满。可谓物华天宝。

蒋光鼐将军是1932年淞沪抗战指挥第二十九军顽强阻击日军入侵的著名爱国将领。他的故居"荔荫园"坐落在南栅村一条清静的小街上，这是一座中西合璧的小洋楼，门前栽有巨伞形芒果树，后院种有木瓜和香蕉，其规模与孙中山先生的翠亨村故居相当，其格局使人想起上海的花园洋房。

我们参观之后驱车离开蒋将军故居。就在小街拐弯处我突然看到一家饭馆门上高悬一幅"天津灌汤包"的横匾，大门两侧贴着一副对联。由于车速很快，我只看到上联是天津包如何如何，下联是狗不理如何如何，皆为赞誉之词。看到家乡的美食出现在虎门，我既新奇又意外。

俗话说食在广东。粤式早茶里的小笼包天下闻名，如今粤菜也几乎完全占领了华夏大地。这里偏偏有人打出"天津包子狗不理"的旗号，委实感到惊奇。汽车驶出小街上了大街，我又看到一家饭馆门前赫然挂着"天津汤包王"的招牌。虽然天津卫的水馅儿包子在这里改成"灌汤包"，却依然冠以"天津"二字。可见南栅村这地方还是十分重视包子品牌的。

南栅村位于珠江口隶属虎门镇，而虎门镇隶属东莞市，地处经济繁荣的珠三角地区。这珠三角地区我走了不少地方，唯独远离津门两千多公里的南栅村打出天津包子的招牌，不知原因何在。遥想当年"狗不理"跨山越水飞到南栅村而且保留至今，不禁感慨不已。我猜想，南栅村的"天津包子"跟凤阳市的"天津饺子"一样，同样湮灭于一段不为人知的历史缘由。因此我们应当视今日南栅村的"天津包子"为一块"活化石"。这一块热气腾腾的活化石告诉我们，当年天津在中国产生的影响，那包子也有一份功劳——尽管它入乡随俗已经改称"天津灌汤包"了。

顽强地存在于南栅村的"天津包子"，既说明了当年天津饮食文化抵达南粤的辐射力，也说明虎门南栅村吸纳北方饮食文化的开放胸怀。饮食文化无疑印证着虎门人的文化性格。这就是我在南栅村获得的感想。

历史，螺旋向前

地处珠三角的重镇虎门，改革开放以来，民营企业发达，经济发展令人瞩目。其中服装业，便是其支柱产业之一。我们应富民集团邀请，前去参观那座名气颇大的服装批发大厦。

大厦里，各色服装，争奇斗艳。车来人往，生意兴隆。一个个摊位，接待着来自全国各地的商人们，气氛平和，公平交易，一派忙而不乱的和谐景象。

近些年来，我也走过不少地方，包括南方北方的大型服装批发市场。这次走进虎门服装批发市场大厦，我们信步而行，并不觉得这里有什么与众不同。

一辆辆满载货物的车子，从我们身边驶过，跟随货主交货去了。我们看到服装批发摊位，也有其他皮革制品。不知不觉，我们走进一家专卖店，挑选领带和衬衫。这时候，我猛然发现，我们一路信步，已经到达六楼。

原来，这是一座有着环形道的大厦。它并不像我们寻常所见的那种大厦，顾客是沿着楼梯一层层行走的。这座有着环行道的大厦，一路渐行渐高，仿佛一只弹簧形状盘旋而上，令你轻松之间从一楼游览到六楼。我孤陋寡闻，一下对这幢新颖的大厦设计产生了极大兴趣。

据主人介绍，这幢大厦用于服装批发，每天出货进货，人流物流络绎不绝。当初设计这幢大厦，正是充分考虑了它的这个特点，以环形坡道设计，便于运货车辆一路行走，或上坡上行，或下坡下行，很是便捷。从一楼到六楼，一路环行，并不吃力。从六楼到一楼，一路环行，很是省工。

我发现这幢服装批发大厦，其实同时也设有楼梯和电梯，但是它们只是起着辅助与备用的作用。环绕其间的螺旋坡道，才是物流的主要通道。

虎门服装批发大厦别出心裁的建筑设计，令我开了眼界。它突出地表现了虎门人的性格，那就是实事求是，那就是因地制宜，那就是一切从实际出发。

在虎门人的不懈努力下，他们正在创造着自己的历史。是的，历史，正在这里螺旋向前，不畏高低曲折。

伴水而行

这是揭阳的榕江。一条穿城而过的河流，让市区素有"水上莲花"美称。其实，何止"水上莲花"，揭阳是历史悠久的文化名城。见诸史载已有二千二百余年。自秦设戍守区，汉建县，其间几经变易，至宋再设揭阳县，可谓沧海桑田。历史文化积淀深厚的揭阳，素有"海滨邹鲁"声誉。如今，揭阳拥有九项国家级非物质文化遗产，还获得"中国五金基地市""亚洲玉都""中国塑料时尚鞋之都""中国纺织产业基地市""中国中药名城""中国能源工业大县""中德中小企业合作区"和"中国竹笋、青梅、青榄、蕉柑、荔枝之乡"等称号。这一张张亮丽的名片，使得这座被誉为"岭南水城"的城市，走向兴盛。

一条不舍昼夜流向大海的榕江，既是揭阳历史文化名城的标志，也是这座城市改革开放成长崛起的见证。适逢初夏时节，江面宽阔，暮色四合。站在江边亲水平台，只见榕江水势平稳。夜色里，一时难辨流向。凭栏瞭望，对岸景象朦胧，难以观瞻这座美丽水城的容颜。

不觉间，榕江对岸明亮起来。"水城神韵"四个大字，闪耀而出。这正是远近闻名的揭阳榕江喷泉，以当代电光科技登场亮相了。

音乐响起。隔江而奏，伏波而至，音符似乎融入江水，榕江顿时流动优美的乐章。这是小提琴协奏曲《梁祝》。随着乐曲，江岸喷泉涌起，朵朵水花，电光闪烁，变换颜色，时而洁白似莲，时而金黄若菊，时而艳若月季，时而贵似牡丹。伴随如泣如诉的《梁祝》乐曲，喷泉时高时低，时明时暗，演绎着这出浪漫的古典爱情大戏。一瞬间，我似乎看到音乐喷泉里的双人舞蹈——这是梁山伯与祝英台。榕江边，光影里，二人身影明灭可见，或旋转，或跳跃，或相跟随，或被阻隔，或相融合，或相飞舞……

一时间，浩浩荡荡榕江水，以喷泉的形态，挺身站立起来了。一时间，宽宽广广榕江水，以自古皆然的万般柔情，从平缓流淌变得亭亭玉立，蓬勃而出，喷薄而起，以水的形体塑造着这两个千古流芳的爱情人物，成为水畔的传说。

岭南水城，榕江边。这是喷泉的表演，这是音乐的浸润，这是水的化境。这是我看到的最为真切的"梁祝"——不是在电影里也不是在舞台上更不是在油画里，而是在揭阳的榕江边。江边夜晚，梁山伯与祝英台定格在喷泉里。

这分明是音乐喷泉的雕刻，这分明是喷泉音乐的塑造。梁山伯与祝英台在珍珠般喷溅的水花里，化蝶而去了。

忠贞不渝的爱情人物化蝶而去。喷泉音乐换成《蓝色的多瑙河》。江面豁然宽广起来。中国榕江幻化为欧洲大河。时而舒缓，时而湍急，时而荡漾，时而奔流。此时的喷泉，随着音乐高低错落。一条蓝色大河，流过多少人心田。

倏然间，喷泉爆发了。似乎有一只神奇巨手，猛地托起江水，一柱擎天，迸发出直上云霄的力量。电光闪烁，赤橙黄绿青蓝紫。水柱冲天，一路高歌直上一百八十八米高空。水光冲天，冲顶回落，水雾散开，那形状像帆，像扇，像你心中希冀的所有模样……

喷泉之水，就这样返还榕江而重新成为江水。这江水，随即在喷泉音乐的感召下再度喷发，冲天之水，舞之蹈之，重新演绎水的故事。

这是属于揭阳市民的音乐喷泉。每逢周六晚间，江岸人潮涌动，男女老少皆来观赏榕江喷泉的美妙与壮丽。揭阳音乐喷泉以曼妙多姿的亮丽形象，成为岭南水城的新景。

一座能够让江水站立起来的城市，站立起来的江水叫揭阳喷泉。

仍然是夜晚。仍然是水畔。我们来到望天湖景区。湖边有游廊通往对岸。对岸有灯光喷泉。长长的游廊九曲十八折，拒绝直线抵达。沿游廊前行，感觉走在蒙蒙细雨里。这是望天湖喷泉的余韵——漫天散落的水珠伪装成细雨，打湿你的头发，打湿你的脸颊，令你想起韩愈"天街小雨润如酥"的诗句，尽管这里不是天街，细雨还是温润了你的心。

这里被冠名"望天湖生态旅游度假区，其中森林生态经济发展项目包括金花茶、蔬果、茶叶、油茶、红豆杉、沉香、黄花梨、绿化树的栽培种植。最为神奇的是仿野生铁皮石斛的种植，他们竟然将铁皮石斛幼苗栽种杉树上。这种寄生方式使得铁皮石斛接近野生状态，具有更为充足的药用价值。由此我想到，文学也应当是野生的。温室大棚里产生的文学作品，极有可能味同嚼蜡。野生，似乎成了我们生活中的关键词。

沿着夜晚游廊走近喷泉，一簇簇水柱不停翻滚，开作朵朵巨大莲花。猛然间，最为壮观的"星火燎原"登场。一束束火焰冲破湖面喷涌而出，与一朵朵水花交相辉映，上演火与水的舞蹈。此情此景完全颠覆了"水火不容"的古训。水与火，构成望天湖喷泉的独特景观。

水火交融的"星火燎原"喷泉景观，完全出自望天湖主人的奇思妙想，同时印证他们与众不同的生态创意。望天湖项目首期面积一千六百亩，集生态农业与休闲旅游之大成，初显规模。

我们清晨乘车沿山路而上，据说前方又有水中风景。下车来到一座模仿山洞的建筑近前。望天湖景区总是这样，不能野生就仿野生，不是山洞就仿山洞。总之极力追求回归自然的创意。

走进山洞，果然有水。光线昏暗，不知水里有何内容。打亮灯光终于看清，一座座水池里饲养着一条条被称为"娃娃鱼"的大鲵。

小池水里饲养着大内容，这又是望天湖生态景区的创意——湖里饲养小鱼，以小鱼喂养大鲵，从而形成生态循环。这循环成为水中风景。

一路采风，伴水而行。我们抵达揭西县境内享有"岭南第一瀑"美誉的黄满寨瀑布群。瀑布成群者，颇有先声夺人气势。进入景区，未见瀑布，水声在耳。这条落差不足千米的河床上，依次分布着五级瀑布，奔腾而下的流水，拟人化地成为极限项目运动员，接连不断跳跃而下。第一级瀑布落差五十六米，水流断崖般落下，虽为初试身手，已然力撼山岳，誉名"飞虹"。第二级瀑布人称"银河腔"。第三级瀑布落差一百二十余米，气势好似银河倒泻，直落九天。第四级瀑布取名"三叠泉"，它少些喧哗，却多些柔情，水落这里颇有恋山不舍之意，因此成为游人合照留影的好地方。第五级瀑布"斗方崆"堪称狂野，落差三百余米直奔而去，怀着宁可粉身碎骨的勇气，声声震耳，纵身跳下。就这样，黄满寨瀑布群一路狂奔疾走，不恋情不恋景不恋己，接连跳跃径直抵达山下的寿星潭，终于落得完满的归宿。

我们来到拥有漫长海岸线的汕头市，海风里有了盐的气息。汕头是伴水而生的城市，地处南海，乃粤东商贸中心。她独特的地域文化，优美的自然环境，冬无严寒夏无酷暑的气候，甚至令人大快朵颐的美食，均离不开大海的滋养与河流的关爱。恩格斯1858年在《俄国在远东的成功》一文中指出："在《南京条约》订立以前，其他的口岸差不多都没有进行什么贸易，而汕头这个唯一有一点商业意义的口岸，又不属于那五个开放的口岸。"然而，就在1858年6月，清政府签订《天津条约》，汕头被迫开辟为对外通商口岸。开埠，水运资源丰沛的汕头成为工商大码头。汕头海关前身潮海关，则是近代中国继江海关、粤海关之后设立的第三个实行外籍税务司制度的海关，迄今一百五十二年历史。

参观汕头海关关史陈列馆，耳闻西方列强坚船利炮之声，颇有国破山河碎的痛感。只有新中国扬眉吐气挺直脊梁，洗尽半封建半殖民的耻辱。汕头这座因水而兴的城市，重新焕发新生。汕头，从"岭东门户"到"华南要冲"，从"著名侨乡"到"经济特区"，一路大步走来。

置身汕头南澳岛海边，不觉海风从历史深处吹来。四面环海的南澳岛，正站在历史与现实的交叉点，得历史文化积淀之深厚，处改革开放之前沿，因水兴盛。尤其改革开放以来，汕头市先后进入"中国优秀旅游城市""国家卫生城市""国家环境保护模范城市""国家园林城市""中国城市综合实力50强""首批投资环境40优""中国品牌经济城市"和"中国投资环境百佳城市"行列，名扬海外。

来到海边沙滩，拜访这口南宋开掘的古井，委实令人称奇。潮涨即被海水淹没，潮落则露出身形，谁会相信从地处海滩的宋井里能够汲出一桶桶清凉甘洌的淡水，而且可以当场直饮。这样的奇迹只有发生在汕头南澳岛，可谓吉祥之泉神奇之水，水佑汕头。

从榕江喷泉到望天湖喷泉，从黄满寨瀑布到南澳岛宋井，一路采风，处处水景，水伴我行，多次体会到"上善若水"古训之深刻。那喷泉，只求挺身站立瞬间，便谢幕回归原本状态，这象征着武士般的追求。那瀑布，不恋高位顺势而下，欢快跳跃，无忸怩之姿，无矫情之态，心甘情愿放弃高位，回归一潭碧水，静而不哗，这意味着隐士般的境界。那宋井，年代久远地处海滩，却不与盐碱合流，永葆甘美不改初心，则属于大自然的奇迹了。水，总是于无形之中显示有形，也总是于有形之中显示无形。一路行走，处处受到水的启发。

从揭阳到汕头，感受海滨邹鲁遗风，接触当代社会生活，结识投身公益事业的好人。有言道：一滴水可以见太阳。我通过这滴水，清澈明亮地看到粤东大地冉冉升起的霞光。

见识粤东，伴水而行。

从佛山到江门

佛山祖庙

佛山秋色欢乐节以"欢乐"命名节日，感觉颇为新颖。开幕式设在大名鼎鼎的佛山祖庙广场。恰逢 2015 广东国际旅游文化节。

说起庙，多指旧时供奉祖宗神位的地方，譬如宗庙、家庙。深入中国北方乡村，偶尔可见供奉祖先的处所，譬如张家祠堂或李家祠堂。我所居住的那座北方城市里，便有曾公祠和李公祠这样的地名。前者为以湘军起家的曾文正公，后者乃少荃大人李合肥是也。其实，即便中国南方这样的宗庙家祠也不鲜见，或为姓氏前贤，或为宗族祖先。赵钱孙李，周吴郑王，冯陈褚魏，蒋沈韩杨……家庭家族家天下，概莫能外。

佛山祖庙则不同。这座占地 2.55 万平方米的古建筑群，尽管称谓祖庙，却并非供奉家族先祖。信步游览佛山祖庙古建筑群，宛若翻开厚重的历史书籍，字里行间古风浩荡。孔庙、黄飞鸿纪念馆、叶问堂……这座佛山祖庙乃是一座纵贯古今的历史文化博物馆，它超越了一家一姓一户一族的宗庙樊篱，所供奉的是中华民族的圣贤，所接续的是华夏文明的根脉，所认同的是文化贤达与民族英雄。

我终于明白了，这座始建于北宋而明初重建的佛山祖庙，几经演变已然成为佛山民众的共同祖庙。

超越种姓宗族的局限，天下你我他——佛山祖庙进而形成凝聚民众的生命共同体。它代表着佛山文化的博大与包容，体现着佛山民众的胸怀与融合。我以为这正是佛山祖庙的独特之处。我在佛山秋色欢乐节晚会现场，新奇地体验了著名的佛山佳肴——盆菜，八仙桌前环绕巨大陶盆而坐，其乐融融的进餐氛围，透露出佛山文化兼收并蓄的底蕴。

白天行走佛山祖庙博物馆前，我看到两尊铸铁巨兽，一尊为独角神牛，一尊昂首望天，我不识为何物。面对这两尊铸铁神兽，我渐渐意识到地处岭南的佛山与我居住的那座北方城市，地域风物竟然颇具几分相似之处。

天津有国术大师有霍元甲，佛山则有黄飞鸿和叶问；天津有泥人张泥塑，佛山则有刘传的陶塑人物，被誉为南刘北张；天津有杨柳青年画，佛山也有年画；天津有民间剪纸，佛山也有剪纸；天津有三条石铸铁，佛山也有铸铁历史；天津有"砖刻刘"，佛山也有民间砖刻艺术；天津有"风筝魏"，佛山也有民间风筝工艺……由此看来，华夏大地不分南北，中华民族千年传承有着共同的文化根源。

夜游佛山岭南新天地，人流如织。有本地市民，也有外埠游客，擦肩接踵，欢乐气氛荡漾在夜色里灯火间，扑面而来，流淌而去，真实而感人。佛山祖庙产生的文化凝聚力，渗透到佛山市民日常生活中。

行走古街深处，我丝毫没有意识到此时处于所谓景区里，恰恰感觉置身于岭南日常生活之中。佛山秋色欢乐节确实是个有血有肉的真实节日，处处洋溢出民间欢乐。民间，正是我们安身立命的丰厚土壤，离开这样的生命土壤，任何人为制造的各种节日都是塑料制品。

佛山，以佛命名的城市。你具有悠久的历史，拥有丰富而坚实的现在，同时构筑着城市生活远景。一座城市的幸福感，肯定根植于市民的日常生活里。这应当正是佛山经验吧。

品鉴岭南，我看到了佛山的历史，同时看到了佛山的今天。走进佛山新城的中德工业服务区，分明跨进高科技时代。参观机器人展区，我无意间看到佛山文杰智能机械有限公司制造的工业机器人，专门用于铸造工艺生产。

我大学读的是机械制造铸造专业，深知铸造生产对工人健康造成的危害，高温铁水烫伤固然危险，一旦身患"尘肺"更是终身不可逆转的职业病。我曾经目睹身患尘肺病的工人呼吸困难的状态，可以说生不如死。计划经济时期，铸造企业招工难。改革开放时代，就连来自贫困地区的农民工也不愿从事这种有害健康的劳动。

参观中德工业服务区机器人展览，我心生感慨——以前有丹麦的比萨无箱挤压造型机，仍然依赖人的操作。如今终于有了从事铸造生产作业的机器人。这不仅是科技的进步，更是人的解放。科技昌明，物质丰富。只有人的解放才是社会真正进步的体现。我在佛山中德工业服务区观赏机器人，只觉得身心通泰，如沐春风。

历史深厚的佛山，在祖庙里。改革开放的佛山，在中德以及中欧工业服务区呈现其缩影。佛山，你是一座站在历史与未来交汇处的城市——这便是我的真实感受。

见识江门

岭南人杰地灵。不乏以乡梓地名行世的名人，例如朱九江、例如陈白沙，还有康南海……皆为旷世大儒。名人效应也属于文化遗产，无形间造福家乡后人。譬如酒酿，有以朱九江先生命名的九江双蒸，常年畅销岭南以至海外华人世界；譬如道路，有以陈白沙先生命名的白沙大道，堪称当代通衢。广东地方名人辈出，一路乘兴拜访江门。

江门是座城市，下辖三区四县，包括新会区。我知晓新会地名，缘为这里是梁任公家乡。我自然怀着瞻仰文化名人的心情。

新会有梁启超先生故居。远在北国天津旧意大利租界，也有梁启超先生故居。那是两座意式洋楼比邻而立，一座是梁氏故居，一座是著名的"饮冰室"，这两座意式洋楼建造得古典而雅致。我曾经在文史资料里读到梁启超先生写给儿女的亲笔墨迹："居津也，永不居京也。"真不知他为何如此青睐这座有着九国租界的北方城市。

如今，天津意大利风情街已然成为著名旅游景区，意大利游客惊呼远离意国本土在中国竟然有个"小意大利"。此言不虚。梁启超铜像端坐天津故居小广场前，目光深邃地注视着当今中国社会生活。我无法揣摩这位已然练就青铜不坏之身的饮冰室主人内心有何感慨。

此行有幸来到江门采风。岭南新会的梁氏故居与北国津门的梁氏故居相比，究竟有何不同呢？这正是我的好奇之心。

江门新会的梁启超故居建于晚清年间，1990 年由国务院颁布为国家重点文物保护单位。这座名人故居背靠凤山，山巅有建于明代的凌云塔，尽得风水之利。梁氏故居前的怡堂书室，乃是梁启超曾祖父所建，也是梁启超父亲梁宝瑛教书的地方，还是少年梁启超读书开蒙的处所。怡堂书室记录着 1892 年他上京赶考考试落第归家的经历，当然也是他读书启蒙走向中国政治大舞台的出发地，从而参加"公车上书"成为晚清维新变法运动的领袖之一。

岭南新会的梁启超故居，点点滴滴记载着青年梁启超建立政治理想的人生轨迹。北国天津的梁启超故居，则是他几经政治风浪休养生息的避风港。从广东新会到直隶天津，这两处故居连缀起梁启超先生重要的生命阶段。梁启超先生命运跌宕。于是他的故居成为其精神逆旅，光阴反倒成了他的过客。

走进新会梁启超纪念馆大展厅，迎面看到《少年中国说》的名句："少年智则国智，少年富则国富，少年强则国强，少年独立则国独立，少年自由则国自由，少年进步则国进步，少年胜于欧洲是国胜于欧洲，少年雄于地球则国雄于地球。"

置身晚清王朝国运衰民智弱的大背景下，梁启超先生以天下为己任的热血雄心，鼓吹维新变法以强国，完全置个人名利于度外。然而，我在新会故居还是见到题作中华民国四年的匾额："一等嘉禾章中卿衔少卿 司法总长参政院参政。"落款为"梁启超立"。

蓝底金字竖匾高悬，昭显先生盖世功名，可谓名人自况也。我不由思忖起来：梁任公有衔挂上头，我等后辈最好不要把"国家 N 级作家"之类名号印在名片上。

不读古书，无有心得。不瞻仰历史名人故居，无以引发感慨与反思。这也算是此行参观新会梁启超纪念馆的收获吧。

江门地方不大，然而历史文化内涵丰富。2010 年建成开放的江门五邑华侨华人博物馆，囊括并展示了江门的近代史。这座博物馆建筑面积达九千平方米，馆藏实物四万余件，一路参观令我大长见识。尤其常年固定展览的"五邑华侨史"，全史由"金山寻梦、海外创业、碧血丹心、侨乡崛起、五邑新篇、华人之光"六个部分组成，一步步引领我们走向历史深处，再一步步由历史深处折回现实生活。

我看到当年五邑华人漂洋过海到达旧金山，便被关在天使岛候审所甄别入境，短则月余，多则年久，不断问询口供，稍有不慎便被"爆纸"，不少华人备受屈辱绝望自杀，有的则写下抒发悲愤情绪的诗歌："留笔除剑到美洲，谁知到此泪双流，倘若成功得志日，定斩胡人草不留。"

前些年我访问加拿大温哥华，当地华人作家送给我一枚太平洋铁路的道钉。参观江门五邑华侨华人博物馆，看到贯穿美国全境的太平洋铁路和贯穿加拿大全境的太平洋铁路的路线图，我终于明白这两条贯穿北美大陆的交通大动脉，完全是由华人劳工厂体连接起来的。于是，我保存至今的那枚道钉，越发有着沉重的斤量了。

当年美国政府实行的排华政策，无疑沾满华侨华人的鲜血。五邑华侨华人海外漂泊遭受非人待遇，他们依然吃苦耐劳顽强不息，身居异国落地生根，一代代以惊世骇俗的辛勤劳作闯出一片片生存天地，这令洋人不敢小觑。金山寻梦，五邑华人铁心不断追逐着自己的财富梦想。

参观"碧血丹心"展馆部分，我似乎嗅到抗日战争的硝烟，耳畔炮声隆隆。今年是纪念抗日战争及反法西斯战争胜利七十周年，当年江门五邑华侨华人做出可歌可泣的贡献，爱国义举不胜枚举。我看到为抗日救国义卖瓜子的郑潮炯事迹，被深深感动了。

郑潮炯是新会大泽区许坑村人，东南亚华侨。抗战爆发后他的足迹遍布东南亚，为祖国抗战奔走募捐。四年间，他义卖瓜子总共筹集十八万余元，全部交给陈嘉庚先生领导的南洋华侨筹辰总会，汇回祖国支持抗战。更令人感动的是他说服妻子将刚刚出生四十天的男婴以八十元代价卖给一位华侨商人，立即将卖子钱款捐给祖国抗战事业。

我站在郑潮炯先生大幅照片前，不知如何描绘这位普通的爱国华侨。照片里的郑潮炯先生微笑着，望着前来参观的人们。我想象着当年他奔走义卖的场景，那一粒粒瓜子竟然能够累积到十八万元的抗日捐款，这是多么伟大的义举啊。

战火纷飞的抗日沙场涌现了无数烈士，然而郑潮炯先生舍亲卖子捐款抗日的事迹，不亚于任何为国捐躯的战场英雄。

郑潮炯先生是新会华侨的光荣，也是中国华侨的光荣。我在江门五邑华侨华人博物馆看到许许多多仁人志士，宛若夜空繁星，照耀着故乡大地，也照耀着祖国万里河山。他们无言地告诫晚辈后人杜绝历史健忘症，永远继承爱国华侨华人的血脉，发扬光大中华民族爱国精神。

我走出江门五邑博物馆大门，不知何故突发奇想：内容如此丰富事迹如此感人的五邑华侨华人事迹，完全应当走出岭南走向全国巡展，让更多观众了解当年华侨华人感人泪下的事迹。江门五邑华侨华人爱国事迹展览，理应起到振聋发聩的社会功用——让当下人们知道我们的历史，知道什么是真正的中国人。

江门繁花锦簇，我只采撷几朵给予言表。一路行走使我沉浸江门，所见所识颇多。这是个有着光荣历史与理想高度的地方。它好似那座郁郁葱葱的圭峰山——望之蔚然而深秀也。

客都梅州好地方

第一次接触客家人，是 20 世纪 90 年代。我们作家代表团访问新加坡和马来西亚，接待我们的华人华裔朋友里，有广东祖籍的客家人。于是，身为北佬的我有了"客家人"的初步概念。记得在香港北角吃过"客家菜"。那时香港尚未回归，我对那一餐客家菜，印象也不深。

当然，通过阅读我很早就知道广东梅州（那时叫梅县），因为它是足球之乡，比如 20 世纪 80 年代中国著名足球运动员（那时不叫球星）容志行，就是梅县人。还有早年被称为"球王"的李惠堂为国争光的事迹。

对"客家"概念有了深入认识，始于 2005 年 10 月。我在成都附近的落带镇巧遇"世界客属恳亲大会"召开，那是第二十届。来自全世界二十多个国家及地区，以及内地十七个省区的一百五十五个代表团出席这次盛会。那真是盛况空前。我终于领略了"客家"二字的凝聚力。

2011 年 12 月，我在广西北海再度巧遇第二十四届"世界客属恳亲大会"召开。六年间，我竟然两次与"世客会"邂逅，真是缘分。这届"世客会"以"家"为主题，以"情"为主线，深刻地表达了客家文化的内涵。尤其海滩上焰火晚会，点燃与会者激情。我还记住那届"世客会"的吉祥物是一只凤凰。

从此，客家人自强不息的创造力与紧密无间的亲和力，给了我深刻印象。

2012 年岁末，我有幸来到梅州，这里被称为"客都"，这里是我不曾到过的地方。

说起广东省，人们容易想起得改革开放风气之先的"珠三角"地区：

繁华的都市生活，发达的加工制造业，高速公路两侧林立的工厂，来自全国各地的打工族……可谓中国最为繁荣最为活跃最为发达的地区。同时，由于经济高速发展带来的负面效应也显现出来：空气质量下降，城市交通堵塞，蚁族的居住环境，超负荷的工作强度……这就是 GDP 高速运行的代价。

地处广东的梅州会怎样呢？客家人的生活方式怎样呢？我怀着好奇心在机场等候从广州飞往梅州的航班。一位中年男子看出我是北方人，便与我搭讪起来。他是当地客家人，得知我将入住梅州"客天下"大酒店，当即告诉我那"客天下"是梅州最好的酒店，与"雁南飞"齐名。

素不相识的旅人，我从他诚恳的表情里看得出，他在为我感到高兴，更为他的梅州感到自豪。这是客家人对家乡的情感，也是客家人对来访者的热情，我从他的身上已然读出客家人与众不同的文化性格。

就这样，我从跟这个陌生的客家人接触开始，走进梅州大地，开始了我的梅州之旅。

客天下大酒店

在"客天下"大酒店报到，我首先感到湿润的空气，人一下爽了。中国的北方城市普遍缺水，当然也就缺少湿润。"客天下"说是大酒店，其实是一座充满客家文化的博物园。好客的主人告诉我，"客天下"面积很大，走一走瞧一瞧，也要乘电瓶车游览的。我住进房间，推开窗子看见对面遍布绿色植物的山壁，颇有"悠然见南山"的意境。我顿觉自己充当了"山寨版"陶渊明，好生陶醉了一番。推窗见绿，心境悠然，这是当代人缺乏的生活。

梅州，你给我的第一印象就是温润的空气，还有满眼绿色。如今中国大地，"绿色"成为流行词语。尤其"绿色食品"几乎成为商家招徕顾客的口头语。绿色成为商品，绿色具有商机，于是出现不少"人造绿色"。然而，在梅州大地上，绿色属于纯净的大自然，它没有商品化，它出自天然，深入人心，这才是真正的绿色。

我站在阳台上望着对面山壁，想起欧阳修《醉翁亭记》的句子："望之蔚然而深秀"。我终于明白，真正的绿色可以是人为栽种出来的，然而它的本性来自大自然深处，它的根系牢牢深植于梅州一方水土里。

　　初到梅州，我已然体会到何谓"深秀"，何谓"蔚然"。梅州的绿色弥漫在空气里，无处不为且无处不在，蔚为壮观也。

　　客天下，邀天下客。自古来自中原地区代代世袭的客家人，他们的祖先不远千里来到这里，已然成为这方土地的主人。这方土地接纳了他们，他们也回馈着这方土地。

　　客天下大酒店，这是我多年来印象最深的暂住地。夜里，我做了一个梦，那梦境充满绿色植被，宛若天然地毯，清新而祥和。

　　第二天清早，我去餐厅吃早饭。沿途路边遍栽绿色植物，种类不少，身为北佬我只能认出其中两种，若在北方花卉市场售价均在二三百元一盆。它们在梅州却用以普通绿化植物而栽在路边。这种情形再次告诉我，梅州的绿色是野生的，梅州的绿色属于大自然。

　　在我居住的城市里，大自然与我们渐行渐远了。取而代之的是钢筋水泥筑成的"都市森林"，快节奏的都市生活，让人们穿行其间，日复一日重复着这样的生活。当天，我在梅州见到这样的词语："休闲在梅州，享受慢生活。"

　　我品味着这个"慢"字，渐渐理解了梅州人的选择。在"快"字风行全国之际，绿色梅州却提倡"慢生活"。这是客家人聪明的选择。我国有古语"欲速则不达"。梅州人懂得"快"与"慢"的辩证关系。当各式各样的快餐被有识之士称为"垃圾食品"的时候，梅州人保持着"慢餐"的生活方式。

　　人生，有时需要慢下疾驰的脚步，怀揣一份从容，只有从容不迫，那些美好绚烂的风景才不会在你的忽略中瞬间消逝。一座城市，它的"慢"，有时候比"快"更能够顺利抵达目的地。

　　这是从中国古老哲学中沿袭而来的智慧，慢生活不等于无为，慢生活不等于懈怠。梅州提倡的"慢生活"，恰恰是辩证法意义的"快"。我认为这正是科学发展观的体现。

我在梅州看到，梅州人正沿着他们选定的生活方式，朝前走去。

山歌剧·汉剧

方言，是历史的活化石。方言，是地方特色的最直接体现。全国各地的方言，组成中华民族语言大家庭，形成文化的多样化。多少年来，随着全国推广普通话，各地方言日渐减少。就我生活的城市而言，方言明显退出人们日常生活，尤其极具地方特色的口头语言，渐渐失去使用功能，被遗忘了。据我所知，以方言为主的很多地方剧种，几十年来大多呈现衰落趋势，即使偶有演出也只是老年人的天堂。年轻人去听流行歌曲了。

梅州人仍然讲着他们的客家话，这是文化顽强。同时他们也能讲普通话，这是文化的开放与融合。

我在梅州观看了梅县山歌剧团演出的山歌剧《合家福》。这个以客家方言为唱词的地方剧种，在梅州乃至客家地区广为传唱，有着很强的生命力。

舞台布景很美，有着明显的广东文化风格。我是北方人，依靠剧场字幕方能欣赏这出我从来不曾接触的地方剧种。渐渐地，我被它强烈的生活气息所打动了，尤其扮演夏阿楼的男演员，活灵活现，令人捧腹。我是文学工作者，这出客家山歌剧再次向我证明，只有根植泥土的艺术，才可能长久存活下去。《合家福》这出戏，恰恰表现了梅州客家人的人生价值观，以及他们的思想情感。客家人演客家事，这正是山歌剧得以流传至今的基本逻辑和真实道理。越是民族的，越是世界的。越是广东的，越是全国的。

行走梅州，我发现围龙屋也是此地很有特色的建筑。我们在那座围龙屋形状的大酒店里，欣赏了当地的汉剧。以前，我通过书本知道汉剧，它有着远远比京剧更有悠久的历史，也是京剧重要源流之一，京剧的声腔就是徽调与汉调的合流而形成的。京剧的二黄便来自汉调，念白的根本是湖广音，中州韵，京剧《搜孤救孤》中著名唱词"我魏绛闻此言如梦方醒"即为汉调。我还知道汉剧的著名演员陈伯华。

然而，我从来不曾当场听过汉剧。这次在梅州有幸现场聆听了汉剧演唱，曲调优美，身段高雅。那么梅州地处南粤远离中原，这里怎么会有汉剧呢？

参观梅州客家博物馆，我终于找到答案。客家人的先祖来自中原，仍然保留着中原文化的遗传。明末清初便有汉剧戏班来到梅州客家地区演出，当年被称为"外江戏"。因为驻扎这里的军队多为中原人，汉剧渐渐兴盛并且与梅州地区的"中军班"合流，形成广东客家汉剧，它是从外地移栽而来的艺术之花，不光盛开在广东客家土地上，其影响还远达东南亚地区。

当下，在我国汉剧原产地湖湘一带，汉剧基本被边缘化了。然而在梅州地区客家汉剧依然在演出，这无疑说明广东客家人对传统文化的热爱与爱护。一代代客家人顽强地保留着祖先的遗产。

我把在梅州观看汉剧拍下的照片发在微博上，随即引来博友们议论。大家知道远在广东梅州，有一种远远比京剧更为古老的广东客家汉剧，依然灿烂地活着。

梅州·名人故里

梅州被称为客都，这是名不虚传的，也是实至名归的。说起名人故居，首推叶剑英纪念馆。

叶帅是客家人。参观这位开国元勋的纪念馆，这里展示着他伟大的一生。他的人生经历与中国近代革命历史同步，使参观者从一个人身上看到中华民族不屈不挠的斗争精神。叶帅是梅州人民的儿子，也是梅州人民的光荣。他从梅州走向中国革命大舞台，创建了伟大功勋。

叶剑英元帅故居，这只是一座平凡而普通的院落。平凡而普通的院落走出伟大卓越的人物。这说明了一个朴素的道理：一个人只有投身报效祖国的历史洪流里，方有大贡献，方有大作为，方有大人生。

自古以来，梅州名人辈出。参观人境庐，这是黄遵宪故居。他于1891年有感于列强瓜分中国而作的七绝："寸寸河山寸寸金，侉离分裂力谁任？

杜鹃再拜忧天泪，精卫无穷填海心！"

关于现代名人，我还看到谢晋元故居。1937 年爆发的"淞沪抗战"，毕业于黄埔军校的谢晋元团长率领"八百壮士"死守上海四行仓库，顽强抵抗日军，从而闻名全国，极大鼓舞了全国人民的抗日士气。1941 年他被日本特务暗杀于上海租界，被国民政府追认为陆军少将。

梅州有历史名人，有革命元勋，当然也有艺术家。闻名全国的大画家林风眠先生正是梅州客家人。他的故居坐落在梅县西阳镇阁公岭村。林风眠先生 1919 年赴法国留学，1925 年返国担任北平艺术专科学校校长。当代绘画大师吴冠中是他的学生。林风眠先生的绘画成就被称为"从东方向西方看，从西方向东方看，都可看到屹立的林风眠"，可见其艺术成就之高。

出自梅州的客家名人，数不胜数。大学者黄遵宪，大画家林风眠，还有民国年间华南球王李惠堂，足球明星容志行。可以说客家是为中华民族做出重大贡献的民系。这里的自然山水，令人神往。这里的人文环境，积淀深厚。

古刹灵光寺·客家女孩

举凡千年古刹名寺，必有高僧大德遗迹。走近灵光寺，只见寺院门前两株古柏耸然而立，一左一右，一枯一荣。相传这是惭愧祖师潘了拳亲手栽种，已有千年历史。据说左侧枯柏死于康熙初年，距今将近四百年了。依然矗立不倒。右侧那株荣柏，与枯柏同高同大同龄，相伴而生。左侧枯柏有枝无叶，右侧荣柏郁郁葱葱，一死一生，一枯一荣，相映成趣，被人们喻为"生死树"。

我是俗人，难以领悟佛学境界。但是我知道俗世的"死"即为佛界的"往生"，从这个意义讲，这两株枯荣相对的千年古柏，静静无声地向我们宣讲着佛理：人间万物，方生方死，方死方生，此乃轮回世界。

据说，灵光寺有三宝，双株生死树居首。走进大殿礼佛，顿觉身心一派清凉，引导人们向往超凡脱俗的欢喜境界。我思索着"不执"的含义，不由抬头瞻仰佛殿的殿顶。这被称为"斗八藻顶"殿顶，始建于明朝初年，如今已有六百多年历史，它形状酷似菠萝，因此俗称"菠萝顶"。此藻井为独立结构，由内转斗拱承托在"井"字形梁架上，底座为八角形。藻顶共九层，由一千二百七十六只木构件按凹凸榫头连接，形成螺旋形圆穹，通过气流作用达到排烟目的。善男信女焚香拜佛产生的烟气通过这座巨大的"抽排烟机"而净化了。灵光寺的"菠萝顶"，结构严谨，工艺精湛，被民间称为"神工鬼斧"巨作，广东仅有，全国罕见。"菠萝顶"，这正是灵光寺的第二宝。

走出灵光寺大殿，回首仰望寺院后山，满眼依然绿意不减。毕竟深秋季节，然而寺院屋顶干净如洗。据说，这正是灵光寺的第三宝"顶无叶"。灵光寺傍山而建，山坡遍栽树木，难免落叶飘落。但是灵光寺殿顶竟然如此洁净，不见半片枯枝落叶，实在令人啧啧称奇。面对这种难以解释的自然现象，我只能默念阿弥陀佛。

佛光普照，不光显现"顶无叶"奇观，同样普照世道人心。我们怀着虔诚之心告辞灵光寺，沿着坡道行走。只见坡道左侧有一粉袄红裤的小女孩儿，路边摆摊售卖葫芦。她席地而坐，弓身埋头写着作业。我看到她红裤膝盖位置绣着小动物图案，这显然是个小学生。

同伴说买葫芦，小女孩说大的十元，小的八元，继续埋头写作业。同伴拿了一只小葫芦，给了十元钱说不要找了。小女孩摇了摇头说，八元就是八元，坚持找了零。同伴放下葫芦笑着说，葫芦不要了八元钱也不要了，白给你了。

小女孩越发坚定地摇了摇头说，我不白要你的钱。然后她又埋头写作业了。

我瞬间受到震动，请小姑娘抬头，我要给她拍照片。她终于抬起头来，表情略显茫然地望了望我。

我牢牢记住了她的表情，那么干净，那么无邪，甚至那么无所谓。我敢断定，她的略显茫然，一定是不知道我被她感动了。

回头远望灵光寺，我不知道该对小女孩说什么。她肯定不理解我为什么受到感动。因为她只知道，放学摆摊卖葫芦，这是不可以白要别人钱的。

　　不贪图无来由的钱财，这就是灵光寺外的卖葫芦的小女孩。她可能没去过北京也没去过上海，甚至没去过梅州。她就这样不声不响坐在路旁，一边写作业，一边看摊。

　　我想，她是客家人吧。她一定是客家人。因为，这里都是客家人。

　　告别梅州，我拎了四只雁洋金柚回家。一路金柚散发的清香之气，宛若暗香浮动，入我心脾。

走马鹏城

东门的花朵

深圳东门。热闹而清洁。这条与鹏城共同成长的商业街，几乎无人不知。我置身人流中，走进东门深处。我发现了西西弗书店。

以往谈到香港，有文化沙漠之说。后来说到深圳，疑似类之。似乎地处改革开放前沿的鹏城，只是个经济巨人而已。文化，被金融浪潮稀释了。

然而，只要走进西西弗书店，她会轻轻告诉你，深圳不是文化沙漠。当你置身其间流连忘返时，西西弗书店会轻轻告诉你，深圳不但不是文化沙漠，而且正在积淀着新文化沃土。

一座座书籍展台，好似一座座书山：文学畅销类，社科畅销类，艺术畅销类……绕过书山，置身书海，我看到生活畅销类读物：《一个人的美食之旅》《自游日本》《台湾叭叭行》……这类图书肯定颇受大众欢迎。

我惊奇地发现了《恋人絮语》，这是法国著名作家罗兰·巴特的著作；而《群山回唱》则是美籍阿富汗裔作家卡勒德·胡塞尼继《追风筝的人》后的第三部长篇小说；还有一册册中外文学名著……这显然有别于实用性很强的生活类图书，属于文化精英们所说的"纯文学"。

这就是深圳的西西弗书店：它为你呈送着日常生活的指南，同时为你提供精神生活的食粮。处于纸书式微大背景下，深圳的西西弗书店一改"新华书店"传统风格，开创着多元化的经营模式：会员制，月系列活动，阅读区，代购……

二十元咖啡，你可以坐在西西弗书店阅读，从开门到打烊。阅读，使你成为这里的贵宾，也成为这里的主人。隔着落地玻璃窗我打量着一位位专心阅读的青年人——这分明就是商业大都会的一座公益图书馆啊。

"西西弗书店 & 矢量咖啡"，这是鹏城文化新业态。它以自己的店名宣告，我们就是希腊神话中国版的西西弗，我们反复推着巨石上山，无论结局如何，文化过程远远比文化目的重要。

西西弗书店是深圳商圈的一朵小花，它悄然盛开，并不刻意追求灿烂。

我站在春天里，看到太阳百货大门前公示牌：本商场向您郑重承诺，凡在本商场购买的服饰类商品，可享受两日无理由退换货服务。

这类商业承诺，几乎哪座大都市都有出现。然而真正做到不易。深圳这座百货商场做到了。这也是深圳新文化的花朵。

商业花朵盛开，同样丰富着我们生活的百花园。是的，登高鸟瞰东门商业街，一座座楼顶花园尽现眼底，已经形成"楼顶花园文化现象"。几年来，东门商家纷纷绿化天台，争将水泥楼顶开发为郁郁葱葱的大花园，这里有茶座，有咖啡厅，有书屋和画廊。昔日单纯的商业街，渐渐丰富了文化内涵。

东门商业街，也盛开着文化花朵。

观澜的春天

这是个充满文化意味的地名——观澜。果然这里有个版画村，准确地说叫观澜版画原创产业基地。原创，这是个充满力量的词汇。我们曾经习惯于模仿，如今原创成为社会发展的动力。

我所居住的这座北方城市，曾经以版画闻名，譬如"塘沽工人版画"和"汉沽盐工版画"。然而多年囿于文化事业性质，难以充分发挥传统优势而将其发展成为文化产业。文化事业与文化产业，概念大不相同。文化产业既是硬件也是软件，有着极强的造血功能。如此看来，观澜镇以文化原创力量打造文化产业基地，可谓提纲挈领。

其实，我所居住的这座北方城市产生过两位版画大家：李平凡与马达。他俩均是鲁迅的学生，为新中国版画事业做出贡献，也对这座城市版画的发展与繁荣产生重大影响。

走进观澜镇牛湖村，方知这里乃是版画大家陈烟桥先生故乡。陈烟桥与李平凡和马达有着相似经历，当年在上海都曾聆听鲁迅先生的教诲，全力投身中国版画事业，成绩斐然。

陈烟桥先生的儿子陈伟南，子承父业，继承父亲严谨扎实的风格，也成为当代版画名家。陈氏父子的版画根脉，深植于故乡土地。这是观澜牛湖的福分。

文化建设大发展，故乡自有后来人。观澜人没有让陈氏版画血脉中断。他继承乡贤精神，立足观澜面对世界，历时四年建起"中国版画第一村"。

坐落在大水田社区的观澜版画原创产业基地，不乏古村落，客家文化浓郁。正是在这种古风浩荡的地方，有着一座颇具现代气质的版画工坊。拜访这座工坊，深入了解观澜版画。

我惊奇地发现，一位来自欧洲的女版画家坐在案前，埋头专心工作着。原来观澜版画基地早已名声在外，每年都有来自国外的版画家进驻这里，潜心创作，力求让自己的原创作品进入市场。我们经常说的"国际接轨"，已然在观澜版画工坊悄然实现了。

中华民族伟大复兴，必须增强文化软实力，我们既要"走出去"，也要"请进来"。进驻观澜版画基地的外国版画家，我们不用请，他们便来了。提高中国版画的吸引力，观澜镇开了先河。

以前我知道，创作版画是要刻版的，无论石刻木刻，皆出自手造。我在这里却看到丝版，一个青年技工操作机器，精心制作着一幅版画。

这一幅出自原创的版画，经过艺术与科技的融合，自然成为艺术与科技的结晶。在高科技时代，丝版与机器使得版画焕发青春，以崭新姿态屹立于当代艺术之林。

我以为这是陈烟桥先生版画艺术血脉的延续，可谓古曲新赋。一个版画大师的故乡成为世界级原创版画产业基地，这符合版画艺术规律，也符合产业经济逻辑。观澜，无疑是推陈出新的文化产业基地。

漫步牛湖古村，令人遐想不止。倘若观澜不将版画做成文化产业，那么这门艺术很可能最终成为博物馆艺术品，只是陈列在水晶展柜里供人欣赏而已。

如今，观澜打造版画原创产业基地，使那一幅幅版画生出双腿，走出观澜走出深圳走出中国走向世界，一路行走在艺术春天里。

观澜，这正是你的应有之义。

大鹏的风景

改革开放四十年，说起深圳似乎已然形成思维定式，首先是股票——深市，然后是高楼林立的商贸大都会，然后是中国制造的成片厂房……如果提起深圳历史便是那句话"以前是个渔村"。我们小时看电影《秘密图纸》，那时深圳的确是个村落。

似乎，深圳是个没有来历的城市。似乎，深圳是乘着改革开放春风从天而降的城市。深圳采风行，我们到大鹏。大鹏有风景，风景在所城。

走进所城，一下颠覆了我们以往形成的思维惯性：大鹏半岛是神话传说中神鸟栖息之地。早在七千多年前，大鹏先民即创造了"咸头岭文化"，这座所城始建于明洪武年间，成为明清两代中国南部的海防军事要塞，有着六百多年抵御外侮的历史。

此间，所城涌现了赖家"三代五将"、刘氏"父子将军"等一批民族英雄。如今，以文物保护、历史研究和旅游开发为宗旨的"大鹏古城博物馆"，被列为国家重点文化保护单位和爱国主义教育基地。深圳今名"鹏城"即源于此。

原来，崭新的深圳是有来历的。我们登上所城的城墙，一尊尊黄铜铸造的古代士兵，手持长枪站立城角，仿佛自古执岗至今，不曾丝毫懈怠。彭见明兄与古代士兵合了影，顿时平添几分历史底蕴。我们也信步迈进历史长廊了。

沿所城街道走去，渐渐步入历史深处。我们站在高挂"振威将军第"匾额的赖府大门前合影，不禁产生超越时空的联想，大鹏展翅飞翔在历史与未来之间，正是千年风云际会的底蕴，塑造了当今深圳吧？

所城既然列为国家重点文物保护单位，那么如何为其注进新鲜血液呢？我们参观始于明代的"大鹏粮仓"故址，这里是早年囤放军粮的重地。如今，一座座拱形粮仓建成"皮影艺术馆""大鹏贝艺馆"之类的民间艺术馆舍，这种古为今用的载体无疑使得古城焕发青春与活力。此时，我们感觉站在历史与未来交叉点上，放眼现实风景。

游人如织。我们来到较场尾海边。顾名思义，较场尾就是地处古代较场尾端的地方。如此看来，这也是个有来历的地方。

漫步较场尾，放眼望去，左手是海滩，右手则是一排民宿客栈，鳞次栉比，连绵不断，为目力所不及。这里被称为"深圳鼓浪屿"，它与修旧如旧的所城相比，现实生活气息扑面而来，令人心旷神怡。

一边是蔚蓝的海水，一边是热烈的现实生活。这便是当今较场尾的生动写照。你看"叉叉纳里"旅店的宣传口号，令人忍俊不禁。

"本店距离百年老店只有九十多年""遛狗带娃，周游世界""进来开房吧"，如此等等，一反传统型旅馆的面孔，处处洋溢着小资风格与青春气象，可谓别具一格。如果拿较场尾与所城对比，这里充满今日深圳的文化特征：开放带来的快乐，开放带来的自由，开放带来的轻松，开放带来的活泼……一言以蔽之，开放带来的休闲生活。

大鹏半岛是深圳文化的历史，深圳文化是大鹏半岛的今生。

如果你见识了大鹏所城，依然认为当今深圳只是水泥森林般的大都会风景，那么前往鹿嘴山庄便是让大自然给你"洗脑"的最佳去处。

我们是夜宿鹿嘴山庄的。沿着山路拾阶而上，可谓月朦胧鸟朦胧，毫无景色可感。清晨起床猛然意识到这是多年不曾享受的"睡到自然醒"，大都市清晨的喧嚣，已然远远退到外宇宙。我分明置身世外桃源了。

站在阳台观赏鹿嘴山庄景色，立即受到大自然感召，快步登山寻访美景去了。山路石阶起起伏伏，终于站在山顶崖畔，面朝大海，春暖花开。

海浪哗哗冲击着岩石。白色是浪花，褐色是岩石。这经年冲刷，浪花白了头，岩石消了瘦，它们绝然不改初衷，反复冲击不停。看来，举凡世外桃源并非全然放松，也有执着不懈的所在。人在大都市，向往大自然的放松。人在大自然，不舍大都市的打拼。这正是人们前来鹿嘴山庄休假的意义。既然人生目标已经确定，那么山海间便处处是风景了。只是有时我们需要投入大自然的怀抱，在青草气息里检索人生步伐而已。

原始生态，山海情怀，蜜月天堂，运动海岸。这是鹿嘴山庄的宣传口号，也是它真实的写照。鹿嘴山庄给我的启示是：只要你怀有亲近大自然之心，鹿嘴山庄会给你一个深呼吸式的拥抱。

然而，此时你定居这里尚早，因为你还年轻，八十公里外那个名叫鹏城的大都市，还等着你创业呢。

鹿嘴山庄，此时只是你的人生加油站而已。后会有期。

南望长安是今朝

我们说起长安总会想起大唐首都，还有浩若星空的盛唐诗歌。"秋风生渭水，落叶满长安""春风得意马蹄疾，一日看尽长安花""长安一片月，万户捣衣声""长安陌上无穷树，唯有垂杨管别离"……

由唐溯汉，又有张骞打通西域的故事，当然也有因李陵叛降而引出的司马迁悲剧与《史记》……总之，长安无疑属于中国历史地理教科书的重要词条，当前我国实施"一带一路"倡议构想，更使"长安"热络起来。

长安，从地理意义上讲代表着中华民族对外经济交往的出发地；长安，从历史意义讲意味着华夏大地开放包容的文化胸怀。

如今，在东莞治下竟然有个名叫长安的地方，而且是个镇。

于是，走进长安镇。恍惚间仿佛历史长河被倏然缩短，从唐朝首都到东莞治下，不知出于何种约定两位同名同姓的地方，跨越古今，怦然相会。

来到长安镇，无须看"世界工厂"。我们去了环球公司下属的宝石工艺加工厂，以小见大矣。置身这座工厂的展品大厅，却感觉走进色彩斑斓的"当代美展"，一件件"玉石平面样品"展板，环绕展厅布置，其图案，要么一团团色块相间，表达着难以确指的抽象意义；要么一束束线条相环，催人产生宇宙初生的联想；要么是一簇簇鹦鹉螺形状，使你沉浸于远古化石的年代……你看那面湛蓝底色的玉石面板，透出水晶的质地；再看那面褐色斑点的玉石面板，凸显深邃的星空夜景。

一尊颜色厚重的玉石板台，一派赭红底色，衬出白色纹络，板台图案的形状，好似一幅红土高原的地图：那不规则的环状图形，好似碧水湖泊；那流淌逶迤的线条，好似奔腾江河；那似断似连的絮片，好似横断山脉……

又一尊玛瑙拼接的玉石板台，一块块圆形玛瑙铺展开来，使你想起鹅卵河床，耳畔传来潺潺流水声响，赏心悦目。

流连于一件件精美的玉石展品，我惊讶环球石材已然做到如此"高精尖"，在石材领域展示着当代工艺美术的新思维。

请看，极具装饰功能的玉石板材，在这里完成的艺术再造，被赋予新的生命。这哪里是玉石工厂的产品展示厅，分明就是"现当代美术作品"大展。我认为，这正是工业化所产生的美感，也是"实用的艺术"与"艺术的实用"的有机结合，从而繁衍出玉石装潢行业的新状态。

玉石制品小展室，一件件玛瑙材料雕刻而成的制品，吸引人们的目光。同伴购得一套质地晶莹的玛瑙茶具，仿佛游山得宝，喜兴而归。

这时，一个热词在我脑海跳跃而出：工匠精神。其实，精益求精的"大国工匠"精神，乃是我们中华民族的优良传统，去粗取精，由璞而玉，锲而不舍，既完善于宏大构筑，又执着于工艺细节，这正是"中国工厂"的应有之义。

我们中国人的乡土观念甚重，举全族之力兴建家庙，以此弘扬家族传承，彰显先祖荣光；集地方财力设立乡祠，以此纪念故土先贤，宣示人杰地灵。至于身处异乡的客商们，则集资兴建会馆，以乡谊抱团，互相帮衬彼此提携。这是中国传统文化的特色。

近年来经济发展文化大热，祖国多地出现争夺历史名人故里的趣闻，老子有了两个籍贯，炎帝有了两个故乡，曹操墓地引发争议，传说中的姜太公垂钓处也出现不同版本……于是大兴土木，抢先建造历史遗迹遗址，以期得以社会认同。尽管如此热闹，我还是愿意将这种现象理解为国人对故乡的热爱与期待——特别希望历史名人出于自己家乡，甚至希望自己是历史名人的 N 代子孙。同时，这也体现了极具中国特色的家族血缘观念与乡土文化意识。

长安镇有饶宗颐美术馆。我慕名而去，进门便从"饶宗颐美术馆馆藏展"序文读到这样的文字："当今之世，能集经学、佛学、史学、考古、文学、书画、音律、梵语于一身而名扬海外，堪称'大师中的大师者'，唯饶公宗颐矣……"

国学大师饶宗颐先生，广东潮汕人，久居香港，举世闻名。细心阅读饶宗颐先生创作年谱，不论家乡籍贯还是学术渊源，似乎与长安镇并无直接关联。崇尚乡贤的长安镇为这位"外人"设立美术馆，不知缘起何因。

原来早在二十多年前，长安人便与饶宗颐先生结缘。十年前，饶老曾在长安莲花山养心幽居，留有笔墨。之后每年老先生都要来长安莲花山旅居。长安不是饶宗颐先生的故乡，却敞开文化胸怀，视饶老为文化瑰宝，以乡邑亲情待之。饶宗颐先生也将长安镇视为第二故乡，感情甚笃。他留给长安的书画作品，足见这位大师高妙深远的艺术造诣与境界。

参观饶宗颐美术馆，无疑是接受传统文化熏陶的难得机会。置身于饶宗颐先生的学术和艺术作品之中，就像面对一座磅礴的高山，令人神往。

据同行作家介绍，饶宗颐先生的书法，学养深厚，别具风采，绝非后人可以模仿的。饶宗颐先生的水墨画，真心处处见童心，实乃高原上的高峰之作。

我对书法与国画全然不通，仍然受到饶老书画作品的艺术感染，内心颇有"虽不能至，心向往之"的感慨。长安镇饶宗颐美术馆，就像镶嵌在岭南大地的明珠，闪烁着文化艺术的光芒。

出于好奇心，我还是询问了长安镇名的由来。

大约四百年前，此地有李姓为名门望族，富甲一方。李姓乃大唐国姓，于是族长便将这里更名为长安，以示与大唐血脉相因，以示李姓文化传承。如今长安早就改名西安了，然而在遥远的岭南地方，却依然有个长安镇，繁荣至今。

西望长安千古事。南望长安是今朝。

山水入情怀

那条江的名字叫韩江，那座山的名字叫韩山。奔流不息的韩江上有著名的广济桥，造福两岸；望之蔚然的韩山上有远近皆知的韩文公祠，令后人景仰。这里的山姓韩，这里的水姓韩，皆因那位在潮州驻足八个月光阴的唐代刺史韩愈。

山山水水乃是大自然造化，亘古而存。然而这座山姓韩，这条江姓韩，便是难能可贵的人文景观了。此行采风前，只知道韩愈字退之，河南孟州人士，史称昌黎先生，位列唐宋"八大家"，却不知岭南潮州地方记载着这位仕途坎坷的大文学家的功绩。

这无疑是我的无知了。

随团拜谒坐落潮州城东韩山西麓的韩文公祠，切实感受此公世代受到潮州民众敬重与爱戴。韩文公塑像端坐祠堂大殿，有"百代文宗"匾额高悬其上，可谓尽享殊荣名彪青史。于是，无知如我者，补读他的诗，补读他的文，力图走进古代韩昌黎，以解读今日潮州。

首先拜读《鳄鱼文》，尽管我不能完全读懂这篇有别于当代白话文的唐代古文，还是被韩愈为生民立命的情怀所感动。

"今与鳄鱼约，尽三日，其率丑类南徙于海，以避天子之命吏。三日不能至五日，五日不能至七日。七日不能，是终于不肯徙也，是不有刺史听从其言也。不然，则是鳄鱼冥顽不灵，刺史虽有言，不闻不知也。夫傲天子之命吏，不听其言，不徙以避之，与冥顽不灵而为民物害者，皆可杀！刺史则选材技吏民，操强弓毒矢，以与鳄从事，必尽杀乃止。其无悔！"

撰《鳄鱼文》，即使对丑类宣战也不乏对万物生灵的基本尊重，可谓有理有利有节，读罢此文使人觉得身为潮州刺史的韩愈先生并无官气，反而透出几分文人的可爱气息。

读《左迁至蓝关示侄孙湘》，切实感受到诗人的家国情怀。

"一封朝奏九重天，夕贬潮州路八千。欲为圣明除弊事，肯将衰朽惜残年。云横秦岭家何在？雪拥蓝关马不前。知汝远来应有意，好收吾骨瘴江边。"

读此诗使我想起孟浩然的"欲济无舟楫，端居耻圣明"的干谒诗。中国古代的士大夫，无论处江湖之远还是居庙堂之高，素以天下为己任。韩退之先生尽管谪贬岭南瘴地，依然坚定"欲为圣明除弊事，肯将衰朽惜残年"的信念，不坠青云之志。

韩愈是这样说的，也是这样做的。驱鳄除害，关心农桑，赎放奴婢，延师兴学……为官潮州不足八个月时光，却在这里播撒下勤政为民传播文化的种子。

韩愈对潮州教育事业的发展，有着不可磨灭的功绩。史书载为了兴办乡学，"刺史出已俸百千，以为举本，收其赢余，以供学生厨馔"。也就是说他将自己的月俸全部捐给学校，这种捐己助学精神可嘉，必然对潮州这块土地产生深远影响。

今日之潮州，显然文化教育土壤积淀丰厚。参观湘桥区的下津博雅学校，迎接我们的年轻校长名叫李军，他是从深圳省级学校应聘而来的。从中国改革开放前沿城市深圳来到四线城市潮州，我意识到潮州教育事业发生了巨大变化。

下津博雅学校是所"公办民助"小学，由本村乡贤组成的"湘桥区博雅教育促进会"前期提供三千万元资助，完善教学基础建设，充实师资力量，加强员工配编考核，使这所村属小学跃然成为潮州市的区属小学，原本生源流失严重，如今招生满额，甚至原本就读于市区重点小学的学生也出现回流。

今年6月该校面向社会公开招聘十七名教师，以确保学校拥有优秀科任老师。"没想到来了六百多人应聘。"校长李军如是说。

植下梧桐树，引得凤凰来。经过考核合格的教师月薪达四五千元，远高于当地同等资质老师。

暑热天气里，我们参观这座拥有二十四个课室的新教学楼。正值暑期放假，十几个女生在舞蹈教室里进行形体训练；书法教室里孩子们手持毛笔学习书法，还有音乐教室等第二课堂，已经相继开设音乐、舞蹈、太极拳、篮球、田径、书法、儿童画、英语口语、小主持人、小作家等十多门选修课。践行着德智体美全面发展的教育理念。

登临四楼，眺望全校，曾经的"煤渣跑道"和"泥地球场"已然建成塑胶操场，另外配套兴建的教职工宿舍楼。数十米长的学校围墙彩绘着长卷"韩江图"，一派大气磅礴的气象，令人不敢相信这原本是所乡村小学。

一座汉白玉雕像矗立下津博雅学校迎门位置，这正是唐代曾任潮州刺史的韩愈，含蓄地诉说着潮州文化教育事业的源泉与发展。

"业精于勤，荒于嬉。行成于思，毁于随。"这是镌刻在下津博雅学校厦墙上《劝学篇》名句，这所学校正是秉承着韩愈《劝学篇》精神，一丝不苟地践行着先贤古训。

移步参观湘桥区意溪中学，该校地处全国大锣鼓之乡意溪镇，传承着地方优秀传统文化的基因，近年来持续推进"艺体＋科创"的特色教育，先后赢得多项荣誉："全国中华优秀传统文化艺术传承学校""广东省体育（武术）特色学校""潮州市青少年龙狮训练基地""潮州市武术散打基地""省级青少年体育俱乐部""广东省足球传统学校""粤东青少年创客教育联盟基地学校""广东省中小学艺术教育特色学校""学科竞赛网年度500强高中全国最佳学校"……成为能文能武全面发展的特色教育学校。

迎接我们的首先是舞狮与舞龙表演。如果不是现场观摩，我很难相信这舞狮与舞龙出自该校学生团队。意溪中学结合潮州武术传统文化，开创武术套路散打特色教育，已经培养出全国冠军陈家畴，培养出蔡树辉等优秀体育尖子生。学校体育团队连年参加全国及省市比赛多次获取金牌桂冠荣誉。

我们在意溪中学没有看到所谓"高分低能"的身体羸弱的学生，由于提倡身心健康全面发展，学校处处充满意气风发的气息。

意溪中学取得成绩并未停步，他们极具前瞻意识，及时与中山大学合作开展信息科技特色教育，首次参加 VEX 机器人工程挑战赛便荣获冠军，一鸣惊人。面向未来社会，培养未来人才，意溪中学做出很好的示范。

我们在创客教室里参观由该校学生研发的机器人，它灵活准确地完成了"工位器具装载作业"。经老师介绍我们得知，这个不具备人形却拥有人脑的机器人，正是他们在青少年科技创新大赛的获奖作品。

走出创客教室来到室外小操场，一场模拟 F1 方程大赛的"赛车表演"正在进行。几个男生手持操纵器让"F1 赛车"在赛道上疾速行驶着，构成一个令人忍俊不禁的科创小世界。

从下津博雅小学，到意溪特色教育中学，这两所学校无疑是潮州教育事业蓬勃创新发展的缩影。当我们将目光转向潮州当地企业，同伴感受到潮州是块文化热土。

广东海博集团以房地产为核心产业，多年致力于打造舒适宜居的高端住宅区，我们参观的熙泰小区样板间，便引发作家们极大兴趣。然而，海博集团同时以饱满热情投身社会公共建设，譬如希望工程、扶贫工程、古城文物保护等项目，他们还资助实验学校建设、支持广济桥兴建、捐资潮州市"尊师重教系列活动"和"韩愈教育基金会"。主动承担熙泰肉菜市场、滨江上埔段滩公园、韩江堤绿化美化等项目开发，连年获得"扶贫济困慈善集体""全省精神文明建设单位"荣誉称号。

就这样，我们从潮州市文化教育建设画卷中，不时看到类似海博集团这样有文化传承有社会担当的爱心企业。他们热心社会公益事业的步伐，甚至走出潮州、走出广东省，迈向湖南、四川兄弟省份，为潮州这座古老文化城市赢得荣誉。

教育固根基，实业促发展。昔日恶溪的鳄鱼已经远去，如今青山依旧在，绿水不断流。正可谓山水入情怀，文化乃承载。且看今日潮州，继往开来，前程似锦，敞开胸怀，喜迎八方来客。

喜看今日潮州新貌，先贤昌黎先生"夫子哂之"。

第六辑
云贵川篇

云南四景

景东的茶

曾经听说我国云南省的"小云南"。此行从昆明乘车西去，途经祥云县。这祥云便是最初的"小云南"。传说，一队南来的彝族女兵与唐军作战在此阵亡，遂化作一团祥云升空而去。我们通常称云南为"彩云之南"或者"祥云之南"，正是得名于此。

车过"小云南"抵达滇西南的景东彝族自治县，遇到的欢迎仪式是"献茶"。这种仪式与我国内蒙古地区欢迎客人的"下马酒"相似，只是以茶待客。接过彝族姑娘奉上的普洱茶一饮而尽，景东人的热情深入心脾。

景东如今隶属于普洱市。此地古称银生，乃唐南诏银生节度首府所在地。当时南昭领土广阔，远达今日缅甸、越南和泰国一带。唐代学者樊绰在 864 年所著《蛮书》中记载："茶出银生城界诸山，散收无采造法，蒙舍蛮以椒、姜、桂和烹而饮之……"所谓城界诸山，即无量山和哀牢山，如今均为国家级自然保护区。景东县城便夹在这两座大山之间。无量与哀牢，皆出自傣语。夹在无量山与哀牢山之间的川河，流经景东之后改称把边江，最终流入越南境内。《蛮书》记载的是我国西南地区兄弟少数民族的生活。然而，最令景东出名的还是普洱茶。

樊绰在《蛮书》里记载的茶是最早见诸史籍的云南茶，道出普洱茶的悠久历史。尤其"以椒、姜、桂和烹而饮之"的记载，告诉我们古代此地流行的独特的烹茶技术。

这几年普洱茶名声大振行情暴涨，就连思茅市也更名普洱市了。可见，一片小小茶饼，给这里带来巨大福音，应了"靠山吃山，靠水吃水"的俗语。中国普洱茶协会曾组织一批专家对景东境内茶树进行普查，发现这里拥有普洱市最大的野生茶分布群落，面积达28.6万亩，还拥有3.7万亩古茶树，堪称最古老的普洱茶产地。早在民国年间当时的云南省长唐继尧即为这里的"老仓茶"颁发了优质奖章。足见这里茶文化源远流长。

我在景东适逢"银生古城首届普洱茶交易会"开幕。天降小雨，开幕式上的祭祀茶神表演，令外来者大开眼界。茶，无疑是这里的关键词。

景东人民的日常生活，无不与普洱茶息息相关。尤其极具彝族风情的"跳菜"将祭茶表演推向高潮。交易会上有现场制作普洱茶饼的演示。彝族汉子依照古老工艺将自己的名字与年岁印制在茶饼上，无言诉说着他们的信誉。交易会上还陈列着为纪念1739年瑞典"哥德堡号"帆船于2006年重访中国广州而制作的普洱茶砖。我看到印有"全球限量发行"的字样，切实感到普洱茶是这里一笔文化积淀深厚的独特资源。可谓天赐也。

古城银生给我留下深刻印象的是专家品茶鉴赏会。近年参加文学作品研讨会，所见所闻多为和风细雨式的赞扬，出以公心的尖锐批评极为鲜见。除去个别者的网上"恶搞"，我们德高望重的文学批评家基本成为赞美诗的吟唱者，表现出令人感动的宽厚与温和。景东的专家品评鉴赏会，则出现激烈争论。一方认为野生茶不可饮，并且指出当年发生在西藏地区的教训；另一方则持不同意见。这场发生在茶界的争论，使我看到专家们严谨的治学精神，值得我们文学界虚心学习。

景东的彝族公职人员大多取了汉化名字，分明使我感受到"全球化"的大背景。然而景东的少数民族兄弟姐妹依然保持着自己民族的生活方式，普洱茶就是他们对中华民族大家庭的无以替代的贡献。同时，景东还是世界黑冠长臂猿之乡。令人羡慕的生态资源，汇集大地乳汁与森林血液形成一座绿色宝库，奉献出茶之珍品。

我登临景东境内海拔二千四百米一个名叫"高峰"的地方，一派迷蒙细雨之中，天地无界。滇地古老文化与现代化生活的融溶，再度使我想起普洱茶。天然之水沏开天然之茶，形成一盏盏澄香透澈的香茗，那份沉静，那份深厚，那份和谐，无不诉说着中华古老文化的真谛，引人遐思不止。

茶出银生小云南。民族的，就是世界的。古老而新生的普洱茶，代表着中国气派。

官渡的镇

初冬时节，走进春城昆明附近的官渡古镇。这又是一座古镇。时下中国古镇不少，而且愈来愈多。俗话说物以稀为贵，犹如美女过多了，往往失去眼球效应。尤其近年过度商业化包装，有些地方出现毫无文化积淀的"伪古镇"，显得不伦不类。

中国名叫官渡的地名不少，比如《三国演义》里的"官渡之战"。当然，彼官渡非此官渡。我望文生义地认为，官渡就是官方设置渡口的意思。果然，这座以官渡命名的古镇，恰恰坐落在古代南方丝绸之路要津。当年之繁华，可以想象。

这座官渡古镇是国家级风景名胜区，进入昆明市非物质文化遗产保护名录。我却觉得它与其他地方的古镇相比，并无明显不同。

走过官渡牌坊，沿途一座座出售旅游纪念品的摊位，难以引人驻足。于是走向古镇深处，接待方说是要领我们去听滇剧。

滇剧当属云南独有的剧种，我一时抖擞了兴致。在京津冀听京剧，到四川听川剧，去安徽听黄梅戏，来到云南听滇剧，这是个好去处。

远远望见那座飞檐斗拱仿古建筑，便是小剧场了。大门前高高悬挂"古渡梨园"黑底金字匾额，顿时古风扑面而来。走进小剧场乘兴落座，板胡便拉响了。

一位凤冠霞帔的女子踩着节拍走出边幕，这戏装显然是青衣扮相。她开口唱了，我专心听着，却不能完全听懂戏文。这剧情似乎与《大登殿》有关，是折子。

她的演唱只有一尊板胡伴奏，这似乎体现着古老剧种的朴素美。

我渐渐听出其中的皮黄味道，也有梆子腔的痕迹。有关王宝钏的折子唱罢，我向琴师请教一二，他认同我的感觉，说滇剧含有皮黄成分与梆腔。我询问女演员是否"非遗传承人"，她操着比较标准的普通话说正在争取申报。

我环视小剧场两侧墙壁，上面画着一出出戏：《曹庄杀妻》《双龙会》《卖胭脂》《双断桥》《庆顶珠》……竟然还有《二进宫》和《摘缨会》。

几天之后，我从《保山通史》里偶然读到有关滇剧的文字："滇剧属于外来剧种，明代传入云南。"由此看来，当年活跃于彩云之南的滇剧是来自中原地区的，这可能与来自北方的驻军有关。那声腔，那身段，那戏文，从遥远的中原地区传播至遥远的云南，它落地生根与本土文化融溶，演变出云南的滇剧。

于是，历史没了距离。于是，地理并不遥远，云南历来就与中原文化紧密相连。滇剧，正是这样的活化石，它证明着中原文化在云南的演化。这就是滇剧存在的意义。

然而，今日滇剧的式微，乃是文化领域里的严峻现实，各地非物质文化遗产的门庭冷落，令人揪心。

我们走访官渡古镇金大师的黑铜店铺，这也属于非物质文化遗产。经主人讲解，得知此黑铜非黄铜非紫铜也非青铜，属于民间独创的铜类。我大学时代学过金属学，一时难以为黑铜归类。

店铺主人很是热情，为我们送来古镇著名小吃饵饼，它出自隔壁一家饼店。我发现这不是一家普通饼店，门前挂着"官渡饵饼传习所"的牌匾。店铺光洁，器具齐整。

我看到玻璃房里摆着一架古老而巨大的舂粉机，宛若一株放倒的大树。年轻的主人告诉我，他是官渡古法制作饵饼的传承人。为了让"非遗"具备造血功能，他们不仅仅是传习古法制饵工艺，还创出自家名牌饵饼，投放市场呈现供不应求的局面。在商品经济大潮中，古法制饵也要与时俱进，他们本着减小饵饼体积增加饵饼品种的思路，打算研制系列产品，推向更为广阔的大城市市场。

这是令人欣慰的思路。如果一味依靠政府政策保护"非遗"，那么很可能使"非遗"成为博物馆的陈列品。官渡古镇的饵饼创新，无疑活化了这种古老"非遗"，自我新生，自我成长。

这是官渡古镇给我启示：中华民族祖先留给后代子孙无比丰富的文化遗产，我们的任务不是将它们送进博物馆，而是让它们活在人间，让它们宛若鲜花般盛开着，四季飘香。这就是官渡古镇的示范意义。

官渡官渡，古老而进步。

洱海的水

曾经听人说起云南词语的独特：昆明翠湖那么小的一片水，叫湖；大理洱海那么大一片淡水，却叫海；云南滇池那么大一片水域，反而叫池。我以为这不是修辞意义的混乱，这是云南式哲学思维：以小为大，以大为小。

这是我第二次来到大理，却是首次如此亲近洱海。那么大一片淡水，却叫海。乘"杜鹃号"游船行驶在洱海上。从杜鹃联想到杜鹃花，我觉得自己置身一只巨大的花朵上，漂浮于洱海。

洱海，视野无边，名不虚传。我切实有了海的感觉。你看那一群群洁白的海鸥，或飞翔于湛蓝的天空，或嬉戏于碧绿的水面，无不诉说着这里就是真正的海。倘若不是海，这里怎么会有海鸥飞翔呢？春雨不偏，海鸥不私。

不知为什么，我觉得自己就像一只海鸥，从寒冷的北方飞到温暖的云南，以此越过严冬，梳理着曾经被北方暗夜染黑的羽毛。如今，人们愈来愈像候鸟，为了躲避寒冷更为了躲避雾霾，纷纷前往温暖而清洁的地方。对于生活在京津冀的人们来说，云南就是天堂。

洱海，首先是候鸟们的天堂。如今，人已然成了候鸟。于是，保护洱海便不仅仅是云南人的重任，更不仅仅是大理人的重任。面对日显严重的环境恶化，洱海已然成为全体中国人的洱海。我们必须打响洱海保卫战，像保护自己眼睛一样保护洱海。

"杜鹃号"游船行驶在洱海上，阳光灿烂，浪波不兴。途经小普陀，游人登临，拾阶而上，鱼贯而行，拜谒那座悬挂"苍洱风光"匾额的寺庙。一楼殿堂供奉弥勒，楼上供奉观音。我揣测，游客焚香礼佛，有人求生财，有人求转运，有人求家宅平安，有人求学子上进……总而言之，出自虔心。我当然祈求家宅平安亲人康健，同时我还要祈求上苍保佑洱海，保佑它的天空永远蔚蓝，保佑它的湖水永远清澈，保佑它鸟鸣花香人寿年丰，保佑它不被人类所污染……

人类？这令人幡然猛醒的称谓，你何时沦为破坏环境的元凶？为了追求 GDP 与财富原始积累，你们填埋了多少湖泊，你们砍伐了多少森林，你们玷污了多少河流，你们削去了多少山头……从这个意义讲，贪婪的人类已经成为大自然的罪人，置身社会转型期的国人应该猛醒了。

"杜鹃号"游船停泊南诏风情岛，据说，这里是发呆的好地方。面对大海，尽情发呆。时下发呆也成为一种人生状态，可见我们社会生活的多元化。

这是我第二次造访南诏风情岛，今年夏季里曾经驾车前来，尽享洱海风情。在中国历史长河中，南诏乃是古国名。这座岛屿以古国南诏名命，可见它处于历史与现实之间。海鸥临空飞翔，鸟瞰这座南诏风情岛，它正是现实与未来的交叉点，宛若明珠，熠熠生辉。

其实，我们同样也站在现实与未来的交叉点，因此任重而道远。

我们离船登岸，前往僖州古宅游览，将清澈的洱海留在身后，也将清澈的洱海装进心里。

洱海清澈，滋润心田。我们的心灵，更是不得污染。

腾冲的树

这是第三次造访这座明珠般的边城。此前，我曾经拜访和顺古镇，参观艾思奇故居，游览热海大滚锅以及浅水草地，还有玉石城……

此番抵达腾冲，依然去了和顺古镇，依然去了艾思奇故居，依然拜谒了国殇园和滇西抗战纪念馆，依然去了小空山火山公园……然而，我刻意寻找着腾冲的新意。

去银杏村吧，那里充满新意。三千多株银杏树，来自六百多年前的湖南。它们姿态万千地站立在那里，等待着六百多年后的我们。

众人来到银杏村，首先要去拜访那株被称为"银杏王"的古树。当年来自湖南的驻军栽下银杏树苗，这一株株树苗宛若湖湘游子，不远千里，落地生根，在这座边城生存了六百多年，那株三人合抱的"银杏王"，终于成为腾冲当地的著名景致。

不知为什么，打量着这株"银杏王"，我竟然想起屯垦成边的历史。就这样，一株株银杏树人格化了，活生生站在面前，成为腾冲历史里不可删改的内容。这里是边地，却有着中原文化的纽带；这里有军功，银杏树就是明证。

置身银杏林，融入淡黄光影里。时值北方深秋初冬，我们还是来得过早，此时腾冲银杏树叶尚未金黄，只呈现浅浅的金、淡淡的黄，仿佛积蓄着无穷的力量，只待一夜之间爆发出令人惊叹的美景。

银杏树叶，有着入药价值，降血脂降血压降血糖。银杏树的果实，被人们称为白果，热锅炒熟可食。我想起儿时首次吃炒白果的情景，想起站在东兴街上掏钱给我买白果的父亲……

腾冲已然过了收获白果的季节，此时只有银杏树们站立着。前些年我在首尔郊区见过采摘白果的场景，一个个韩国男子用力摇动树干，那白果便纷纷落地了。我不知道腾冲这地方采摘白果的方法，只觉得韩国人的方法原始而环保。莫非他们担心使用器具采摘会伤害银杏树吗？人与银杏树，惺惺相惜。

漫步银杏林间，依然期待那浓烈如瀑的金黄色的降临。然而，一株株银杏树显出的沉稳与含蓄，仿佛静静考验着人们的耐心。这六百多年前来自湖湘的银杏树，株株直径超过水桶粗，却是身姿各异，有的雄奇，身材如塔好似壮汉；有的婀娜，枝蔓招摇宛如少妇。有的树冠如伞竟成浓荫，有的树杈优雅引人写生。这望之蔚然的银杏林，不乏几株楸树高耸其间，它们性子急落叶早，七分孤独三分高傲地耸立在银杏树里，长枪大戟地给大地注入一股大理威武之气。

有了楸树的过早谢顶，越发显现出银杏树的沉着。那令人激动的金黄色，何时能够层林尽染？可惜，我们没有更多等待的时间，此行无缘欣赏腾冲银杏村的美景了。

遥想六百多年前，此地是什么情形呢？一群群古人忙着栽树，栽种来自他们湖湘家乡的树种。六百多年过去了，小树长大，大树成为古树，根深叶茂。栽种树苗的人呢，也繁衍了一代代子孙。然而，银杏树的子孙呢？

放眼望去，远处一派绿色。是啊，人类繁衍，树木成林，这正是子子孙孙的相传。无论什么人都不可以切断这种生生不息的传递。

凡是切断这种生生不息传递的地方，便是荒漠了。大自然的荒漠令人叹息。人心呢，则更不可以荒漠化。

因此，我们需要银杏树的浓绿，也需要银杏树的金黄，就是不需要大地与心田的荒芜。所以，腾冲的银杏树必须站立在那里，说明着腾冲的历史，也说明着腾冲的今天，当然也展望着腾冲的未来。

银杏树的果实叫白果。我便想建议和顺家鲜花饼，应当增添白果口味的品种，如果这样腾冲的银杏就走向全国了。

期待。期待白果口味鲜花饼问世——它是生出双腿的腾冲银杏，一路走向北京。

曲靖之春

遍地金黄

见过油菜花开，在内蒙古，在甘肃，在安徽，在湖北……这里是云南的曲靖市，这里是曲靖的罗平县。罗平，这是地名。这地名很像人名，一个姓罗叫平的人。行车途中得知，罗平地名果然得名于先贤。于是，人与地融溶，人名与地名叠加，越发感觉亲切了。

罗平县位于滇东，地处滇、桂、黔的接合部，乃"鸡鸣三省"之地，素有"滇黔锁钥"之名，被称为"地球上春天最美丽的地方"。

既然这里是"地球上春天最美丽的地方"，我们就踏着春天的脚步来了，来看油菜花。油菜是罗平主要经济作物，油菜花盛开，则是令罗平闻名于世的亮丽风景。

是的，以前见过油菜花开，还是颇有几分审美经验的。一路行车，道路两旁始见种植油菜的田地，如星罗，如棋布，一缕缕黄色，闪过车窗，好似大地挥舞着黄手帕。我揣测这只是油菜花开的预演，随着道路延伸，只见远山如屏，盛大花季的序幕渐渐拉开，主角即将出场。

不容你走思，也不容你分神，一大片金黄色倏地扑进车窗，不由分说灌满你的视野，沐浴你的周身，让你跌入一个金灿灿的世界。这就是罗平的油菜花开，她衔远山之势，乘春风之机，铺天盖地，席卷而来，令你无处躲闪，使你猝不及防，随即融身其间。这时候你会想到那个词汇：海洋。

金黄色的海洋。

下了车，嗅到淡淡的香。这显然是油菜花的香。罗平的油菜花香容身于空气里，不事张扬，不喜炫耀，暗怀隐士风度。你若不存心留意，竟然不晓她的存在。罗平的油菜花香，不以浓烈夺人，却以淡香自况，颇有君子气节。莫非这就是罗平人的性格？

走进油菜花深处，人也变得金黄了。一望无际的油菜花海，静若处子，浪波不兴。我只觉得心头有金色涟漪生出，徐徐而荡远。这金色涟漪若无远方山峦阻挡，必然演作金色波澜，镀亮罗平地平线。

据说我们来得略迟，大片油菜花刚过盛年。我却觉得此时正值油菜花海的盛世，流连忘返，不知今夕何夕。身心沉浸花海，别无他求，只愿驻足其间，尽享视觉之金色盛宴，尽享嗅觉之淡香熏陶……

还是要乘车向前，前方有正值花季的油菜花地，那是油菜花的青春期，那是金黄色的春天。是的，此时罗平的春天，已然驻扎心间。

告别油菜花海，我多有不舍，悄悄购得两瓶油菜花蜜，颇有大孩童的喜不自禁。噫——我模仿小小蜜蜂，已然将属于罗平的风景采进瓶内，一路将金黄色罗平的精华带回北方家乡。

我遥想秋季罗平的景象。有翠绿也有金黄，才是收成。有金黄也有翠绿，才是四季。这里号称东方花园，这令人魂牵梦绕的油菜花海。

九龙十瀑

见过瀑布，在黄果树，在九寨沟，在庐山，在天池……但是没见过瀑布群。这里是罗平。罗平有瀑布群。瀑布竟然成群，颇有新意。

罗平境内最高海拔白腊山主峰二千四百六十八米，最低海拔三江口七百二十二米，相对高差一千七百四十六米，如此悬殊的落差，正是产生瀑布群的地理条件。

人往高处走。瀑布群在河流上游，命名为"九龙瀑布群"景区。当今微信风靡于世，微信群成为众多拇指族的归属。一个"群"字，吸引上亿人。罗平的瀑布群吸引力何在，一路疾行便是明证。

走近景区古典式门楼，疑似听到水声。快步穿过景区门楼，有巨石站立道路左侧，石上镂有朱色铭文，字体苍劲有力："九龙十瀑，南国一绝。"

沿坡道上行。首先抵达海拔最低第十瀑。水流沿途跌宕，一路辛苦，水势至此，已然舒缓许多，颇有抵达终点的从容。

水往低处流。然而，水瀑的终点正是我们登攀的起点。我们对神奇造物的拜谒，开始了。有道是：远看山有色，近闻水有声。争相以瀑布为背景，拍照留影——十分积极地将自己镶嵌在自然风光画框里，执意成为瀑布故事的主角。

远山在望。九龙瀑布群从山麓而起，依照近大远小的透视法则，宛若一面面天然白色帷幕，由近及远悬挂于山间。一瀑高于一瀑，一瀑远于一瀑。远山苍绿，瀑布亮白，浩浩荡荡列出宏大的阵势。纵深之处，目不可及。

近处流水潺潺，性格刚烈的瀑布已经转化为安静的处子。远方瀑布，水声不闻。仿佛一幅巨大无朋的静物画。没了喧哗没了咆哮没了奔涌，瀑布便不是瀑布，疑为一方湿漉漉的巨型挂毯。

你想欣赏真正的瀑布吗？那么只有攀援向上，走到瀑布面前。那高空坠落的水流，正是瀑布对你的迎接；那哗哗呼喊的水响，正是瀑布对你的倾诉；那水流落地的喷溅，正是瀑布朝你的招手……你浑身沾满水滴，这是瀑布对你的洗涤；你耳畔充满水声，这是瀑布与你的私语。

近身九龙瀑布，你会心有所悟。瀑布是什么？瀑布是义无反顾的勇士，宁愿粉身碎骨也要从高空跳下；瀑布是不改初心的情圣，宁可放弃高位也要与爱人同归；瀑布是激情的奔流，瀑布是狂欢的跳跃，瀑布是大自然献给人类的教科书：该喧嚣的时候就要喧嚣，该宁静的时候就要宁静。

仰望九龙瀑布，便意识到自己渺小。只有沿着水流向上攀登而去，人在山巅俯瞰九龙瀑布，别有一番景致。九龙十瀑矮在脚下，自然别有一番心情。

我看到有人朝着山巅攀登着。那山愈攀愈高，那人影愈来愈小。渐渐远了，只觉得那远山瀑布宛若白练，轻轻系在他的腰间。

九龙瀑布群，就这样纤细起来，得以储存于我记忆深处。

山鸣谷应

师宗县名源于人名，唐朝初年聚居部落首领名叫师宗，演化成为地名。三千五百年前这里有人居住，设州县七百年了。悠久的历史，多元文化，汉彝壮苗多民族融合，形成师宗独特的风情。这里为咸丰帝师何桂珍、岳阳楼楹联作者窦垿故里，师宗赢得"帝师故里、楹联之乡"美誉。

师宗境内有山，名叫菌子山。师宗境内有谷，名叫凤凰谷。

举凡风光奇特的地方，往往不以名号赢人。你听——菌子山，多么质朴的山名。我望文生义想象着漫山遍野的菌子，有红的，有黄的，有白的，有紫的，取之不尽，采之不竭。

初春时节，拜访被称为"世界地质奇观"的菌子山，我们从黑松林起步，并未见到菌子丛生。登山途中多有树木，一株株沿山坡生长，以栎树居多。有的树态度严肃，一株株笔直而立，作玉树临风之状；有的树生性散漫，一株株斜倚侧靠，作闲云野鹤之态；满山栎树形态万千，彼此相处融洽，不论顸细年轮，径自生长着。树，可能是世界上最不钩心斗角的植物。

初春还寒，菌子山未受雨水滋润，略显干燥。绿色生机潜伏地表下，暗暗积蓄勃发的力量。放眼菌子山，一派褐色包裹，使人想起画家速描使用的赭石。

人们喜欢绿色，它象征着勃勃生机。然而，初春时节的菌子山，一派深褐色里透露出深沉的气质。这是大山的沉稳与持重。横断山区民谚："一山有四季，十里不同天。"我们沿山行走，并没有感到气候骤变，身心仍在初春天气里。

我停步与栎树合影，权作留念。一瞬间我发现，菌子山的树木竟然穿着衣裳。一株株树木被一层层苔藓包裹，从树身到树杈，几乎毫无裸露，令人想起褐色法兰绒。身穿苔藓外衣的栎树们，形态各异，尽显毛茸茸的憨态。如今这种憨态叫"萌"。一时间，我觉得漫山遍野充满童趣——菌子山令我忘却年龄，有返老还童的感觉。

树的衣裳——这是初春季节的褐色法兰绒。一俟夏季雨水降临，空气湿润，苔藓吸足水分，褪去褐色外衣，苍绿初显。那时放眼菌子山，满山遍野身穿苍绿衣裳的栎树们，好像一群英俊威武的少年。

难怪我在旅游手册里看到菌子山的学名：英武山。我想象着这座英俊威武之山：冬春有着深褐色的稳重，夏秋有着苍绿色的鲜活。在深褐与苍绿之间，菌子山厚积薄发。这是大自然赋予师宗山水的性格。不论菌子山还是英武山，这都是一座蓄满力量的大山。

沿着石板路逶迤前行，山间两侧有树为伴。树枝伸手牵住你，这是菌子山对你的邀请；树干横身拦住你，这是菌子山对你的挽留。我记得李白有诗"云想衣裳花想容"，壮胆改为"树想衣裳山想容"。

菌子山的树，每株都穿着衣裳，几近正装。菌子山的岩石呢，反而肌体裸露于世，不遮不掩，满山的石头凸显身躯，尽情展示着亿万年前的体态——考验着人们的想象力。

亿万年前，这里是大海。这里的岩石均被海浪雕凿。大海退去亿万年，人间留存菌子山。此时，犹闻海涛拍岸，海风拂面。

一块青色岩石矗立山坡上，遍布皱褶形似头颅，侧望苍茫云天，其形宛若老者沉思。另一块岩石伏在山坡下，深黄色苔藓丛生头顶，使人想到有虎下山。

一片山岗，浩浩荡荡遍布岩石，岩石凸露于山坡，形成广阔岩石阵地。山间掠过清风，好像吹起号角。疑似山间埋伏雄兵百万。大山，轻而易举就拟人化了。

一座城郭，巍巍然屹立山谷间，片石层叠，高墙耸立，地名"荒城古墟"，此景疑是人工建造的城池，实则出自神奇造物——海底沉积物抬升形成的地质奇观，被地质学界称为"菌子山地貌"，大自然的伟力令人臣服。

鹰巢、古城垣、荒谷、野猪林……历经远古大海洗礼，再由人间烟火熏染，菌子山的石头充分表达着自身来历。有的像铁砧，有的像铜鼓，有的像棋盘，有的像釜钵……

一尊体形修拔的岩石，不声不响站在高处，引起我的观望。有人说像树冠，有人说像华盖，有人说像灯塔。我听到一个声音说："这像蓑笠翁的背影……"

蓑笠翁的背影？我被这个重大发现感动了。人，这是菌子山最大的风景。如此风景，令人心旷神怡，忘了山路辛苦。

沿着山间石板路行走，曲折蜿蜒。石板路面上刻有各种图案，隔三岔五，驻足欣赏。石刻图案以动物居多，动物以牛为主，形体神态极其传神。人物图案多为狩猎题材，或射箭或投石或跑跳或攀援，无不诉说着远古祖先的生活。一路走下来，仿佛从历史深处返回现实世界。回想石板路的石刻内容，多为对祖先感恩与对大自然敬畏。

感恩与敬畏，这是菌子山留给我的深刻印象。既然叫菌子山，我还是想品尝它的菌子。因此，我会再来。

有凤来仪

师宗县境内的凤凰谷，传说是凤凰涅槃的地方。其实动物界没有凤凰这种大鸟，但是民间传说里有。我们相信民间传说，因为它来自远古世界。

凤凰谷大溶洞，尽得高原海拔优势，被誉为世界第一高洞。尤其玄牝之门，形象逼真地阐释着性学内涵，使这里成为生命文化主题公园。

来到凤凰谷景区，迎面的"图腾林"分列两侧。右侧代表女性，六根褐色石柱从少女十六岁花季起，青年、中年、老年，一根石柱代表着一个年龄阶段，最终体现耄耋之年，停留在生命末端。

左侧褐色石柱代表男性，也是从少男阶段起，六根褐色石柱依次展示男性由盛而衰的生命过程，同样终止于人生暮年。

图腾林两侧，区分着男女。图腾林中央，则有巨大卵形石雕，象征生命的诞生。我发现有人仍然观看着"图腾林"褐色石柱，显然在寻找自己的"年轮"。

看来，图腾林引人深思。

好景引人入胜。从"图腾林"起步，前往蕴含生命哲学的大溶洞，领略峡谷风光。

当年走访太行大峡谷，仰望"天梯"我曾经气馁放弃登攀，终成遗憾。此行前往师宗凤凰谷，我不愿再酿遗憾，执意随队前行。

既然前方有神鸟凤凰招呼，于是脚力倍增，一路石阶登临而去。行至最佳观测点，驻足远望对面山壁，尽显玄牝之门的形状，酷似母性生殖器。凤凰谷的玄牝之门，有"洞外观看为阴，洞内观看为阳"的说法。华夏文明的"阴阳学说"蕴含在大自然风光里，平添神秘感。

继续攀登，赶往大溶洞。中途意外发现"高空滑梯"入口。此时得知，只有乘坐高空滑梯降至谷底，方可踏上参观大溶洞的路程。

自从告别幼儿园，多少年不曾乘坐滑梯。于是穿得防磨裤套，戴好细线手套，坐进凤凰谷高空滑梯，恍惚间觉得即将成为出膛的炮弹，一旦发射出去，势不可当。

我就这样被发射出去。滑梯陡峭，滑梯曲折，滑梯逼仄，滑梯令人发出孩子般尖叫……仿佛置身时光隧道，一下失去年龄感，重返学龄前儿童时代，再作祖国花朵。

乘坐滑梯抵达谷底，渐渐从学龄前儿童回归，心态依然年轻。仰望山壁，有小瀑落下，亚赛白色珍珠，天降清凉。人在谷底，抖擞精神，拾阶而上，朝着大溶洞进发。看来探访凤凰谷绝非寻常之旅，我不是唐僧却有了西天取经的感慨，当然也无白龙马可乘。

沿着栈廊走向大溶洞，不时有人提醒回首观望。我几次不明所以。再前行十几步，扭身仰首观望，果然应了玄牝之门"洞外观看为阴，洞内观看为阳"之说。此时，以蓝天为背景，山壁形成的轮廓线，极其形象地勾勒雄性生殖器的形状，其逼真程度，令人惊叹造物的神奇。

大溶洞的前厅，宽阔得使人想起足球场。溶洞壁形成大片钟乳石，呈现凤凰振翅形象，它介于清晰与模糊之间，使人相信这里是神鸟涅槃之地。

走进溶洞深处，步步有景。钟乳石是世界顶级造型师，亿万年来，塑造出神龟，塑造出金蟾，塑造出神猴，塑造出吉祥鸟，也塑造出生命之根……还塑造出一个个远古故事。这故事令你身临其境，点头信服。

这条人工开凿的长一百一十八米隧道，最具创意。运用先电光影技术将一只只蝌蚪形灯泡点亮，它象征着人类精虫。沿着隧道行走，小蝌蚪们奋力向前游动，随着隧道延伸，小蝌蚪们愈来愈少。一路冲刺，只有一只小蝌蚪抵达隧道终点，最终实现精子与卵子结合，一个新生命开始孕育。我们一路行走，也切实体验了生命初始形成的全程。

我以为，凤凰谷并未因旖旎的自然风光而止步，她引进当代电光影技术，投资构建了这条"科普通道"，寓教于乐，寓教于游，让游人体验到生命孕育的初始过程。这才是旅游的新意。

不觉间走出大溶洞，阳光普照，前面是女儿湖。行走于山水之间，领悟生命的意义。登舟乘船于女儿湖上，回望青山，脚踏绿水，似觉耳畔有声。我以为这正是神鸟凤凰振翅而飞，送来清风拂面。

不觉退去疲乏，身心清爽。纵身登岸，劲头十足。这正是凤凰谷送给我的精气神。不亦快哉。

感受昭通

文学是座山

终于来到昭通。这是我很想拜访的地方。此前知晓昭通，有喜有忧。喜的是昭通乃文学沃土，文学创作人多势众，成就斐然，全国知名。忧的则是地震灾害多发，灾区百姓生活受到严重破坏。无论喜兮忧兮，到达驻地时我还是受到震动，因为我看到了昭通文学艺术家创作中心，那坐落在山坡上的建筑。

有言道，建筑是凝固的音乐。我以为，昭通文学艺术创作中心是一座无字碑，它记载着昭通父母官的文化功德。

昭通文学艺术创作中心建在山坡上，仰头望之蔚然。由此看来文学是座山。登攀，无疑是作家们的生活常态。昭通的文学山，已然矗立在这里。同时，它也矗立在昭通人民心中。我分明看到昭通的文学同行们，从容不迫地攀登着文学山峰。

我来自中国北方那座因濒海而盐碱地貌的城市，并且极度缺水。在云南昭通看到这座"文学山"，感慨良多。我不知道如何形容自己的心情，只晓得这是此行不可多得的风景。

文学确实是座山。这就是文学的昭通。

废墟与樱桃

前往鲁甸县龙头山镇，那是"8·05"地震灾区。途经沙坝村回龙湾恢复重建居民集中安置点，尽管这里还是工地，已经初具规模。我看到路旁立着云南建工的标语牌："与灾区人民共建美好家园。"这是条好标语，共建共建，这说明建设者没把自己当成外人。是啊，灾区不需要悲情，全力投入恢复重建，才是真正对灾区的关怀。

看到那座钢铁便桥了。它是地震发生后分分秒秒抢建的，当时被称为"救灾生命线"。远远望着这座钢铁便桥，我感觉它像巨人的脊梁。一个巨人伏身迎着天崩地裂的灾难，全力承载着无数生的希望。此时我切实感受到"桥"的分量，它与人的脊梁近乎等义。因此，才有钢铁脊梁这个词语。

龙头山镇政府所在地，现场保留着地震毁坏的状态，一派废墟模样：被砸扁的汽车、被扭曲的楼房，以及成堆的瓦砾……我是经历了1976年唐山大地震的人，眼前的景象对我似乎没有产生巨大震动。

李善云书记赶来了。他的讲述还原着当时的景象。当我听到地震突发时派出所当班民警奋力将老百姓推出房间，自己以身殉职的事迹，猛然受到强烈震撼。我站在震毁的派出所门外，想象着那惊心动魄的时刻……

面对危难甘愿献身的英雄，仍然站立废墟间。他的临危不惧，肯定不是每个人都能做到的，包括我。然而，虽不能至，心崇拜之。这就是我们基本的价值准绳。所谓解构英雄甚至反英雄的学说，在龙头山镇派出所没有市场。舍生取义杀身成仁，这是古老中华民族的道德观。

龙头山镇灰街子集中安置区，由一座座蔚蓝色帐篷组成。正是村民午饭时间，一位大妈蹲在帐篷门前煮面条，热情地招呼我说"你也吃碗面吧"。我被她感动了。这就是鲁甸村民——历经灾变依然不改质朴热情的性格。我们写文章多次使用"从容"与"淡定"这类词汇，此时就洋溢在这位大妈脸上。

这才是具有真正质地的从容，这才是具有真正质地的淡定。我又看到厨房里那位年轻妇女从瓦坛里舀出雪白的泡菜，脸上露出日常生活的微笑。这种平和的生活态度，我难以用文字表达出来。

地震遭灾，这是悲剧。鲁甸村民们面对震灾流露的表情，胜过空洞的抗灾口号。生活中没有过高的欲念，就没有过度的悲伤。我们在地震灾区所受到的感召是：生活还将继续下去。

地震并没有摧毁灾区的日常生活。鲁甸小寨樱桃文化旅游节准时开幕了。我们适逢其盛，感受到灾区群众热爱生活的乐观精神。

小寨的樱桃，远近驰名。樱桃节开幕当天，人流涌动，煞是热闹。小寨樱桃吸引周边地区的群众前来赴会，喜庆的气氛使你完全忘记这里是地震灾区。

小寨樱桃，这种宛若南红玛瑙的浆果，小巧玲珑，透着感人的弹性。这么多年我们习惯于硕大硬实的"车厘子"，几乎忘却了本土产物。小寨樱桃，从挂果到成熟，经历了从澄黄到深红的过程。品尝小寨樱桃，意味深长，似有所悟。我们的本土化写作呢？这是小寨樱桃引发的思考。

山的乳名

那地方坐落在昭阳区。一听到"区"字，城市里长大的我便认为是城区。大山包——这是个没有经过丝毫修饰的地名：一个很大的山包。

路途不近。下了车还要步行。阔叶植物不见了，针叶也不见了，只有苔藓类植物。这分明进入高海拔地带了。我没有出现丝毫高原反应的迹象。这说明大山包不排斥我吧？

沿途有少数民族妇女和马匹。游客骑马，这是她们的生意。我们沿着深褐色山路走上前去，内心向着最高的风景。

登临观景台，满目苍翠，环视脚下山谷，勃勃生机升腾而至。此处观影虽然不是大山包的最高点，却是纵览景致的好位置。低目远眺，那细若丝线的正是牛栏江，我揣测它是金沙江的支流吧？极目仰望，那接近云端的是药山。

转换角度，看到那形似公鸡的山峰，被层层浓绿包裹着，使人想起金鸡长鸣的清晨。这是大山包最为吸引人的景致。注视如此神工鬼斧的造物，我却产生了近乎幼稚的提问。

如此奇绝惊险的景致，怎么没有取个惊世骇俗的名字呢？比如"金鸡山"，比如"天堑岭"。依然执着地名叫大山包——这个质朴得近乎赤裸的名字。

质朴得近乎赤裸，就是本色了。是的，一处风景的命名多少会透露出地域文化特征。本色而不形容，赤裸而不装饰。这大山包，我以为就是它的乳名。当我们以乳名呼唤这座景致的时候，它正是一片尚未开垦的处女地。

归途车上，当地旅游开发公司的小伙子采访了我。我提出几点小建议，并没有建议给大山包另取名字。因为，我从心里认为这个乳名挺好的。假若你是游子，身处异国他乡听到有人唤你乳名，你会是何等心情呢？

你是一个很大很大的山包。于是，我牢牢记住你深褐色的乳名——大山包，还有那从深褐色怀抱里突然跳出的满眼翠绿。

雄鸡一唱天下白

前往红色扎西途经豆沙关，得知这里是中国自然交通博物馆。站在高处，放眼望去：关河水道、内昆铁路、昆水公路、秦五尺道、水麻高速公路，五道汇拢于此，贯穿古今。你低头打量着秦五尺直道石板上深深的马蹄痕迹，起身远望公路上疾速驶过的车辆，两千多年的历史汇集在这个交叉点上，时而秦风佛面，时而今声在耳，便仿佛进入时间隧道。豆沙关风景，让我体会到历史离我们很远很远，历史又离我们很近很近。于是，前往威信县鸡鸣三省的地方，那里有距离我们很近的历史。

1935年2月的扎西会议，是继遵义会议后值得纪念的重要会议。我们参观扎西会议纪念馆和水田花房子会议会址，肃立烈士陵园，思索着历史真相。这种时候往往心生感慨，历史有时离我们很近，真相有时离我们很远。

那座"鸡鸣三省"不锈钢标志碑，雄鸡昂立碑端，英姿勃勃。我仰望碑体，心有所思。这里没有选用木碑也没有选用石碑而是选用不锈钢碑，是防止生锈吧？倘若历史生锈面目遮蔽，后世子孙将难以还原本色。不让历史生锈当是中华儿女世世代代的责任。扎西会议也将在历史长河的冲刷下，铮铮屹立。

威信多元文化共存。荒田苗寨与湾子苗寨，少数民族风情浓郁。尤其湾子苗寨的老祖屋，处处透着苗族的智慧。那古老大墙上砌满"人"字，似乎与文学同宗了。

湾子苗寨田野边，生长着一株参天红豆杉，据说树龄四百多年，堪称活化石。此时面对活化石，你会感觉历史近在眼前，四百年时光伸手可触。

村外小路，夕阳西下。一个苗族男娃哭泣着寻找田间劳作的祖母。他是认为祖母距离遥远而哭泣的吧？四百年的红豆杉与两岁的小男孩，正是我们与历史的距离。

夕阳里苗寨静寂，田野无人。这是鸡鸣三省之所在，此时显得与世隔绝。遥想八十年前的红军扎西会议，恰恰在如此闭塞的地方召开，红军再渡赤水，开路前行，长征而去，生生闯出九百六十万平方公里的新天地。

从鸡鸣三省而鸡鸣全国，沧海桑田，于是领袖借用李白"雄鸡一唱天下白"的诗句，以示志存高远。然而不要忘记，这始于扎西，这始于威信。我的感受昭通，当然也愿意从这里重新开始。

高县访茶

如同一个人取了个好名字，无疑象征美好与吉祥。其实地名也是这样的。有时候我翻看中国地图册，往往被地名吸引便记住那些不曾到达的地方。比如宜宾地名就是如此，充满宾至如归的意味。多年前几次造访的机会，均已错过。此番乘兴前往宜宾市所辖的高县，了却多年心愿。

由宜宾而高县，又是个吉祥地名。一路得知高县以"高兴之县"自况，我随即动了好奇之心，越发想请教如此地名出自何典。

高县古称高州，地处四川盆地与云贵高原的过渡地带，乌蒙山余脉纵贯全境。古属僰侯国，曾经是少数民族的居住地，后来土著迁往凉山地区。自唐以后均因山川险峻而以"高"字命名。高县北接戎州，南通滇黔，水陆交通便捷，乃是秦五尺道和南丝绸之路经行之地，为川入滇黔的门户。

说起乌蒙山与秦五尺道，我顿时想起去年春天路经昭通豆沙关的情景，记得站在山道石阶高处，情不自禁放眼望去：关河水道、内昆铁路、昆水公路、秦五尺道、水麻高速公路，这五条不同时代的道路汇拢于兹，穿越千载贯穿古今。记得当时低头打量着秦五尺道铺设的石板，上面残存深深的马蹄痕迹，那正是秦五尺道通往四川境内的历史见证。

我此番来到高县，仿佛历经从云南到四川的秦五尺道的时空跨越，恍然间颇有穿越时间隧道的激动。

如今高州改称高县，且自称"高兴之县"，由此可见这是个充满乐观情趣的地方。高县县治庆符镇距宜宾五十公里，谁都知道那是"五粮液"的产地，此行采风未访宜宾名酒却率先与高县名茶相遇，这同样平添几分情趣。

古代典籍《华阳国志·巴志》有载："东至鱼腹（今奉节），西至僰道（今宜宾）……园有芳蒻香茗……茶蜜……皆纳贡之。"依据此说，远在商周时期土著僰人便以茶进贡，由此推断宜宾周边产茶已有三千年历史了。

说起茶的历史，宜宾也是茶马古道的重要驿站，宜宾四大茶马古道之八亭道，在《华阳国志》里也有记载。以茶易马，神州大西南的茶马古道"宜—昭"段经高县大窝镇的张屋、燕子，罗场镇的寨子、金塘出川进入云南昭通境内，走盐津，经大关、过彝良，转向镇雄毕节方向。

一个茶字，使得这条茶马古道，迄今仍然是经济交流最古老、自然风光最壮观、历史文化最神秘的旅游路线。

中国的茶文化，兴盛于唐。当时文人饮茶，几成嗜好，这对唐代茶文化的发展产生很大影响。那时文人以茶会友，以茶赋诗，属于风雅之事。唐代诗人卢仝有《七碗茶》诗作，而大诗人白居易更是植茶烹茗的高手。至于颜真卿、李德裕、刘禹锡等文人既当朝为官，同时也是茶道中人。

说起茶道，当年我访问古称阳羡的江苏宜兴，以为那里只是因紫砂闻名于世。殊不知阳羡正是茶圣陆羽写出茶学专著《茶经》的地方。有史料记载陆羽身为孤儿，被寺院住持智积法师收养，留他在寺院读经煮茶，以此修行。陆羽的上师智积法师，也曾被唐廷召进宫中，为皇帝煮茶献技。

陆羽十二岁离开寺院，游历名山大川，显露聪慧本色，学识日渐精进。二十二岁游历江南，专心修习采茶制茶技艺。他二十八岁隐居常州写作《茶经》，移居宜兴完成这部"茶的百科全书"的写作，从而流芳后世。

尽管陆羽名声日隆受到"茶圣"的御封，仍然不骄不躁带领茶农精耕细作，而且四处传播宣讲，极力扩展华夏大地种茶面积。那么，我就很想知道这位茶圣当年是否到达四川境内。

真是无巧不成书。此行我在高县史料里看到有关记载，相传755年，陆羽出游巴蜀大地行至叙州乌蒙山区，也就是如今宜宾高县附近，他惊喜地发现当地茶叶受金沙江水滋养，被乌蒙山季风温润，使得茶树于清明前便发出新芽，而且新芽呈尖状、披银毫，几经冲泡汤色碧绿，香气悠长，滋味醇爽，陆羽旋即面露喜色，称此茶为"早白尖"。

有言道，高山云雾产好茶。而且多以"云雾茶"自居。然而举凡世间造物，皆有两面可见。大多高山产茶，由于山势高而气温低，新茶上市则晚。宜宾的地理环境得天独厚，尤其高县有山为屏，阻挡南下寒流从而呵护茶树，使得腊月即可采摘春芽，给人们带来新春的芬芳。于是，便有了陆羽称赞的"早白尖"。

至于早白尖三字何解？宜宾当代人士如此诠释："早者，为人之先，勤也；白，为净之至，德也；尖，为峰之顶，锐也。"

于是，我们乘兴访问素有"全国早茶之乡"美誉的早白尖茶叶公司。沿着茶园栈道行走，湖畔有茶壶造型的喷泉，其形状十人展臂牵手不足以围之，可谓硕大无朋。一股清流从巨大壶嘴倾流而出，分明做出斟茶迎客之态。只见那股清流哗哗被斟进湖里，那湖便成为巨形茶盅，此创意煞是新颖。

快步走进茶文化展厅，以为这里是天然绿茶的世界。令我备感意外的是竟然号称"中国红茶第一庄园"。如此"早白尖"却以红茶自诩，而且打出早白尖工夫红茶——"贵妃红"的品牌，不知有何深意。

经过介绍终于得知，早白尖"贵妃红"红茶，产于海拔一千米以上的乌蒙山茶园，该茶选早春鲜嫩茶芽，其外形条索紧结、乌润显毫；茶水交融，如美人舒袖，缓缓绽放；汤色红艳明亮；轻轻闻之，香甜鲜爽；细细啜饮，醇厚舒爽。

我们被邀请品茗，果不其然，红茶滋味，妙不可言。然而为什么取名"贵妃红"，原来这是有故事的。

相传739年初春，时值唐玄宗宠妃杨玉环常年为胃肠不适所困扰，玉体有恙。恰逢剑南节度使管辖高州，将所产红茶贡奉朝廷，称其具有养胃和气、保健身心之功效。杨贵妃长饮数日，顽疾渐愈玉体康复。玄宗皇帝大喜，随即封为御品并赐名"贵妃红"。

由此可见"中国红茶第一庄园"历史渊源之悠久，文化积淀之深厚，还是颇有来历的。

以茶待客，乃是礼数。饮了几款早白尖红茶，竟然忘却离去。佳茗留客，这便是茶的魅力了。只听得明日尚有高县落润乡的茶园有待访问，那里也盛产红茶。此时众人才起身告辞。

离开早白尖茶文化展示厅，只觉得神清气爽，沁人心脾"贵妃红"的茶香，久久不能散去。一路上纷纷议论高县这地方：山育水，水养山。水有金沙，山有乌蒙，水酿酒，山生茶；酒待客，茶留人。

就这样，高县访茶便成为后会有期的好地方。

米易两题

米易的时光

这是夏深秋浅的时节，这是"清凉度假·在米易"会场，我听到这首《梦回马鹿寨》。四位彝族歌手登台放歌，一曲男声四重唱，歌声里有他们的故乡马鹿寨，那是他们梦开始的地方。

于是，我的米易时光也在歌声里开始了。

"曾经骑着骏马奔驰在你的脊梁，也曾站在你肩膀眺望雅砻江，狂乱的风雨里，能听见你的呼唤，曾经穿着皮袄依偎在你身旁，也曾躺你怀里仰望过雄鹰，漂泊的日子里，让我们总会唱起你，美丽的马鹿寨，我心中的马鹿寨……"

这曲《梦回马鹿寨》，唱响清凉米易。跟随着令人魂牵梦绕的歌声，我们走进远古深处的颛顼部落，依稀可见川西南大裂谷地带的华夏先民身影。

《山海经》记载，太阳清早从扶桑升起，行至中天普照万物；晚间则落于若木歇息，夜幕笼罩原野。若木即古称"迷易"的地方。

天行有常，太阳东起于扶桑，栖息于若木之定规，亘古不变。如今这里改称"米易"。在米易县白马镇，发掘出距今四千年到三千年的何家坝史前遗址，综合古籍记载与专家考证，五帝之颛顼就诞生于此，几千年的历史，远古先民的后裔在这片土地繁衍生息。

清代文人何东铭所著《邛嶲野录》，以纪事方式全面而详尽地展现此

168

地五千年的历史沿革与独特的民风习俗。2016 年米易被认定为"颛顼文化之乡"，2017 年被确认为"傈僳族祖居地"。

如此清爽时节，我听到的《梦回马鹿寨》，这应当就是黄帝后裔的歌声了。一瞬间，仿佛站在颛顼部落与米易城区的交叉点，感受着被浓缩的流水时光。

是的，米易时光早在史前的史前已经开始。奔驰的骏马，翱翔的雄鹰，清澈见底的雅砻江，日夜流淌的安宁河……如今，人们终于将目光投向这块古老的热土。

清代学者徐昱用"四时暄暖，五谷百产"八个字，概括了米易宜人的气候、优美的环境和丰饶的物产，以及丰富的多元民族文化。

彝族汉子歌唱的"马鹿寨"，几乎就是多元民族文化符号，象征着安宁河谷的人类情感，所谓梦回马鹿寨，不是梦回荒凉贫瘠的历史，而是对美好生活的向往，对辛勤劳动的讴歌，对文明建设的礼赞。

然而，我们没有拜访歌声里的马鹿寨，而是来到普威镇的独树村。就其多元文化的"精神故乡"而言，米易县村村都是"马鹿寨"。

一块巨石镌刻"独树村"三个大字，立在村头迎客。我望文生义想到"独树一帜"成语。这里是彝族之乡，昔日刀耕火种的年代早已远去，新时代山区农村的果蔬种植，开发梨园采摘旅游休闲项目，渐渐成为令八方游客向往的独特风景。

沿红壤坡道攀援而去，人便被梨树包围了。米易森林覆盖率达 63%，人一进山便掉进绿海里，彼此不见身影。

米易地处南亚热带干热河谷，热量丰富、日照充足、雨量充沛，全年生长绿色果蔬。米易人不懂什么叫"青黄不接"季节，只知道家乡素有"内陆三亚"声誉。

正值果实累累时节，山坡梨园显得充实而饱满。红壤坡道两边站满梨树，枝头挂满雪梨，一只只被白色纸袋包裹着，不露真容。这是梨园的防鸟措施，却平添几分含蓄。这并不张扬的丰收喜悦，不置身梨园那是难以体会的。

一株株敞开胸怀的梨树，等待采摘。梨园深处，树枝低垂，人人弯腰俯首穿行，这正是对大自然的致礼。

米易出产的雪梨，汁多味美，令人大快朵颐。米易出产的红梨，红颜鲜亮，宛若红扑扑的脸蛋儿。站在梨树下而不是坐在家里尽情品味鲜梨，这也是难得的人生体验。人们忘情地采摘，提筐携篮，满载而归。

暮色四合。普威镇独树村的坝坝宴，朴实而盛大。村头小广场再次见到那四位彝族歌手，他们仍然身着彝族服装，让我想起他们演唱的《梦回马鹿寨》。

我认为他们是专业歌手。果然他们献唱新歌《蓝色的安宁河》。我知道贯穿县城的安宁河是米易的母亲河。他们对母亲河的礼赞，同样饱含"梦回马鹿寨"炽热的情感。

"蓝色的安宁河，温暖的母亲河，永远流淌在我心里。闪烁的霓虹灯为你守候，灿烂的世纪里为你飘香。蓝色的安宁河，绿色的家园，养育米易各族儿女……"

他们的演唱充满真情实感，犹如歌颂母亲般赞美着安宁河，令人感动。随后，他们返场演唱《米易酒歌》，歌词却是彝语。

没有赶上十天前彝族火把节，此时却听到纯正的彝语歌曲。

"言莫言西吾拉尼且，琼波觉吾拉尼且，阿波麻字吾拉尼且，尼莫惹莫吾拉尼且……"

我不懂彝语，却能够听出歌声里洋溢着热烈情感。我敢断定在几天前的火把节，他们也演唱了这首《米易酒歌》。因为，在如此安适宜居的地方，人不可以不饮酒的，人饮酒不可以不唱歌的。米易的酒与米易的歌，在独树村坝坝宴的篝火晚会上，酒醉人，歌也醉人。

我被他们演唱的酒歌所陶醉，趁着篝火晚会的间隙，跑去采访。我穿过坝坝宴人群，终于找到被称为"彝迷组合"的四位歌手，我认为他们是专业歌手，称赞了他们"合音"唱得好。

他们的回答令我惊诧不已："我们不是专业歌手，我们是在歌唱自己的家乡……"

这四位彝族兄弟，杨华是攀莲镇副镇长，何明元是普威镇副书记，冉超和何岩松都是县里干部。如果以习惯用语来描述他们的身份，那就是

"业余歌手"，如果以文艺语言来描述他们的身份，那就是"乡村歌手"。乡村歌手，心系故乡，脚踏故土，发自肺腑，真情流露，我以为这才是真正的歌者。他们赞美花香，那是真正的沁人心脾，他们赞美蓝天，那是真正的晴空万里，他们赞美四季，那是真正的美好时光……

独树村坝坝宴的篝火燃起，火焰照亮人们笑脸，火光直冲斗牛。只有在米易夜空里，我看到大都市久违的满天繁星。

于是，我得知《梦回马鹿寨》这首歌颂家乡的原创歌曲，荣获 2016 年西南七省（直辖市）十佳创作作品奖。

是啊，马鹿寨坐落在米易县得石镇，尽管此行不曾抵达，我依然能够感受到他们对家乡热土的挚爱。

我深深受到"彝迷组合"的歌声感染，宛若品尝米易盛产的水果：莲雾、葡萄、青枣、芒果、枇杷、樱桃……如果套用唐人诗句，我会说"日啖枇杷三百颗，不辞长作米易人"。

坝坝宴现场歌声再起。四位彝族兄弟返场了，他们放声歌唱《米易时光》。

"这是美的邂逅，相逢安宁河边，这是爱的相邀，揉进米易时光，彝家新寨，傈僳风情，千年情韵，万古乡愁，星辉望月楼，月留白坡顶，远古的何家坝，传颂着今日风流，花香四季春满枝头……"

这是歌声里的米易时光，这是米易时光里的歌声。从远古的颛顼部落，歌声沿着安宁河水，不舍昼夜滋润着今日米易，继续奔流向前。

前方遥远的地方是大海，于是米易的歌声流入大海，大海的潮汐里，便融进米易歌声里的时光。

米易的阳光

"深呼吸，在米易。"地处川西南安宁河谷的米易县拥有得天独厚的自然环境优势，植被繁茂，水源丰沛，果蔬甘美，鱼粮富足，成为"城在山中、水在城中、居在园中、行在绿中"的康养福地，令人称道。

米易日照时间长，尤其冬日阳光，取之不尽，用之不竭，镀亮了米易金字招牌。然而，去冬今春的极寒天气使米易阳光隐退，一连几日阴云当家。

远道而来未得沐浴阳光，小为憾事。敦厚质朴的米易人仿佛要替反常的气候道歉，盛情以待。一连三日走访，不觉间忘却连绵阴雨，反而感到明媚阳光照耀心田。

米易盛产水果，味道醇好。慕名来到城北市场，水果琳琅满目，种类繁多，果香飘逸。久闻米易盛产巧克力味道的草莓，即使像有些旅游景点商贩那样故意加价，我也乐于接受。然而，这个肤色黝黑的米易汉子对待外地顾客，没有加价反而优惠降价，令我感叹。

他上秤称果，我无意间说出明天下午离开米易，他随即停手告诉我草莓不易久放，应当明天上午来买。主动放弃赚钱的生意不做，这情景多年不遇，更让我深感意外。

次日上午我再到城北水果市场，这位摊贩的草莓畅销所剩无多。他居然面露歉意，诚恳向我推荐对面摊位。一时间古朴民风扑面而来，周身顿生暖意。

一个地方无论风景多美气候多好果蔬多甜，倘若丧失人文风景，精神世界难免贫瘠荒凉。米易民风来自米易人对自身道德修为的坚守，真实而自然，胜过说教。

一颗草莓，见微知著。这令我相信《论语》里的名句：礼失求诸野。

米易全县二十三万人口，却有着汉、彝、傈僳等二十六个民族，可谓多元文化聚合，构成民族团结大家庭。《水经注·若水》有云：昌意"生颛顼于若水（安宁河）之野"，若木（攀枝花）之畔，所以米易又是闻名的"中国颛顼文化之乡"，有着悠久的历史文化积淀。

"一山分四季，十里不同天"，米易康养宜居的自然环境优势自不必说，然而"十里不同天"便难免存在与县城富足安逸景象不甚相同的贫困村寨生活。

置身盛世，不忘忧患。倘若只是赞颂优美风景与宜人气候，那便是旅游册页了。走进生活底层，关注寻常百姓，这既是采风的应有之义，更是作家的职责所在。

米易的贫困村寨地处偏远，物质基础匮乏。摸清"家底"，找准"穷根"，探索精准扶贫良策，米易首先解决"授之鱼"还是"授之渔"的问题。

通过几年努力，仅以西番村为例，已经实现脱贫"不丢下一户，不落下一人"的目标，他们借助独特的环境优势和民族文化特色，兴办养殖牧场、发展高山农家乐以及休闲茶吧，成为远近闻名的富裕村。

但是，有的地方扶贫工作中出现"标配化"的"送温暖"现象，在米易采访县委领导，他们讲起一则扶贫中发生的故事。逢年过节携带桶装食油慰问贫困家庭，却发现去年送来的桶装食油仍然原封不动摆放那里。

原来米易境内的少数民族村寨多地处偏远，由于生存环境艰苦、物质生活匮乏，多年形成衣食简陋的生活习俗。以傈僳族为例，就是从原始农耕状态以"加速度"的方式跨进现代时空生活的。他们对自身生活习惯的恪守，既保留着民族文化元素，也与当代文明生活存在明显疏离和落差。少数民族贫困家庭的饮食餐饮习惯，绝非都市日常生活那样"一日三餐，煎炒烹炸"，桶装食油经年搁置的现象也就不足为怪了。

一桶成为摆设的食油，引起米易县委领导深度思考：这桶过期食油说明扶贫工作既"不精"也"失准"。脱离实际的"送温暖"等于"无用功"。

实现精准扶贫，不能停留在物质生活层面，还必须引导村民从日常生活行为做起，从自身文明习惯做起，转变落后思维观念，破除与新时代不相符合的陈规陋习，从而养成文明健康的生活习惯。

模式化扶贫，浅尝辄止；概念化扶贫，流于形式。米易干群达成共识：真正的精准扶贫成果，应当实现物质生活与精神文明"双进步"，否则，即便物质生活有所改善，不文明的陈规陋习也会旧态复萌，使乡村生活成为不健全的"跛足"。

于是，从民族文化深层结构着眼，从日常生活习俗着手，精准扶贫工作列为全县的系统工程。以"住上好房子、过上好日子、养成好习惯、形成好风气"为内容的"四好村"建设，成为农业农村工作的根本抓手和基本标准，扎扎实实开展起来。

走基层，接地气，细化帮扶政策，乡镇干部改变作风，杜绝模式化，讲究实用性，逢年过节不光给贫困家庭送来柴米粮油，还送来洗发液和香皂，毛巾和床单，一件件文明生活的日常用品，用于新时代的生活……通过实践，基层干部深有体会，扶贫工作既是物质生活范畴的也是精神文明层面的。为了创建文明生活方式，提升文明生活质量，全县还提出乡村家庭日常生活要做到"七个好"——家具摆好，衣被叠好，农具放好，柴草堆好，畜禽管好，卫生搞好，房前屋后环境生态建好。

如果不了解基层实际情况，自然认为"七个好"是对小学生提出的基本要求。其实只要你走进边远山寨接触贫困乡村的生活，才会切实感受到构建乡村文明生活方式，需要我们付出多么大的努力。

阴冷天气退去，米易县县城阳光普照。沿着安宁河畔行走，感到新春暖阳正穿透重山叠嶂，将缕缕金辉投射山乡村寨，那里应当有整洁的院落、明亮的灶台、规整的桌几、清爽的被褥、舒适的衣裳、明澈的目光，以及向往小康生活的笑脸。

如此这般，才是米易阳光的真正意义，才是米易阳光的价值所在。

纳百溪而归海

竹　　缘

南国多竹，山峦遍布，那青竹成连成团成营成师，最终成军。一座座小山包被青竹挤得满满，隐去原本山峦模样，却变成一只只巨大无朋的绿色绣球，远望可见几分憨态，憨态里透着苍翠，稳重而生机勃勃。

泸州纳溪是酒城。于是纳溪的青竹似乎被性情豪爽的纳溪人宠坏了，任它们漫山遍野生长，生长得势不可当，生长得肆无忌惮，生生将竹林变成竹海。因林而成海，这便不是寻常景观了。

这是纳溪的大旺竹海。一派绿茵世界。大都市也有绿，然而往往与油漆染料有关。纳溪则不同，大旺竹海的绿色是从山地生长出来的，货真价实。世居这块古老土地的人们，深知绿色的价值。

绿色代表生态环保，绿色代表低碳生活，绿色代表清新的空气，绿色已然成为人类健康生存的关键词。当然，绿色同样滋润着纳溪人的心田。

行走大旺竹海，幻想置身竹海深处的情形，不由产生游动感，不消片刻，你被绿色赋予健康的体魄，被绿色净化清洁的心灵，被绿色唤醒青春的诗意，被绿色陶醉于竹海而流连忘返……

满山青竹，成为纳溪山水地理的灵魂，也塑造了纳溪的人文品格。

竹子空心——这暗合中华民族传承不息的"虚心"品德，虚心做事，虚心为人，虚心学习进步。绝不妄自尊大。

175

竹子有节——这象征中华传统道德的"气节"理念，为人处世，重节重信，推崇高风亮节的人生境界。面对大是大非的考验，绝不失节操。

竹子挺拔，耐寒常青，即便冰雪降临，仍旧"昂然而立"，挺直身躯，以刚柔并济原则立足天地间，绝不卑躬屈膝。

竹子清秀俊逸，颇有"君子"风范。破土而出，纵身向上，积极成长，心系蓝天，绝不独恋幼笋时代而抱残过缺。

大旺竹海的一株株青竹，给予我独特感受与心灵启发，那苍翠的青竹绿色，装点着我客居纳溪的甜美梦乡……

"装点此关山，今朝更好看。"关于满山青竹，纳溪人并没有止步于自然风光里，而是赋予它们新的生态。

走进竹韵公司展厅，一株株楠竹已然从翠绿呈现金黄，摇身变身为满堂精美的家具。立柜、沙发、睡床、字台、茶几、摇椅，中国北方通常称家具为"木器"，家具店也称"木器行"。浏览竹韵公司的竹制家具，彻底打破了我的思维定式，使我认识到竹器的审美价值与实用功能。竹韵公司对山竹资源的开发利用，使得满山青竹有了更为丰富的商品属性，令我想起苏东坡的"不可居无竹"的名言。竹韵公司的创意让竹器大踏步走进我们家庭日常生活，真可谓与竹为伴了。

展厅里还有各式各样的竹制品，譬如捕鱼器皿"筌"，便巧妙地制成竹制灯具。大旺林海的青竹，就这样登堂入室了。

纳溪的鲜竹酿酒，更是独出心裁，着实令抱有"以粮酿酒"固有观念的北人眼界大开，填补了知识的空白。

鲜竹酿酒就是将多种鲜竹为原料，粉碎成颗粒与适量纯粮混合酿造而成。尔后将竹酒注入活竹的竹腔用橡木塞封闭，使其吸纳竹子蕴含的黄酮、氨基酸等微量元素，经久存放，因此名曰"活之酿"生态健康酒。

纳溪青竹，百变其身，这是大自然的赠予，也是当代人的创新。

纳溪地方缘由蜀汉时期"蛮夷纳供出此溪"而得名。汇集百溪而归海。我从渤海之滨来，却在这里见到浩瀚深远的竹海。盛满蔚蓝的大海与充满苍绿的竹海，似有内在神韵的相似。

我以为，身处内地的纳溪人拥有宽广胸怀，正因为他们拥有望之蔚然的竹海。

　　这就是竹海的魅力。这就是竹海的神奇。有谁质疑此说，请君亲赴纳溪验证焉。

山翁诗社

说是参加诗社揭牌仪式，这并未引起我的惊奇。当今中国诗歌界颇为火热，各地诗社如雨后春笋，助长着文学的活力。

行车小雨天气里，一路想起儿时记住的那首诗："雨不大，细如麻，东飘西洒，刚说停了，又说还下，雨雾蒙蒙，一幅水墨画。"

到了纳溪的白节镇，水墨画推成近景。时行时止的细雨里，人们临街而聚，有撑开的花伞，有透明的雨披，还有一张张与诗结缘的面孔。我置身其间，感觉诗也被淋湿了，空气里透出无言的清爽。这可能就是诗神降临前的宁静吧。

诗社是间店面，近临公路，面积不过二十多平方米。三位山民模样的老汉抄手而立，满脸热情明显被拘谨所束缚，并不娴熟地招待着我们。是啊，如今乡村年轻人进城打工，日常工作只好由老者劳务了。

白节镇的女镇长赶来介绍，这三位老汉竟是诗社的主要诗人。我颇感意外，抬头观看门前高悬的红绸横幅："山翁诗社揭牌仪式。"

山翁者，山间老汉也。我打量面前三位农民诗人，饱经风霜的面容，略显灰白的头发，大太阳晒出的肤色，不高的身量，单薄的体态，年近六旬的外貌，三人均不擅言辞，如煦煦乡间老夫子。

平素见惯各类城市诗人，举止谈吐还是有职业特征的。我暗思忖，此时倘若田垄间邂逅这三位山翁，我断然不会识以诗人的。山翁诗人的形象，颠覆了我城市人的"思维定式"，于是深深受到触动，仔细阅读山翁诗社墙壁上的诗人简介。

张文全：农民，泸州市纳溪区白节镇福华村人，四川省诗词学会会员，已创作诗词作品两百余篇。

龙中枢：农民，泸州市纳溪区白节镇高峰村人，四川省诗词学会会员，已创作诗词作品一百余篇。

王尚贤：农民，泸州市纳溪区白节镇福华村人，泸州市诗词学会会员，已创作诗词作品一百余篇。

我从作者简介看出，他们是地地道道的农民，文学创作成果颇丰，绝非一曝十寒的短期行为。这令我想起那个极其家常的词语：日子。

他们寻常日子里，种田、砍柴、挑粪、打猪草……就像所有中国农民一样，无论冷暖阴晴，为衣食而躬身劳作。

然而，伴随他们辛勤劳作的还有诗神。我揣测，日常生活中他们的诗神无时不在。尽管他们双脚沾满泥巴，行走在乡间小路上，却如同走向文学圣殿。

我临壁拜读他们的诗歌作品，这是我看到的真正的农民诗作。

《云溪竹海》　作者：张文全

名山翠竹染轻烟，泉出东村挂秀帘。险道危岩惊绝壁，奇峰断谷悸深渊。香茶别院青藤下，美酒农家绿水边。心旷神怡凝幻境，云溪世外赏新天。

《秀美高峰村》　作者：龙中枢

蜀南胜地高峰村，异景奇观天下闻。古镇繁荣创新意，仙乡独秀醉游人。竹材竹笋家家富，酒业酒坊处处名。万众齐圆中国梦，沧桑巨变看飞腾。

《大旺竹海》（中吕普天乐）　作者：王尚贤

云溪平，白节秀，大旺竹海，美不胜收。酷热天凉风透，白云山上观宇宙……

欣赏三位山翁诗人的作品，无不以真情实感讴歌家乡景象，表达着身居乡间关注天下的思想情感。张文全说："我非常喜欢中国古典诗词，内涵丰富，品位高雅，形式优美。我们这些志同道合的农民兄弟用诗词描绘祖国大好河山，记录家乡美景和幸福生活……"

这时我看到墙壁挂有"山翁诗社管理制度"，有"办社原则""社员权利""社员义务"，很是正规。看来活跃在村落乡间的农民诗词作者，已然成为白节镇文学创作群体，这三位山翁只是他们的代表而已。山翁诗社根植如此深厚的文化土壤，必然如同满山青竹，繁茂生长，生生不息。

山翁诗社的揭牌仪式，简洁而不失隆重。来自各方的代表们，仿佛运动会入场，我看到"镇政府""区文联""村委会"举牌列队，站在蒙蒙细雨里，表情庄重。这时候，我分明看到文化与文学的力量，在乡间悄然滋长着，不哗不躁，不追名不逐利，显示出安贫乐道的纯净品质。

我曾经多次追问自己，你为什么写作。此时置身山翁诗社的细雨里，我似乎有了答案：因为，花要开放。

是的，花要开放。请看三位山翁联合印行的诗集《山农诗苑》。这宛若盛开的花朵，散发着朴素的芬芳。令人难以忘怀。

这里是泸州市纳溪区白节镇高峰村，这里有农民诗社，这里有以山翁自况的诗人。他们的诗歌，就是他们的身份：中国农民。

是的，这是响亮的字眼：中国农民——中国农民诗人。

你好，攀枝花

　　从前叫渡口市。后来改叫攀枝花了。这是谁给它取了这么美丽隽永的名字呢？我好奇地打听，得知攀枝花原来是一株树。一座城市因一株树而得名，令人产生美丽联想。比如根深叶茂，比如繁花似锦。

　　金沙江从这里流过，雅砻江从这里流过，安宁河从这里流过。攀枝花在水一方。这座年轻的城市扎根这块得天独厚的土地，必然茂盛起来的。

　　因水而聚。我们首先拜访二滩。这座横跨雅砻江的著名水电站，早在三峡电站建成前，已经是中国水电行业的壮丽风景了。一路乘车途经盐边县，有幸欣赏雅砻江与安宁河的交汇，一股清丽与一股厚重，二水分明，荡荡浩浩。我使用汉语多年，此情此景让我领略了"泾渭分明"成语的意境。这是人在四川，理会了陕西渭河流域的风景含义。

　　人逢好运气。巧遇二滩水电站开闸泄流，巨人发电了。我曾经见过三峡水电站提闸泄水，弄得水雾漫天，形成氤氲蔽日的小气候，人也感觉湿漉漉的，颇有蜕变两栖动物的趋势。这二滩水电站大不相同。尽管适逢提闸泄水，其势雄壮，其声震天，大坝上依然微风拂面，一派清明气象。这更爽了游人兴致。

　　二滩电站大坝七只表孔同时泄水，犹如七条巨龙喷涌而出，汹汹然直飞江上。一时间雾气笼罩，江面白色迷漫。此时碧绿的雅砻江身披妙曼白纱，俨然做了大自然的新娘。

　　沿途的乡村美景，显示着大自然的四季与四时。二滩电站的工业美景，则以雄浑刚健展现了人类的创造力。

　　新兴的攀枝花就是这样一座充满创造力的城市。五十年前，它因发现钒钛铁矿而崛起，从而建立攀枝花市。"攀钢"，这个响亮的称谓——其声朗朗，远近闻名，宛若明珠镶嵌在川西大地，闪烁着耀眼的光芒。

我读大学念的是机械制造热加工专业，从《金属学》教材里我记住了钒和钛。攀枝花以当地盛产的这两种金属组分而生产的合金钢，耐磨且耐热，广泛用于国民经济建设与军工行业。我当年读书只是获得书本知识。此次攀枝花之行，在这里与钒和钛邂逅。我与攀钢的结识，这当是金属的缘分。

参观攀钢，这是必须的。于是，结伴乘兴而去。半路经过攀钢尾矿，我远远望着那片灰白色的凹地，视野开阔。据说日本人多次求购尾矿渣。这种貌似废料的物质，肯定是颇具价值的，只是我们科技水平尚未具备提炼能力而已。尾矿不尾，乃是纵深科研的开头。由此看来，我们的攀钢，任重而道远。

我与主人聊天得知，五十年前建立攀枝花市，从天津调来大批公交力量，组成攀枝花市公交公司。如今，第二代天津人已届中年，继续为攀枝花建设贡献力量。我从天津家乡来，越发觉得这座城市亲切起来。

走进攀钢厂区，很大。我又嗅到了熟悉的味道。只有与钢铁打过多年交道的人，才能够从厂区空气里嗅到钢铁气息。我以为铁的味道，有些独特的腥气。钢呢，则令你周边的空气升温，甚至有些发甜。我不由想起当年工厂里的那位师傅，他家贫且嗜酒，每天下班路上必然走进那家小酒馆痛饮烧酒，下酒菜只是一根锃亮的六寸钢钉。这位师傅饮下一口烈酒，吮吸一下钢钉，尔后嘿嘿笑着说，这味道是甜的。

从此，我相信钢是甜的，永远记住那根被他无数次吮吸的钢钉。尽管后来有人告诉我其实不甜，那只是饮者错觉而已。然而我还是相信那位师傅的话，认为钢的味道是甜的。我从十六岁当工人，我不愿改写自己的青春记忆。

头戴安全帽，走进攀钢轨梁车间。时过境迁，我当然知道，所谓那种微甜的气息乃是我记忆银行里的黄金，它永远不可支取，却使我成为拥有精神财富的人。就这样，走进攀钢轨梁车间使我颇有重返故乡的亲切感，即使我不曾在这里工作。

是的，尽管已经成为作家，我从不回避自己有着工人的履历，并且因此而感到自豪。我不会忘记，当年劈过铁锭块，端过铁水包，与钢铁共同成长……

中国传统文化有五行说。金木水火土。我认为钢铁理应属金，而我是水命，长流水。以阴阳五行相生论，则谓金生水。从生生不息意义讲，钢铁支撑着我的人生。因此，我应当歌唱钢铁。

于是，我来到攀钢，站在轨梁车间大门口，凝视着产品展台陈列着九种重轨样品。一座钢铁企业的生产能力首先体现在产品系列里。我看到钢轨样品锃亮泛光，有短轨也有长轨，这正是攀钢的优质产品。攀钢生产的钢轨，不但应用于祖国的四面八方，也走出国门远销海外，为世界铺设着铁路。

主人告诉我，昨天车间检修，今天生产了。我暗暗庆幸自己能够看到火热的生产场面。工厂不生产就没了工厂的味道。快步走进轨梁车间，只见生产线正吐出一条火龙，热度扑面而来。这就是工厂的温度，这就是工厂的味道。

空中天车隆隆行走，悬着巨大的起重钩。地面却不见操作工人。当年的轧钢车间，工人们站在轧机前，要么手持撬杠忙着更换轧辊，要么挥动钢钳连连牵引工料，虽然英姿勃发显得帅气，却是辛苦而危险。如今的自动化生产线，极大减少了人工操作。

沿着攀钢轨梁车间走廊，我来到生产控制间。当班工人手指揿动按钮，指挥着钢铁的千军万马。

一条条火龙从加热炉蹿出，一路奔走，一路轧制，一路瘦身，从火红的原料而成为泛蓝色钢轨。这时候，我看到一根根钢轨静静躺在步进式冷床上，乖乖地消除着自身应力，仿佛休息了。

从红色火龙变身为蓝色钢轨，这便是钢铁的转世，这便是力量的轮回。我望着即将出厂的一根根钢轨，心中升起一个词语：出发。

是的，你原本是个硬头硬脑的小伙子，出自矿山熔于高炉，由铁而成钢，尔后来到攀钢轨梁车间。你不谙世事却一腔热情，你未经磨砺却向往成材，你几经加热几经火烧，便有了红彤彤的外表，便有了坚不可摧的内心，你在巨大轧机的反复考验下，几出几入，竟然成为一根有棱有角的钢轨。从此，你有着坚实的内心与冷峻的外表，不弯不曲正是你的人生追求。你终将铺设在高山峻岭间的路基上，承受着一次次隆隆高速的碾压，从而是越发挺直脊梁。

这就是钢轨的命运——这就是攀钢给我的启示。人生，就是一次次承受与锤炼。攀钢，你在生产钢轨的同时，也昭示着这个人生道理。

攀枝花你好，我说得对吗？

种子·土地

"在遵义之东七十五公里的湄潭，是浙江大学活动的中心。在湄潭可以看到科研活动的一片繁忙的情景。在那里，不仅有世界第一流的气象学家和地理学家，竺可桢教授，有第一流的数学家陈建功、苏步青教授，还有世界第一流的原子物理学家卢鹤绂、王淦昌教授。他们是中国科学事业的希望。"

这就是英国著名学者李约瑟博士看到的湄潭，它坐落在偏僻的黔北地区。后来我们知道遵义是红军长征转折点和中国革命的福地。距离遵义百余里的湄潭则默默无闻。其实，它完全可以继续默默无闻下去，宛若世外桃源。然而，战火不容。就这样，湄潭走进中国历史舞台。

1937年抗日战争全面爆发。9月，日寇铁蹄逼近，杭州告急。西子湖畔已然摆不下一张课桌。为了躲避战火，保存"读书的种子"，浙江大学竺可桢毅然决定：西迁。

我在"浙大西迁历史陈列馆"瞻仰这位浙大校长铜像——哈佛大学归国博士——著名天文学和地理学家。他在民族存亡的关键时刻，以"教育救国、科学兴邦"为己任，以"蕲求真理、培育人才"为目标，亲自率领全校师生，走上西迁之路。

于是，我似乎看到在川流不息的逃难人流里，行走着一支身着学生制服的队伍，他们略显文弱，肩挑手提沉重行囊，却不是什么金银细软，而是各式各样的教学器材。他们没有任何武器，是一支真正的手无寸铁的"文军"，一路踏上被后世称为"文军西征"的艰难行程。

当时的竺可桢校长，并不知晓最终将落脚一个名叫湄潭的地方。冥冥之中，远在黔北山区的湄潭人民正在等待这支文弱却坚毅的文军的到来，尽管他们要等到三年之后的 1939 年。

1937 年 9 月，浙大一年级新生迁至浙江西天目山禅源寺上课。这里地处浙皖交界，古树参天，风光幽静。谁都认为，禅源寺乃世外净土，如来佛祖无疑保佑着浙大师生。然而那支来自东瀛佛教国家的虎狼之师，已经完全抛弃佛祖教诲，彻底沦为磨牙吮血的杀人机器。

形势越发吃紧，1937 年 11 月，浙江大学全部师生，乘车、步行、换船，离开西天目山禅源寺，迁校浙江建德。这是浙江大学的第一次迁徙。

1937 年 12 月 24 日，杭州沦陷。浙大师生只好离开建德，再次踏上西迁之途，一路跋涉，经金华、常山、玉山、樟树，前往江西吉安、泰和。一路奔波缺医少药，竺可桢校长的夫人张侠魂和次子竺衡身患痢疾，不治身亡，安葬在泰和的松山。

杀人如麻的日寇沿长江南犯西进，占领九江，直逼南昌。1938 年 8 月，浙大师生只得踏上第三次西迁之旅，他们携带图书和教学仪器，或乘车或乘船甚至步行，组成"呐喊步行团"，沿途风餐露宿宣传抗日救亡，历经月余行程一千余里，先后到达广西宜山。次年春天，被浙大师生视为"命根子"的重达两百多吨的两千多箱图书和教学器材终于运抵宜山。

三次西迁，"读书的种子"们，避开战火，恢复上课了。国家兴亡，匹夫有责。一个浙大学生就是一颗种子，一颗颗种子就要发芽生根，成长为一株株参天大树，日后成为国家栋梁。这三次西迁，竺可桢校长身先士卒的精神，深深感染了浙大师生。广西宜山气候湿热，生活艰苦，他们为拯救中华民族而发奋学习。正是在广西宜山，竺可桢校长倡导的"求是"成为浙江大学的校训。催人奋进的"浙江大学校歌"也唱遍这座广西古城。

尽管宜山地处西南山区，以"读书不忘救国"为己任的浙江大学仍然成为日寇飞机的轰炸目标。侵略者就是要灭绝中华民族的"读书的种子"。1939 年 2 月 5 日，宜山浙大校舍遭到十八架日机轰炸，顿时火光冲天，损失惨重。全校师生面临空前困难。

1939 年，日军在广西北海强行登陆，防城、钦州相继失守。南宁随之陷落。战火临近，广西宜山的浙大师生即将失去立足之地。竺可桢校长几次前往贵州境内遵义附近考察，精心选择校址。1940年初，全校千名师生踏上漫漫西行之路，朝着中国工农革命圣地遵义方向进发。流离失所的浙大师生，终于与湄潭这个山清水秀的小县城结缘。

勤劳朴实的湄潭人民敞开胸怀，欢迎远道而来的浙大师生。他们让出文庙、民教馆、救济院，腾出财神庙、双修寺、禹王宫、梵天宫、家族宗祠，以及二百五十间房舍，包括永兴镇的欧阳曙宅和李氏古宅。湄潭县政府还专门划出二百余亩土地，供给浙江大学建立农场。

同舟共济，鱼水情深，湄潭人民视浙大师生为亲人。他们送鸡送鸭、送茶送菜，甚至冒险送来即将被军队征用的大米……在物质并不宽裕的战时，湄潭人民宁愿自己节衣缩食，无私关爱着浙大师生。如今中国流行的口号是"再穷也不能穷教育"。当年的湄潭人民，早已无私践行了这句当代名言。

湄潭好比深厚的土地，浙大师生好比久枯不死的种子。土地与种子在湄潭结合。一颗颗"读书的种子"，在这里扎根生长起来。

浙江大学在湄潭七年办学期间，正值如火如荼的抗战年代，这所大学却取得很大发展，由抗战前的三个学院十六个系，发展为六个学院二十五个系，另有四个研究所、五个学部、一年分校、一所附中、两个农场。学生也从战前六百一十三人增至两千一百七十一人。正副教授从六十二名增至二百一十二名。培养本科生和硕士生两千余名。

浙江大学的成长，离不开湄潭这块古朴土地的深厚滋养。以鱼和水、种子和田地、天空与飞鸟来比喻都难以描绘浙大与湄潭的关系。应当说，浙江大学由于黔北湄潭而得以生存，黔北湄潭由于浙江大学而得以嬗变。浙大与湄潭，你中有我，我中有你，犹如高山流水，两者已然成为不分彼此的整体。

就这样，浙江大学在湄潭大地生根、开花、结果了。

浙江大学史地系师生，踏勘湄潭的山山水水，发现了储量丰富的锰矿，为抗战时期的后方重庆提供了大量冶金原料，从而获得国民政府颁发的国家科技二等奖。师生们坚持田野调查，编纂成书《遵义新志》，这册

187

极具学术价值的志书，至今对遵义及湄潭地区的经济建设起着很大作用。

浙江大学农学院师生，来自盛产龙井茶的西子湖畔。湄潭地处偏僻，也是产茶之乡。浙大师生发挥专业优长，开展茶树病虫害调查研究、茶产调查报告、茶树栽培研究、茶叶品种研究、茶叶加工制作、茶叶生化成分测定、茶园土壤矿质元素分析，取得了一系列科技成果。

教学结合实践，浙大师生还将种植龙井茶的技术与湄潭的种植技术进行比较，去粗取精，趋利避害地对当地茶叶进行改良，提升了湄潭茶叶的品质。

湄潭幽静秀美，远离战火，这在战时是个教学科研的好地方。它拥有多位著名教授：胡刚复、苏步青、贝时璋、王淦昌、谈家桢、卢鹤绂、束北星、张其昀、费巩、钱穆……还涌现多位科学家：李政道、谷超豪、谢觉民、张镜湖、施雅风、谢学锦……他们取得的科技成果，几乎都是在湄潭昏暗的桐油灯下完成的，因此，浙江大学被西方学者称为"东方的剑桥"。

这是浙江大学的光荣，也是湄潭人民的光荣。浙江大学播撒着科技文化的种子，湄潭则成为浙大师生的第二故乡。西湖水与湄江水，荡起共同的涟漪。

"骊歌一曲别情长，藕丝香，燕飞忙。回首春风，桃李又成行。……留得他年寻旧梦，随百鸟，到湄江。"开革开放以来，许多浙江大学老校友为表达对第二故乡的感恩之心，纷纷回访湄潭。二百多位校友在当年浙大农学院旧址栽植七十棵友谊树组成"求是林"。以此发扬光大竺可桢校长制定的校训。

浙大师生回访湄潭不仅是怀旧，他们以实际行动回馈第二故乡。

在今日湄潭，建有浙大附中，举凡考入浙江大学的湄潭籍学子，均可免费就学。

在今日湄潭，浙江大学为这里引进生态稻田青田鱼养殖项目，已经发展数万亩，每亩水面使养殖户增收两千余元。

在今日湄潭，浙江大学建立公共管理社会实践基地，开展研究生支教实习活动。

在今日湄潭，浙江大学建有"社会主义新农村建设示范基地"。在今日湄潭，有好米，有好茶，有好酒，有好烟。这正是浙江大学的"求是"精神结出的硕果。

在今日湄潭，一望无际的万亩茶海，正是当年浙大师生播种的"锦绣文章"……

国难当头，湄潭成为浙江大学的发祥地。改革开放，浙江大学不忘第二故乡。种子与土地的相互关系，乃是大自然的现象。湄潭与浙大，则是超越时间和空间的永存亲情。一支文军的长征，一所"东方剑桥"的出现，一宗"求是"理念的传承，都将诠释种子与土地的不解之缘。只要种子是鲜活的，土地就会有生命。浙大与湄潭，都将继续证明着这个道理。

站在历史与未来之间

　　这是一片生机勃勃的土地，她处于贵阳与安顺之间，因此命名贵安新区。因贵而安，这是一座崛起的新兴城市，她以西部地区重要经济增长极、内陆开放型经济新高地和生态文明示范区为"三大战略目标"，明确五大功能区：内陆开放型经济新高地、创新发展实验区、高端服务业聚集区、国际休闲度假旅游区、生态义明建设引领区。

　　这一项项指标明确的任务，勾勒出这座城市的宏图远景。是的，这块土地有着独特而悠久的历史，更有创新美好的未来。我来到贵安新区，只觉站在历史与未来的交叉点上。此番采风颇有感触，我认为在历史与未来的交叉点，正是贵安新区的起跳点。

　　首先，这里是多元历史文化积淀的沃土。譬如平坝县天龙镇屯堡村，几年前我到过。此番重访屯堡古村，旧貌变新颜，可谓蔚为大观。"石头的瓦盖石头的房，石头的街面石头的墙，石头的碾子石头的磨，石头的碓窝石头的缸。"我们踏着民谣走进这座片片青石筑就的古村深处，感受着大明王朝遗风，历史的脚步声在耳畔回响。

　　1381年（明洪武十四年），朱元璋发兵滇黔，获得"白石江大战"胜利，为了"永固江山"采取"屯田戍边"政策，建立"卫所制度"，在滇黔驿道两侧广设"屯堡"。这种征南将士携带家眷的屯田形式称为"军屯"，从而拉开西南地区大开发的帷幕。

　　坐落在贵安新区境内的天龙屯堡，正是大明王朝"军屯"产物，这里随处可见明朝军屯文化的影子，生活在这里的"屯田后裔"依然保持着明代江南地区汉族移民的习俗。可以说天龙屯堡就是足足保鲜了六百年的

"当代明朝"，堪称明代真实生活博物馆。

你想见到六百年前的"南京人"吗？请到天龙屯堡来吧。你想看到六百年前的明代妇女吗？请到天龙屯堡来吧。你想品尝六百年前清凉解暑的药茶吗？请到天龙屯堡来吧。你想领略六百年前的军民共建的古堡吗？请到天龙屯堡来吧。你想观赏原始古朴的山歌和地戏吗？请到时天龙屯堡来吧……

以前，我多次使用"门当户对"这个词语，此行在天龙屯堡古代民居大门前，低头可见蹲坐门柱两侧的石雕门当，仰首观望高悬门额左右的木刻"户对"，从日常使用词语到目睹现景实物，那庭院里闲适度日的老婆婆，诠释着甜蜜青春与幸福晚年。

以前，我只从冯梦龙以及兰陵笑笑生等古典作家的笔下领略明代的市井人物，然而在天龙屯堡的宽街窄巷，一个个身着明代服饰的妇女，或负重挑担，或持鞭策牛，或引车汲水……你不要以为这是旅游景区的真人秀，这是天龙屯堡妇女源自朱元璋家乡的日常衣着，一身奇异的"凤阳汉服"一穿就是六百多年，她们穿明代衣裳说南京官话，或田间劳作，或当灶烧饭，真正是不改初心。当今爱玩穿越把戏的网络写手们，理应组团拜访天龙屯堡，随即化身六百年前，保你乐不思归，决定移民大明王朝。

以前，我只知道欧洲古堡，平时安居生活，战时防御敌军，既保障日常生活所需又具有实用的军事功能。地处贵安新区的天龙屯堡同样如此。走进古村深处你会发现，这里没有笔直的路径，这里也没有十字相交的道口，无论宽巷窄巷，小道皆呈弧形，以免来犯者长驱直入。一条条"Y"形巷道，缩短你的视线，收窄你的视野，使入侵者觉得落入无法掌控的境地。这种强烈的感受是我多次参观欧洲古堡所不曾产生的。这便是出自大明军屯时代的天龙屯堡。

天龙屯堡花灯、天龙屯堡山歌、天龙屯堡地戏……如果说方言是人类历史的活化石，那么天龙屯堡就是鲜活的历史再现。在贵安新区的版图里，我们走访了旧州古镇，拜谒了高峰山卍华寺，尤其在创新实践样板的平寨社区那口古井前，我掬水而饮，备感甘泉清冽，直入心脾。

这时候，我明显感受到崭新的贵安新区是站在历史与未来的交叉点上。当年大明王朝对中国西南地区大开发，已然载入史册。今天的贵安新区大开发，则是掀开贵州面向未来的新篇章。

行走在贵安新区大地上，尽管是走马观花，我们还是参观了纯电动车桩网一体化，联影医疗大数据中心、贵澳农旅产业园……高科技，新产业，新业态，有的企业已然走在全国前列，令人大开眼界。

北斗湾小镇，瑞士小镇，月亮湖公园……令我对未来的贵安新区遐想不已。我们居住在寸土寸金的都市水泥森林里，在车流拥堵的道路上以"蜗牛"自嘲，然而不断涌现的房产"地王"，我们依然幻想真正的都市森林与切实的城市"绿肺"，所有这些愿景，都将在贵安新区得以实现。

月亮湖，这是贵安新区景观的关键词，代表着皎洁，象征着祥和，意味着平安……遥想月亮湖景区全面建成之时，中秋佳节，"月出东山之上，徘徊于斗牛之间"，月亮湖广场呈现万众邀月的盛大场面，那如银的月光必将普照贵安新区，在这块古老而弥新的土地上，人们笑脸绽开好似花朵，被月光镀得亮亮堂堂。

贵安新区的月亮湖把月亮盛在水里，月亮便越发真实而可信了。

第七辑
两湖篇

黄冈表情

阳光明媚。一大片向日葵，宛若笑脸绽开，反衬得阳光越发明亮。在这有着千年文化积淀的沃土上，放眼望去，万株竞开，其势蓬勃，一派生机。

这不是明媚的阳光，她是晚间黄冈中学礼堂的灯光。这也不是一大片向日葵，她是黄冈中学高中生们的笑脸。

湖北的黄冈中学，简称"黄高"。她在中国的知名度，我敢断定足以超过赴黄冈采风的作家们。湖北的黄冈中学以悠悠百年的历史、独特的教学方法、优异的师资力量、骄人的高考成绩，名声远扬。尤其令"八〇后""九〇后"惊呼不已的"黄高秘卷"，其难度远远超越京沪名校水准，既是让学生们头疼的难题，又是备战高考的"秘匙"。魔鬼与天使的双重身份，使它成为一代学子的青春记忆，堪称终生难忘。

中国的应试教育体系，正在极力摆脱多年来形成的弊病，力求培养出德智体美劳全面发展的新型国民。黄冈中学同样做出这样的努力。同时，学生们依然坚信"知识改变命运"的箴言，青灯黄卷，苦读不止，他们面对不予外传的"黄高秘卷"，解答着一道道数理化难题，迎接人生首次"大考"。

此时，他们坐满会场，依然笑脸盈盈，好似阳光下一株株昂首挺拔的向日葵。尽管这是我的错觉，我仍然愿意相信这里的灯光就是阳光，满眼尽是青春期的向日葵。

这里的青春，她因归属"黄高"而卓尔不俗。这里的青春，她因清脆的拔节声而显露活力。这里的青春，她因信心十足而激情四射。这就是黄冈中学的表情，这就是黄冈学子的青春表情。

黄冈学子的青春表情——她因相信未来而坚定不移，她因坚定不移而相信未来。

文学讲座开始前漫步黄冈中学操场，晚霞在天。这是多年未见的火烧云。文学讲座结束后走出黄冈中学礼堂，晚风送爽，景物朦胧。我却牢牢记住黄冈中学的青春表情，几乎忘记自己的年龄。

有时候，你忘记自己年龄是因为面对浩瀚的历史长河。尤其瞻仰先贤前辈，置身催人热血沸腾的历史深处，譬如你置身闻一多纪念馆，而且是在细雨中。

一尊黑色大理石雕像，矗立在庭院里，闻一多站在黄冈浠水的细雨中：迎风扬起的头发、生动传神的胡须、长衫、围巾、手杖，令人仰视。

这就是写出《七子之歌》《死水》《太阳吟》《发现》《我是中国人》等诸多作品的伟大诗人吗？我试图仔细打量他的表情。细雨中，我看到黑色大理石的缄默。

闻一多绝不是缄默的人，否则这尊黑色大理石雕像也不会被罪恶的子弹击中。

纪念馆大厅迎面墙壁，满墙红色，衬托着诗作《红烛》。闻先生画像掩映在红色里，他依然未修边幅，嘴里衔着那只不屈不挠的烟斗。诗人目光穿透流水时光，径直投射到今天。不知为什么，我脚踏这方依傍大别山的土地，越发关注这位献身反独裁争民主的文化斗士的表情。

闻一多的目光温和而冷峻，温和与冷峻，这两个截然相反的形容，恰恰构成他的独特表情。他的温和透露出中国知识分子谦和庄正的情怀，承载着几千年的文化根脉；他的冷峻弘扬着中国知识分子传统，抵抗着社会现实生活的虚伪无耻与独裁罪恶。

一幅幅不同时期的照片，讲述着闻先生的生命历程，也展示了他不同时期的表情：在浠水家乡，在清华读书，在纽约留学，在昆明西南联大……我瞻仰这位诗人、学者、民主战士的影像，还是觉得他是个文人。他的挺身而出，是典型的中国文人的舍生取义。

于是，耳畔响起闻先生的最后演讲："这几天，大家晓得，在昆明出现了历史上最卑劣最无耻的事情！李先生究竟犯了什么罪？竟然遭此毒手，他只不过用笔写写文章，用嘴说说话，而他所写的所说的，无非是一个没有失掉良心的中国人的话……"

之后卑鄙的枪声响了，闻先生就成了这尊黑色大理石雕像。

我想象着闻先生演讲时的表情。尽管他那明显倔强的神情，随着时光渐渐模糊了。正是由于时光远去吧，可能当今这种文人表情日渐稀少。好在，长江不废，大别山尚存。于是我怀想，诗人学者民主战士的独特表情，必然光耀着这方英杰辈出的土地。

甘露不偏向。一路落雨，大地露出湿润的面孔。路旁草叶子亮得刺眼，田畔野花正艳。就这样我们走进蕲州李时珍纪念馆，顿时觉得所有绿色植物都有了深刻含义。一尊古铜色半身塑像正是《本草纲目》的作者。

前庭园林宽绰，只有一簇绿色植物围拢着李时珍塑像，四周了无他物。我猛然觉得天高地阔，沿着长廊走向绿色深处，前往正厅拜谒药圣。

长廊极长，走至尽处转弯，还是长廊，这考验着人的耐性。这时候，我感悟到那尊古铜色半身塑像：李时珍专注的目光。

目光专注，表情安稳，生活在明代的科学家就这样注视着四百余年之后的来访者。他当年的跋山涉水遍尝百草的不凡经历，如今以连绵长廊方式让我们领略百草的原貌。

李时珍历时二十七年，完成了天下奇书《本草纲目》，还写了《濒湖脉学》《奇经八脉考》《脉决考证》刊行于世。就连写《中国科技史》的英国学者李约瑟博士也曾前来拜谒中国药圣，这是西方实证科学对东方实证科学的致敬。

脚步踏着长廊，走廊外处处栽种着当年经李时珍订正的草药。他以科学实证的精神，发现前代本草著作"谬误差讹不可枚数，乃敢奋编摩之志"。他反复考察对比，对明代以前的本草著作进行整理和补充，避免了后人误用其药，将其中不正确之处给予纠正。

　　大黄和羊蹄大黄本是两种药物，前人误为一种，李时珍予以纠正。

萍，即水浮萍，梁代陶弘景，唐代苏敬等人混淆不清，李时珍纠正了前人的错误。

莲藻、覆盆子为蔷薇科霉类，此科属品种极多，自古难辨，李时珍根据实物，逐一将其区分清楚。

生姜、薯类是常用蔬菜，旧本草将其列入草品，李时珍将其更正为菜部。

槟榔、龙眼药用其果，前代本草列入果部，李时珍将其归入木部……

沿着长廊走向深处，也走进李时珍内心深处。翻山越岭，涉川渡水，深山植被、路畔小草均被他的目光仔细打量。他广罗博采，删繁补缺，一部《本草纲目》字里行间，洒尽专注的目光。

穿过长廊，走过展厅，地势渐高。一尊汉白玉半身雕像矗立坡上。我终于看到药圣的表情——李时珍的专执目光投向前方。我不由转身随其望去，那是更远的地方，或有一株大树，或有一簇小草，或有一汪水生植物……

汉白玉的李时珍表情从容，他深邃的目光投向远方，依然订正着这个似乎日臻完美的世界。

其实，这个世界有时候并不那么美好。因此，才有了虚构的艺术。艺术以虚构的表现，反而越发真实地再现了世道人心。走进黄梅县的黄梅戏剧院，切实感受与现实世界平行存在的艺术世界。

湖北黄梅县是黄梅戏的发源地，也是黄梅戏称谓的由来。黄梅县地处鄂豫皖交界处，黄梅戏从这里传入安徽，渐渐成为广为传唱的地方剧种。黄梅县当年没有出现大家严凤英，当今也没有出现名角韩再芬，然而这里毕竟是黄梅戏的发源地，有着黄梅戏的原本表情。

看了《女驸马》选段，看了《春香传》选段，看了黄梅小戏《投江》，看了黄梅小戏《昭君出塞》，大轴是黄梅小戏《分别》，但我仍然最为欣赏《打猪草》选段——对花。虽为小段，它却代表着最初的黄梅调。

一折折黄梅戏，满台生辉。我不由从中品出黄梅人乃至黄冈人的性格，就是包容与不弃。一个原生黄梅的剧种，几十年竟然唱红在安庆，而且涌现了三代著名演员，成为安徽的戏曲品牌。虽然许多人不知黄梅戏出自湖北黄梅而非安庆，然而黄梅人热爱艺术胜过热爱自己，他们放下身段派出一批青年演员前往安庆学戏，学成之后重返家乡让黄梅戏浴火而重生。如今黄梅县的黄梅戏剧团，不但有着非物质文化遗产的传承人，还有诸多崭露头角的青年演员。让黄梅戏回家，湖北人不光热爱自己的东西，也懂得向他人学习。

望着舞台上黄梅戏演员生动传神的表情，我想起一路采风经过的地方和拜谒的人物。东坡赤壁，黄州古街，遗爱湖公园，五祖寺，陈潭秋故居……山山水水，英杰俊才，千姿百态，丰富深刻。黄冈古地，人杰地灵，何以概括她的表情呢？不知为什么我想起齐安湖，想起黄冈人历经八年建成的遗爱湖生态公园。

那么丰饶辽阔的一片大水，沉静而不失深邃，清澈而不乏丰富。一片涟漪，这是水的一个小表情。一片大水本身，则是大自然真实面孔——明亮而沉稳。

微风徐来，这是大水温柔的表情，一旦疾风突至，大水所迸发出的强劲力量，只有黄冈人知道。

因为，黄冈人懂得黄冈表情。这表情留存在黄冈深远的历史里，也蕴含在黄冈的现实生活中。

走过清水塘

这分明是我朋友的名字：石峰。他是个身穿蓝色工装的装配钳工，当年刻苦钻研技术曾获全市青工技术比武亚军。然而，此番不是人名是地名，它是株洲市的石峰区。即便地名也亲切，我愿意将石峰区拟人化，让它成为我的朋友。

石峰设区只有二十二年光景，像个年轻人却有许多故事。既然是朋友相会，便遵循"三人行必有我师焉"古训，何况此番采风乃多人同行，正是增长见识的好机会。

烈日当空，我们来到霞港湾重金属污染治理展示现场，只见河堤下潺潺流水，清明透亮，已然从2011年的国家Ⅲ类标准提升到国家Ⅱ类水质。这显然跟从前重金属严重污染状况形成强烈对比。看来此行采风的关键词当属"旧貌换新颜"。于是，我们对这方热土的探访，就从所谓"旧貌"开始。

早在新中国成立初期，湖南株洲名气很大。国家"一五"和"二五"计划期间，有大批工矿企业布局于此，在石峰清水塘建设株洲电厂、株洲冶炼厂、株洲化工厂和湘江氮肥厂等重大工业项目，几经发展数百家企业云集于此，掀起轰轰烈烈的生产热潮，被称为"东方鲁尔"。

这里诞生了第一辆电力机车、第一台航空发动机、第一枚空对空导弹、第一块硬质合金等二百二十三项第一。如果说我国东北老工业基地是共和国长子，那么株洲足以与共和国长子比肩。如果说株洲是著名工业重镇，那么石峰区清水塘则是顶梁柱，曾经创造过令人炫目的荣光。遥想当年遍地穿蓝色工装的兄弟姐妹，在这里谱写着共和国工业史册的光辉篇章。

然而，曾经绿水青山的清水塘地区，多年受到冶炼和化工企业影响，终将付出牺牲生态环境的代价。就在 2003 年和 2004 年，株洲市连续两年被列入"全国十大空气污染城市"。

株洲不是个案，石峰清水塘也不是特例。多年以来举凡为国家做出重大贡献的工业重镇，大多走过"高消耗、高排放、高污染"粗放型发展模式的道路。如今置身有功有过的尴尬境地。于是，给国家带来巨大贡献的株洲工业格局，面临关停污染企业、实现产业结构升级调整的严重挑战。清水塘老工业区被列为全国二十一个城区老工业区搬迁改造试点之一，它核心区面积为 15.15 平方公里内共有二百六十一家工业企业，首先关停一百五十三家严重污染企业，军令如山，"一年初见成效、三年大见成效"，不得拖延。

我无法想象偌大的"东方鲁尔"宛若超级巨人，竟然收身缩骨从这座工业王国里隐去。说是"凤凰涅槃、浴火重生"然而经过浴火能否重生，这无疑是超级生存挑战。说是"壮士断腕、死而后生"，这分明是钢铁意志的严峻考验。

自 2017 年开始的搬迁改造战役，到 2018 年 12 月 30 日，随着株冶最后一座基夫赛特冶炼炉的拉闸断电，清水塘老工业区搬迁全面完成关停退出的预定任务。我无法想象株洲市石峰区是如何实施这项繁重如山琐细如麻的巨大工程。

我们中国是农业大国，多少年来形成故土难离的农业文明观念。提到"背景离乡"这句话，总感觉是万不得已的事情。清水塘是老工业基地，它的工业文明不同于农耕文化，然而迁离这块曾经创造光荣与梦想的热土，不论对企业领导还是工人弟兄，这都是难以割舍又必须割舍的剧痛。

然而，为了清水塘老工业基地的浴火重生，为了将这座城市呈现于蓝天绿水之间，为了打造一座环保宜居的生态科技新城，他们成为真正的断腕壮士。

我们来到清水塘搬迁改造工程指挥部，听取"清水塘故事"。我惊讶地发现，他们身经如此艰苦卓绝的战役，谈起污染企业的搬迁，表情从容，语气平和，无论领导同志还是基层干部甚至企业工人，仿佛谈论寻常事情。清水塘三万多名企业搬迁职工中，已有一万余名跟随企业迁往异地，比如湖南衡阳。我还是想起"故土难离"这句俗语。我们的工人兄弟姐妹牺牲小家的奉献精神，令曾经身为工人的我，感到骄傲与自豪，深深祝福他们新生活幸福如意。

清水塘搬迁改造污染企业并非终极目标。他们利用腾退出现的产业空地，规划清水塘美好远景：工业文化旅游板块、科技创新版块、口岸经济板块、临山经济板块以及石峰山公园和绿心。我不知"绿心"地名因何而来，仍然感觉清风拂面而至。

株洲历来被称为"火车拖来的城市"。拥有"中国电力机车摇篮""中小型航空发动机特色产业基地"和"新能源汽车制造基地"三大强项。集中全力打造"中国动力谷"，这是令人振奋的举措。

参观中国动力谷展示中心，看到这样的励志口号："以最先进的机车牵引引擎，以最强大的航空引力引擎，以最环保的汽车动力引擎，为核心助推器，打造株洲·中国动力谷。"这不是豪言壮语，而是株洲人创造的非凡现实。

驻足"中车株洲公司电力机车研究所"展板前，得知这是国家级实验室，"是我国唯一一家掌握全面技术，拥有'芯片—模块—组件—变流器—应用'的完整产业链"时，心情当然激动。这里犹如一座高科技画廊，令我们惊讶地看到，这里生产生磁悬浮列车、和谐号高铁列车、出口马来西亚的"米轨"列车、ART智能虚拟轨道列车，以及深海机器人、无人驾驶直升机和无人飞行器、固定翼轻型飞机，还有电动新能源汽车。

构建轨道交通、汽车、航空三大动力产业，同时发展新能源、新材料、电子信息、生物医药、节能环保五大新兴产业，加之陶瓷、服装两大传统产业，从而构成"3+5+2"的现代产业体系。果然旧貌换新颜，今日株洲浴火而重生了。

此番采风我们只是轻轻走过清水塘，却踏着他们坚定扎实的足迹。然而我无法想象从株洲市到石峰区到清水塘老业区，从污染严重的落伍工业基地变身为当代科技强市，他们究竟是如何实现如此惊天转变的。

适逢晚间天气清爽，我们前往坐落田心地区以"中车株洲"青年职工为主体的"读读书吧"与读者会面，我仍然暗自思索着答案。

　　"读读书吧"是座内部装潢设计风格独特的建筑，成立于2015年11月，属于纯公益性质的阅读空间。那万余册厚重的书籍充实着精神生活宝库。我看到一张张青春洋溢的笑脸，我听到一句句独具思考的问话，我捧起一册册每月出版的书吧期刊，我观看一幕幕充满趣味的文艺演出……于是，我似乎有了答案，因为这里是株洲这里是石峰这里是清水塘，这里是取名田心的地方，这里有着丰厚的工业文化底蕴与积极进取的精神家园，这里必然迸发出惊世骇俗的难以限量的创造力。

　　无论是人名或地名，石峰都是我的故交新朋，还有这书香扑面、活力四射的田心地方。

结识"酒鬼"

终于有了这次机会，来到湘西访问酒鬼酒厂，这勾起我多年的回忆。我不擅饮，但生活中总会与酒打交道的。记得当年有个朋友的父亲喜欢储存白酒，北方那种木制大床下，竟然藏了几箱。那年春节子女相聚，老先生不言不语拿出家底，乃是湘泉。朋友对我说，当时大家觉得湘泉价格不高，属于寻常之辈，并无惊喜之感。没承想开瓶斟酒，已呈淡黄色。老先生这是存了十年的湘泉。儿女们开怀畅饮，终于体味到陈年湘泉的美妙。一下子，儿女们便将老爹的储存给瓜分了，拿回自己的小家。

这个故事让我记住了湘泉。偶尔走进超市我还打听过它，好像在天津并不是店店有售。看来湘泉的物美价廉广受欢迎，那是不假的。

首遇酒鬼酒，应当是 1996 年初秋。那是刘醒龙操办的三峡笔会，一群作家沿长江水路来到湖北宜昌。那时候只有葛洲坝，宜昌并无今日名气宏大。宜昌文联主席刘不朽乃是前辈诗人，他拿出半斤装"酒鬼"款待我们。眨眼间，便喝下三瓶。主人顿时面有难色，我揣测地方文联这种单位银根有限，便劝众人改饮啤酒，众饮者怏怏然。这次经历使我得知酒鬼酒与湘泉酒本是兄弟，出自同一厂家。

真正毫无顾忌地痛饮酒鬼酒，是 1996 年底的全国作代会。那是我首次参加这样的盛会，年轻且怯生。走进会议餐厅，我看到迎面摆着一箱箱"酒鬼"，几乎占满了一面墙。我得知这是酒厂赞助了全国作代会。会议期间，我放开胆量饮了此前曾经令宜昌文联主席略感财力吃紧的好酒。我还看见有些好饮的前辈作家出于可爱的贪杯心理，大大方方从纸箱里取走

"酒鬼"带回房间继续痛饮。我不好酒加之怯场，不敢伸手去取。

今番访问酒鬼酒厂，好事多磨。由于天气原因滞留首都机场十小时，只得退了张家界的机票改飞长沙，执着地取道高速公路，终于抵达湘西州吉首市。至此，我终于零距离接触了"酒鬼"，参观工厂车间，尤其了解到它的独特的酿造工艺，惊异地认识到"酒鬼"的与众不同。酿酒与文学创作颇有近似之处，那就是追求与众不同。酒与文学，本质相近，历来如此。

游览湘西山水，尽管属于走马观花，毕竟悟出为何此地盛产"酒鬼"。俗话说好水酿好酒。湘西之行使我认识到，不仅要有好水，还要有深厚而独特的文化积淀。不仅要有深厚的文化积淀，还要有深厚的多元文化积淀。湘西的多元文化积淀源自多民族文化大融合。多民族文化大融合，便酿出了内涵深厚独特的好酒。酒鬼酒同时也成为文化载体，生出双脚，走遍中国。

我们在酒鬼酒厂开了个小型研讨会。张陵先生对取名"酒鬼"极尽称道，认为当初取名"酒鬼"实乃智慧高妙之举。中国白酒之命名，多为地名。而"酒鬼"不为地名所限，既有内涵也有外延，拥有广博的文化空间。比如举办"中国年度酒鬼"评选，便颇有文章可做。酒鬼，已经成为一个褒义而且可爱的词汇。它属于湘西。恰恰由于这个出自湘西的命名，令酒鬼这个生活中曾经不乏贬义的词语，有了诙谐喜兴的趣味。

前往参观距离酒鬼酒厂不远的著名的矮寨大桥，我心有所悟。人们将许多东西比喻为桥梁。其实，酒也是桥梁，它将全中国全世界数不胜数的人们联系起来，沁人心脾，直抒胸臆。同席畅饮者，宛若同船过渡，一杯酒在手，共同荡漾于欢乐无穷的海洋，乐不知返。

酒是这样，酒鬼酒更是这样。先有酒而后有酒鬼，这只是事情的顺序。然而一旦有了"酒鬼"，不论是酒的酒鬼还是人的酒鬼，我们的生活便不一样了。

我想起诗人郭小川的《祝酒歌》，如今多人不晓了。我引用几句吧。

三伏天下雨哟，雷对雷；朱仙镇交战哟，锤对锤；今天是把酒祝捷的会，咱们杯对杯！

此洒甚好。出自湘西。难忘湘西。

从海底打捞出的铜官窑

1998 年印度尼西亚的勿里洞岛海域，一艘沉没多年的船舶被打捞出水。令人讶异的是从这艘沉船出水 67000 件货物里，竟然有 56000 件瓷器。从刻有"宝历二年七月十六日"的瓷碗题记推断，沉船为公元 9 世纪上半叶。几经专家学者鉴定，终于确认这是 1200 年前的阿拉伯帆船"黑石号"，满载中国唐朝货物。

中国唐朝，活生生湿漉漉展示面前。56000 件瓷器均来自中国长沙窑。

一件件精美如新的唐代瓷器沉睡海底，历经千年轮回，终于掀起历史帷幔，走出藏娇龙宫，露出美丽容颜。长沙窑瓷器，浮出水面新生了。全世界都知道，中国有个名叫长沙的地方，长沙有个名叫望城的地方，望城有个名叫铜官的古镇。

《鉴略妥注》载："舜陶于河滨，而器不苦窳。"意为舜率领先民制陶于湘江沿岸。以至后来铜官镇民俗，仍然尊舜帝为制陶祖师。

另有《水经注》云："铜官山，亦名云母山，土性宜陶；有陶家千余户，沿河而居。"此域盛产陶土，有唐以来，窑业勃兴，龙窑百座，陶工万人。

这里所说铜官地方，扼湘江之咽，为三国吴蜀必争之地。曾因官府在此造铜，故而得名。然而，令铜官更为出名的是陶瓷业。

千年之后聚焦铜官古镇地方，依然能够寻到古代窑口遗址，星罗棋布。经专家确认定位"长沙铜官窑"古遗址，坐落在石渚湖畔的谭家坡。

访古寻往，就要寻觅长沙瓷的"代表作"。沿着历史长河溯源，便是盛产陶瓷的"谭家坡遗址"，也是铜官窑世界陶瓷釉下多彩的发源地。

如今，古老的"谭家坡遗址"，已然建成"谭家坡遗址馆"，一个"馆"字不得了，说明当地政府对历史文化遗存的保护，充分而自觉。

谭家坡古瓷窑遗址依山而建，自上而下，宛若一条长龙，静卧于红壤山坡，故名"龙窑"。胎土之作，造化之功，龙窑遗址由制坯与烧制两片区域组成，完整涵盖从采泥到成瓷的生产过程。我看到炉窑底部排列整齐的匣钵，好似定格在烧窑的劳作场景。

谭家坡古窑址废墟上，堆积厚达数米的残瓷碎片，凝固着晚唐时光，印证着五代窑火。身临其境打量遗址破碎瓷片，似留有古代余温。现场残存的瓷器，烧制有"赵、周、元"诸多姓氏名款，说明此窑为民间多家合作经营。还有瓷器残片留有"开成三年""咸通×年正月"纪年铭文，证明公元9世纪中期前后，这里正值长沙瓷的鼎盛时期。

长沙窑，大唐造。长沙窑所产陶瓷不仅畅销华夏大地，更是通过"海上陶瓷之路"大量远销东亚、东南亚、南亚、西亚、北非，成为名副其实的世界级商品。

然而，这座铜官古窑遗址20世纪50年代才被考古发现。令人费解的是沉船"黑石号"出水大量铜官窑瓷器，佐证着铜官成为唐代外输陶瓷的繁盛之地，却从来不见任何史籍关于长沙窑的文字记载。

就这样，鲜为人知的铜官古窑，漂洋过海的长沙瓷，越发引起后人关注。好在望都建起铜官窑博物馆，好似筑起陶瓷历史长廊，展示唐代铜官窑的来龙去脉，还原烧制长沙瓷的工艺原貌。

长沙窑火在中唐时期兴盛起来，以烧制远销海外的瓷器为主，成为陶瓷外销的著名产地。饱览长沙窑陶瓷，多为日常生活用品，碗、壶、罐、瓶、盂、灯、笔洗、熏炉、碾槽、扑满……大到粗壮的缸，小到睡眠的瓷枕，一件件瓷器陈列面前，古代世俗生活气息扑面而来，令人备感亲切。

从"黑石号"里出水的长沙瓷器，存量最多的是青釉褐斑小碗。铜官窑博物馆展出的这种小碗，碗心绘制西亚文化元素的纹饰，比如飞鸟和花草；另有镌刻阿拉伯文字的背水壶，以及西域地区流行的带流灯……这无不证明长沙窑属于唐代"外向型企业"。

模印贴花是长沙窑的特色装饰，它是将瓷器所需纹饰的贴片，手工粘贴在坯胎上，施加青釉时在贴片部位增加褐斑，使得纹饰更为凸出，色块醒目。铜官窑博物馆展出青釉褐斑模印贴花执壶，据说这种技法是从中亚鎏金银器借鉴而来，浓郁的异域风格融进长沙瓷器。

青釉、褐釉、酱釉、绿釉、黑釉、茶色釉、白釉、红釉、窑变釉，尤其铜红釉为长沙窑首创。至于"釉下彩绘"更是长沙窑的特色装饰。尽管长沙瓷器多为居家生活用具，依然蕴含着对美的追求，本身不乏艺术含量。

长沙窑的工匠们，将一行行中文或阿拉伯文的诗歌，镌刻于胎坯，覆盖在釉下，烧制成精品。

"万里人南去，三秋雁北飞，不知何岁月，得共汝同归。""日日思前路，朝朝别主人，行行山水上，处处鸟啼新。"

这一首首诗歌烧制于日常生活瓷器上，流露出美好的艺术气质与文化内涵。同时，这些以瓷器为媒介的诗歌，恰恰以书法形式表现出来，于是大唐书法真迹随着瓷器走进千家万户，上厅堂，下厨房，留存至今。

长沙窑不光镌刻诗歌，还有格言、警句、对联，呈现独特的美感与韵律，使得瓷器成为"诗书同体""图文并茂"的传世珍品。

诗文与绘画入瓷，乃是瓷器装饰的重大变革与创新。长沙窑以实物载体记录着时代脉搏的律动，其历史价值不可低估。

我无意间在玻璃展柜里看到一只残破的执壶，一首诗歌烧制其上，跃入眼帘："君生我未生，我生君已老，君恨我生迟，我恨君生早。"

这首脍炙人口的民间诗歌，举凡诗集作者皆署"唐无名氏"，殊不知它出自唐代长沙铜官窑瓷器题诗，于20世纪70年代在望城铜官窑遗址出土。据专家分析，这首诗可能是流行于民间的歌谣，也可能是当时窑场陶工随手所作。无论怎样，这件长沙窑瓷器都成为唐代诗歌流传至今的"活化石"。

凝土为器。化泥为宝。一件件极具历史与艺术价值的精美瓷器，陈列在铜官窑博物馆里。现实近在眼前，历史远在天边；既发思古之幽情，且行走于今日热土。

走进继承古老文化传统的"铜官窑手工陶艺厂"，参观那尊刻有铭文的唐缸，令人感到古镇焕发青春活力，可谓兴盛于唐，创新于今，生生不息，后继有人。

谒书堂山，访乔口，观靖港，于千龙湖剧院欣赏湖南花鼓戏，皆与古老陶业有缘。然而，有唐以来越千年，望都古邑有英雄出生，他的名字叫雷锋。

第八辑

江浙篇

从大运河说扬州

　　提起扬州，人们往往想到隋炀帝，圣上一路南下观赏琼花，绝对不辞辛苦。皇帝爱花，理所当然。于是，后人们就把这座城市浓缩到这位皇帝身上。隋炀帝似乎成了扬州的宿命。其实，扬州的宿命远远没有结束在遥远的隋朝。从隋炀帝杨广到大清朝乾隆，无论正史野史以及民间传说，不乏皇帝们下江南的记载。

　　无论隋炀帝还是乾隆帝，他们为何不畏旅途劳顿而频频莅临维扬呢？只因为有一条大运河。水路行舟，迅捷便利，既无暴土扬尘，也无轮车颠簸，沿河两岸风光，尽收天子眼底。扬州的宿命不是皇帝，扬州的宿命是大运河。

　　人们喜欢以明珠形容一座城市，从古至今，扬州确凿地镶嵌在大运河畔，这是一颗货真价实的城市明珠——堪称水旱大码头。勾栏瓦肆，诸业繁荣，于是有了"扬州三把刀"的说法。"三把刀"均属于城市服务业，也就是如今所说的"第三产业"。一座城市服务业的发达，这无疑是文明的标志。扬州，就其第三产业而言，绝对属于"资深版"，论辈分远远高于京沪津渝当代中国直辖市。

　　当年被称为"南张北刘"的言情小说家刘云若先生，写过一部长篇小说《小扬州志》，主要描写民国年间天津市井生活。当年天津水运发达商业繁荣乃北方重镇，因此才有资格被称为"小扬州"。以扬州比喻一座城市的繁华，犹如以西施比喻一位女子的美貌，由此可见，扬州当年处于城市榜样地位。

　　如今，扬州依然是城市榜样。比如为了保护瘦西湖景区和城市天际线，扬州恰如其分地禁建高楼大厦。这在过度追求 GDP 的二线城市，未必都做得这样好。且看那一座座"钢筋水泥丛林"的城市，早早弄没了城市天际线，所谓繁荣里透出一股子傻气。

从这个意义讲，扬州人不仅仅受益于大运河滋养，还从千年流水里汲取了不尽的智慧。一条大运河，润润地赋予扬州不同寻常的气质，使她开放，使她包容。我们从扬州的传统饮食文化里，渐渐品味出它的细节。

扬州的"包打天下"，闻名全国。我们在著名的百年老店富春茶社早餐，便有用心的发现。

扬州虽然地处江北，仍然属于稻粳地区，一日三餐以米为主。以富春茶社为代表的扬州面食，包子的多样性、烧麦的多样性、蒸饺的多样性、还有干拌面和葱花烧饼……其丰富程度远远超过以面食为主的北方城市。我不敢毫无根据地将"天津狗不理"与"扬州灌汤包"相互比较，却在一杯热茶里品出几分南北文化暗合之处。

人们在富春茶社用早餐，以茶佐之。这里使用的茶叶是著名的"魁龙珠"。我讨来有关资料了解此茶的来历，得知它由安徽的魁针、浙江的龙井、扬州自窨的珠兰兑配而成，取名"富春魁龙珠茶"。因三种茶分别来自皖、浙、苏，故有"一壶水煮三省茶"之美谈。

这一壶水，我认为出自大运河。茶呢？安徽的魁针、浙江的龙井，无疑属于绿茶系列。唯独"珠兰"为扬州自窨。我恰恰从这个"窨"字里，一下子嗅到花茶的味道。因为，只有制作花茶采用"窨花"的技术。我从小就听说，中国北方尤其京津地区喜饮花茶，旧称"香片"。一般花茶要窨三道花，高级花茶甚至窨到七道花。花者，茉莉也。窨者，熏花也。所谓花茶，通常是以茉莉花窨制的，多年以来广销华北地方。

富春茶社的"魁龙珠"，产自安徽的魁针和产自浙江的龙井是绿茶，扬州窨制珠兰的兰，我以为是玉兰花。以兰花窨之，扬州珠兰应当倾向于花茶系列。由此看来，"富春魁龙珠"明显含有花茶成分。

百年老店富春茶社的"魁龙珠"为何掺入花茶成分？这在普遍饮用绿茶的江浙两省颇为罕见——却明明发生在大运河南端的大码头扬州，而且成为当地著名饮品，代代传承，百年不改。

与之对应，在大运河北端也有一座水旱大码头，它的市民历来普遍饮用花茶多年不改——这就是九河下梢天津卫。说起扬州富春茶社著名花茶"魁龙珠"的兑配，我不禁想起天津的百年老店"正兴德"茶庄。正兴德的花茶也是兑配，而且兑配成为这家百年老店的独门绝技，颇有点石成金之妙。关于花茶兑配的细节，我们可以在津门著名小说家林希先生的中篇小说《茶贤》里，看到花茶窨制兑配的技术过程，可谓尽得其详。

大运河南端扬州富春茶社精心兑配的"魁龙珠"，可谓在南方独树一帜。如此这般，我在扬州富春茶社似乎看到天津正兴德茶庄兑配花茶的影子。飘香于南北大运河两端的一杯杯香茗，我不敢妄论两者之间存在必然关联。我以为，一个花茶的"窨"字，似乎使我触摸到大运河的文化底蕴了。

这条大运河，千年来沟通着祖国南北文化大融合。研究大运河的"线性文化传播"方式，可以使我们更加认识到"大运河申遗"的可能性与必要性。

说起"大运河申遗"，扬州肯定是一座极其重要的城市。中国北方多年严重缺水，造成大运河北段废航甚至干涸。这条沟通五大水系的南北大动脉，不声不响地退出中国北方的日常生活。大运河作为一条历史悠久的文化纽带，还是给我们留下一缕缕人文痕迹。只要你是有心人便不难在日常生活的细节里发现她的存在。

多年前，我为一部电视剧本的写作赴山东临清一带采风，发现鲁运河流域的一些词语与天津卫基本相同。那里也管油条叫"果子"，还有"糖皮儿"之说。临清也是运河漕运大码头。据说讲究吃喝之风气与天津极其相近。可见码头风气一脉相承。我觉得，虽然属于直鲁两省，当年沿着大运河两岸形成的文化习俗，可谓显而易见。我斗胆将大运河沿岸的文化传播特征命名为"线性文化传播"。这种跨越地域省份的线性文化传播方式，因漕运和盐运而沿河流而传递，它不是文化团，而是文化带。

天津与临清同属北方运河流域，其文化有着相向性质。那么远在大运河南端的扬州情形如何呢？我发现"魁龙珠"里隐含着这座城市融汇南北的文化特征。扬州，因其地处大运河的特殊地理位置，使得她很早就具有汲取南北文化的包容性。百年老店富春茶社的面食和"魁龙珠"说明，扬州，正是这条"线性文化传播带"南端的文化融汇之处。

　　游览扬州美景瘦西湖，导游介绍清朝文人汪沆吟诵瘦西湖的名诗，我随即告诉她，这位乾隆年间的钱塘名士汪沆不光有诗赞美扬州，还有颂诵天津的诗歌多首收入《津门杂咏》。比如"门外河流燕尾叉，门前杨柳万行斜，拾遗不分云孙住，从此村呼小浣花"。由此我想象，古代文人乘船沿河采风，从扬州北上，从天津南下，一条大运河里不仅流淌着水，还传播着文化。

　　这就是沟通南北文化的大码头扬州。这里的一片茶叶令我发思古之幽情。当然，我更想通过一片茶叶，越发深入地感悟扬州的地域文化，让这座历史名城在"大运河申遗"过程中，明珠般地闪烁出更加耀眼的光芒。

　　这就是扬州。我夜晚驻足古运河畔，河中灯船行来驶去，疑为故乡海河游船。毕竟是一脉相通的大运河，不由泛起君我共饮一江水之感慨。

　　我觉得，古老的文化往往与水相关，它也往往是沿着河流传播开去的。举凡著名城市，大多沿河而居。这便是在水一方的意义。尽管如今北方大运河成了止水，它曾经击起的浪花却无数次打湿了我们先祖的衣裳。那水珠儿，干涸在历史深处了。我们只要存心留意，似乎依然可以嗅到几分来自历史的湿润……

　　好在扬州依然拥有丰沛的水，这是她的福祉，也是大运河的眷恋。

发现黄山

日前读报得知，著名景点黄山送客松因年事已高，死了。送客松的名声虽然没有迎客松那么大，它的去世还是令我忆起初次游览黄山的情景。

是的，黄山云海堪称天下奇观，给人留下深刻印象。我驻足远眺一望无际的"南海"，颇有"眼前有景道不得"的感慨。看来面对大自然的美景，人类的任何形容词都是蹩脚的，不如暂时闭嘴，只看不说。

我要说的是黄山之松，却是五岳景观无以比拟的。先说那处令我陶醉的景点"梦笔生花"吧。你远望那座酷似笔管的山峰，其山峰之巅，光天化日之下赫然矗立着一株青松。根本不用导游讲解，我们便已猜出，那青松肯定是那梦笔生花的笔锋了。遥望这笔锋，似乎正在朝天书写着什么。于是，梦笔生花的神韵，有色而无声地从这株青松之中渐渐弥散开来，充满难以言状的诗意。这景致取名"梦笔生花"，真是一语道破天机。取其神似称为梦笔，否则人间词语真是难以表达她的神奇。情由景而生，景因情而奇，正是如此啊。

记得就在我们遥望"梦笔生花"而流连忘返之时，导游小声告诉我们："那棵青松是假的……"我当时就惊呆了。

导游说，原先的那株被称为"梦笔生花"的松树，死了。于是只得制造一株塑料松树，充当替代品。举凡传世名画都有临摹复制品，为了让黄山美景永驻人间，这也是不得已而为之的事情。

导游的一番话，不无道理，然而对我打击很大。我再度遥望闻名天下的"梦笔生花"。假的？心中居然一时难以接受这株充当替身的松树。

下山的时候，导游又给我们讲解了"黄山松"的独特之处。放眼满山松树，我发现那一株株黄山松果然是生长在并无几分土壤的岩石上的，一派岿然不动的样子。原来这黄山松的神奇，恰恰在于她的根须能够分泌一种具有溶解岩石功能的汁液。你纵然是一块坚硬无比的岩石，这黄山松仍然以她独特的根须将其渐渐溶解，然后顽强地扎根于岩石之中。啊，一株株松树就这样站立起来，遍布黄山处处。原来这就是黄山松的生存秘诀。

我记住了黄山松树的根须，受到很大启发。之后我又想起那株以假代真的"梦笔生花"，心情不禁释然。黄山美景天下闻，"梦笔生花"已经成为黄山不可或缺的大景致。因此，这株假树恰恰以她最大的虚假充填着美景的缺失从而赢得了最大的"真实"。说是假树，可假树总比没有树要好吧？倘若你将登攀黄山比喻为一个审美过程，那么矗立于"梦笔生花"景点的那株假树则以她的存在维护了这个审美过程的完整性。出门旅游既然忘情于山水之间，那么真树也好假树也罢，已经成为一件无关紧要的事情了。因为我们需要一个完整的黄山。

是啊，黄山云海黄山松，一个都不能少。

厚土鄞州

在中华神州大地版图上，在东南沿海经济发达地区，有一块形状酷似蝴蝶振翅的地方，这就是鄞州。这块蝴蝶振翅形状的厚土，有着几千年的文化传承与积淀，同时有着强健坚韧的体魄与睿智发达的思维、开阔高远的目光与宏伟远大的追求。破茧而出，化蛹为蝶，迎风飞翔，翩翩起舞，这又是一个崭新的鄞州。

查看汉语字典，知晓鄞字专用于地名，别无他解。翻阅地方史籍，得知鄞是中国建置历史最久的古县之一，从公元前222年设县至今，两千二百多年的沧海桑田，一个个地名出现，一个个地名消亡，但是鄞的地名从来没有丝毫改变。一个鄞字，在中国漫漫历史长河里，自始保持着自己的永恒读音。一个不容改变的鄞字，似乎彰显真实的存在与结实的力量。一个不容改变的鄞字，似乎也透出这方水土的人文性格。

这当然是个古老地方，也是一个由于"鄞"而古老的地方。悠久的人文历史，深厚的文化沉积，形成一座座留存至今的文化群落，无不印证着鄞地人民丰富多样的生活。

新夏初至，走进鄞州，仿佛站在历史与现实的交叉点上，感受这方厚土的历史与未来。

古老鄞地的人们，千百年来以自己不辞辛苦的劳作，开垦良田播种稻谷，收获盐渔桑麻，生生不息。这里的人们相信种瓜得瓜的朴素道理，面对高远幽深的大自然，同时深怀敬畏之心。仰望苍穹，他们坚信五谷丰登乃是上天恩赐，因此诚惶诚恐而感恩戴德。于是，在世俗世界与宗教殿堂之间，这里成为佛教沃土，至今仍然可以看到一座座屹立千年的庙宇山门前，留下一串串来自历史深处的善男信女的足印。

鄞地遍地古刹，名声远扬，繁荣光大着佛教文化在华夏大地的传播。一声悠远钟声，贯穿古今而不绝于耳，影响着鄞地千百年的世俗生活。

坐落在鄞州的天童寺，与镇江金山寺、常州天宁寺、扬州高旻寺并称禅宗四大丛林。这座有着一千七百年历史的江南名刹，如今仍然香火旺盛，弘扬佛法。早在1189年，日本僧人荣西天童寺习禅，返回东瀛即创立了日本佛教临济宗。天童寺在中日文化交流史上，写下重要篇章。

同样坐落在鄞州的阿育王寺，创建于西晋太康三年，也有着一千七百年历史。南朝梁武帝亲赐寺额"阿育王寺"。关于阿育王寺名，来源于古代印度。相传印度孔雀王朝国王阿育王为了弘扬佛法，取出王舍成王宝塔的佛陀舍利子，分为八万四千份，广布各地。在中国共建造十九座舍利塔，如今唯一保留下来的正是鄞州阿育王寺的舍利宝塔。

参观阿育王寺，虔心瞻仰供奉在塔堂的佛祖舍利子，沐浴神圣之光，对凡夫俗子来说不啻于人生难得的机缘。从古代印度到今日中国，佛教以其广为传布的力量，深深扎根于华夏大地，给一代代先人以精神信仰，加持着信众柴米油盐的日常生活。

纵观鄞州历史，与佛教信奉"出世哲学"形成对照的，乃是生生不息的入世文化。华夏大地自从隋朝实行科举制，沿到晚清。一代代举子通过苦读经史子集，青灯黄卷，皓首穷经，投身文官制度，努力实现着"齐家治国平天下"的人生理想。科举制度所倡导的求学之风，在鄞州地方表现得尤为突出。走进千年古镇姜山采风，明显感受到来自深远历史文化积淀的气息。

千年古镇姜山，始建于西汉，位于鄞州新区南侧，江南鱼米之乡，素有"鄞南重镇"之称。姜山镇所属的古村走马塘，始建于北宋端拱年间，村中明清建筑保存良好，一户户人家世居祖屋，小巷深深，古风浩荡。踏入走马塘915号宅院参观，灶台水缸，书案茶几，楹联古朴，屋檐滴翠，一草一木皆有来历，堪称鲜活的民居生活博物馆。据史料记载，历朝历代以来，走马塘总共出过七十六位进士。而在内地很多省份，历朝历代也只不过出了一两位进士而已。相比之下，古村走马塘荣膺"中华进士第一

220

村"，足以说明此地文化土壤的深厚、读书风气的浓重。

万般皆下品，唯有读书高——这既是科举社会的主流价值观，同样激励着身处草野的鄞州学子走向庙堂。中华进士第一村——这几乎就是留存至今的鄞州仕子博物馆。

鄞州既然是一块文化厚土，那么必然涌现许多文化名人，环绕鄞州采风，不可不走进建于光绪年间的沙氏故居。所谓沙氏是指沙孟海、沙文求、沙文汉、沙文威、沙文度五兄弟。长子沙孟海是著名学者兼书法家。次子文求三子文汉四子文威幼子文度，均为无产阶级革命家，尤其沙文求烈士的革命事迹，更是令人感动。站在烈士遗像前，感受到革命先烈精神品质的高贵——他们放弃"学而优则仕"的传统文人道路，毅然投身民族解放运动，抛头颅洒热血，为追求人生理想不惜献出宝贵的生命，迎来新中国的破晓曙光。

鄞州，这块形状酷似蝴蝶振翅的厚土，与蝴蝶有着不解之缘。从农家灶台，到田间地头，从村镇到通衢，那个美丽动人的爱情传说——梁祝化蝶的故事，更是家喻户晓的。然而梁山伯与祝英台的爱情故事，恰恰发生在鄞这个古老的地方。

尽管《鄞县志》这样的地方史籍里记载的梁山伯只是鄞县县令，主持堤坝工程，治理水患，政通人和，造福乡梓，是一个合格的"父母官"。然而几经流传，梁山伯还是演化成为那部催人泪下的爱情故事的主角。他与祝英台的生死绝恋，感动着一代代国人，堪称中国版本的"罗密欧与朱丽叶"。尤其是广为流传的梁祝化蝶，分明预示着"鄞"地与"蝶"字结下不解之缘。

时光流水，不舍昼夜。两只忠贞不渝的美丽蝴蝶迎风飞舞。时光终于到了2002年，一只明丽轻盈的蝴蝶翩翩而至，一个古老而崭新的地名响亮而生——鄞州区诞生了。

从此，亘古不变的鄞，充满了新时代的活力而屹立中国沿海东南地区。她，脚踏坚实的大地，面向浩瀚无垠的大海，仰望深邃高远的星空，寻找属于自己的星座。于是，关于"鄞"字，也拥有了新的含义。

如今，崭新的鄞州十岁了，借用朱自清先生的名句，"她从头到脚都是新的"。最为引人注目的南部商务区，拔地而起成为鄞州新城的核心区域，已然成为鄞州进入新时代的象征。登上新区第一高楼，鄞州景观尽收眼底。一座新城在如此深厚的文化土壤上崛起，这是颇有根基的。正如我在大楼里看到一幅招商标语：繁华亦从容。这是我迄今看到的最有印象的广告语。一个地方的文化积淀不是一朝一夕的事情。

游览鄞州商务新区水街，令人感慨良多。大多人类发祥之地，几乎都与河流有关，可谓在水一方。然而一座城市对水的理解，则大不相同。鄞州新区的水街，河流两旁高楼林立，却显得近在咫尺。人与水的亲近，不言而喻，显现了人性的关怀。几座欧式风格的桥梁连接两岸，静谧而通达。我所经历的那座有河的城市，几年来通过城市改造竟然在河流两岸修建了封闭快速车道，汽车沿河岸往来疾驶，仿佛铁甲列队，人不可近，一下将河岸隔绝开来。河在眼前，却使人无法亲近。一座城市的母亲河就这样从日常生活中丧失了。

鄞州新区的水街，完全避免了这种疏离感，充分体现了人对河流的解读，我以为这正是江南水乡对水和生活的深刻理解吧。

一条水街，使我感受到鄞州人的风貌。令我感到惊奇的是鄞州商务新区的总体设计思想与理念：这座地上之城建筑面积有多大，她的地下之城的建筑面积就有多大。一幢幢商务写字楼，地下相连，处处通畅，仅地下停车位就达万数。这样的新城设计，无疑说明了鄞州人的城市观念。

一座新城的发达，不光停留在 GDP 数字上。文化建设的根基，乃是城市的软实力体现。参观鄞州南宋石刻公园，我们看到一处处历史文化遗存。走进新区参观紫林坊艺术馆、华茂美术馆、鄞州博物馆，则看到崭新的鄞州对文化发展后劲的看重。一座城市历史文化的传承，必然是一条不可断裂的纽带。今天的辉煌，正是昨日的延续。轻视昨日，很可能失去未来。

走马观花，我却在鄞州看到这种结结实实的文化纽带的延续。这是鄞州人的智慧，也是鄞州人的功德。

这正是今日鄞州——化蛹为蝶，迎风飞舞，缤纷满天，光景大好。

浦东绿叶记

松，杉，柏，桦，还有不知名的灌木……那浩瀚无边的大森林，浓绿得深沉，一株株一簇簇，构成大自然的"森林家族"。

内涵如此丰沛的大森林，令我们既难以概括也难以抽象，因为，它是连天接地的神奇造物。

从而我想到一株树，它的名字叫浦东。廿八载风雨，廿八载年轮，我将浦东比喻为一株树。这株树屹立东海之滨黄浦江畔，已然玉树临风。

廿八载春秋，因为有了浦东，黄浦江左岸被人们习惯称为上海的地方，如今人们也叫它"浦西"。有东有西，自成道理。奔流入海的黄浦江水，一水担起两岸。这块热土终于达到历史的平衡。

行走浦东我依然难以概括也难以抽象这株不断生长的大树。实践是时间的积淀，思想是实践的总结。浦东这株大树的根深与叶茂，引人深入思考。

有言道，细节是雄辩的。一片片绿叶正是大树的细节。还有言道，这个世界没有两片相同的树叶。我们对浦东的阅读，应当从象征着城市细节的片片绿叶开始。

一路采风，参观张江科技城的东方艺术中心，访问外高桥保税区的艺术品交易中心，走进浦东图书馆以及中华艺术宫……这片片绿叶般的城市细节，使得浦东这株大树有了森林般的内涵。

我们描述当代中国大都市，常有"水泥森林"的比喻，以此形容高楼密集道路峡谷的城市景观。然而，如果我们将一座座"水泥森林"注满文化含量，它将会成为具有城市人文品格的"文化森林"。

是的，城市"文化森林"的形成，应当遵循"可持续发展"的理念，应当牢牢扎根于深厚的地域文化土壤。当然，我们习惯以悠久历史人文积淀来描述城市文化土壤的深厚。然而，仅仅有二十八年的浦东，却显现出城市蓬勃成长的力量，展示出文化实力的当代性。

城市的当代性，联结着历史，城市的当代性，预示着未来。芳龄二十八的浦东，此时正站在历史与现实的交叉点，沿着中华民族优秀传统文化的脉络，承上而启下。

浦东采风期间我到陆家嘴五峰书院做了"阅读与写作"的文学讲座。小厅里坐满听众，多为街区市民，年龄结构可谓"老中青"。

我与文学讲座的听众互动，分享阅读与写作的体会，分明感受到听众的文化素养，来自他们精神饱满的日常生活。

我意识到五峰书院正是"浦东大树"的细节，随即决定延伸采访——仔细阅读这片"浦东绿叶"。

这里是陆家嘴金融街区，放眼南洋泾路区域，商办楼宇比肩而立，居民楼区高度集中。工作在商办楼宇里的白领阶层人士与居民楼区的广大市民，宛若两只互不溶融的文化板块，从无交集。

其实，这种文化现象在有些城市司空见惯，写字楼里的白领"上班族"与本埠街区的居民，原本就是"不搭界"，从无交集不足为奇。

然而，这里不是"有些城市"，这里是浦东新区，一个"新"字，自有新时代含义。于是，便有了五峰书院。

我利用文学讲座前的短暂时间，参观了这座颇为新颖的文化建筑。我称其"文化建筑"，因为我感到这座建筑里盛满了"文化"。

五峰书院给人以水晶般的印象。楼梯为铁木结构，稳重扎实。厅堂格局极具穿透力，所有隔断均为玻璃墙壁，获得公共亲和感的同时，读者互不相扰。由此可见匠心设计。

陪同参观的王涛女士介绍说，五峰书院仅仅运行三个月时光。由此说来，五峰书院是浦东文化的新生儿。

这个新生儿的显著特征就是搭建城市街区文化平台，以文化产生聚集效应，实践上海市委"四大品牌"建设战略，凝聚初心，服务于民，丰盈城市文化生活。

　　五峰书院是上海星月投资管理有限公司会同洋泾街道党工委，联手打造的街区文化新模式。充分利用星月公司旗下陆家嘴金融街区近三千平方米商用面积，建立公益图书馆、五峰讲堂、二十四小时文化客厅、会议中心和文创孵化平台，形成多功能多载体的综合文化阵地，以此辐射周边形成"永不落幕"的文化生活街区。

　　尽管开门运行只有百日，初步体现了企业商业价值与社会责任的有机结合，也初步体现了企业凝心聚力、推进发展，参与城市文化建设，打造文化生活街区，佐证着企业家不忘初心的情感理念。

　　至于坐落浦东新区的五峰书院，为什么以"五峰"命名，也引发了采访者兴趣。

　　我从有关资料得知，远在南宋时期浙江便有五峰书院，它是著名"永康学派"的发祥地。永康学派开创者陈亮，为南宋文学家、思想家、爱国名士，被学界称为龙川先生，故而永康学派又称"龙川学派"。陈亮学说提倡"开物成务"的学理，反对以王阳明为首的理学派的空谈心性命理学说，而是主张"功到成处，便是有德；事到济处，便是有理"。永康学派力图使儒家学说切于实用，落到实处，因此从学者甚众，影响深远。

　　原来如此。当今坐落陆家嘴金融区的五峰书院，乃是承接古代永康学派"实事实功"的学术思想，在浦东新区重现"五峰书院"古风，以体现"生民之利"的思想传统。

　　从浙江金华市方岩镇橙麓村的五峰书院，到浦东新区陆家嘴金融区的五峰书院，我们在两点之间连线，让时空跨越千载，便能够清晰地看到，崭新的浦东热土对中华民族优秀传统文化的继承与传播。同时也能够清晰地看到，星月公司与洋泾街道共建文化平台"五峰书院"，既体现了"务实经世，义利并举"的浙江企业家精神，也提供了浦东街区文化建设"干到实处"的新模式。

　　文化产生向心力。五峰书院开办伊始，公益图书馆的开关时间，与周边商办楼宇的办公时间同步，闭馆时间都是下午5点30分，当意识到难以满足公众读者晚间阅读的文化需求，五峰书院立即将营业时间延长至夜间

9点。

这不仅仅是物理时间的延伸，更是街区文化向着公众生活的纵深发展。

如今，五峰书院已经成为渐有名气的公益和文化平台。每天早9点到晚9点，前来这里看书和以书会友的人流达到二百余人次。本着文化为民的宗旨，五峰书院今年计划举办的"百场公益文化活动"，它服务的人群将覆盖近三十万人次。

五峰书院的公益性质，在凝聚社区人士的同时，也调动起星月公司员工的工作热忱。

从朝九到晚九，五峰书院运营压力增大，工作人员明显不足，星月公司董事长吕彪带头上岗，组成以公司党员为主体的四十名员工的志愿者队伍，每天两人承担夜间的图书馆管理和读者服务工作。

就这样，五峰书院的公益服务志愿者成为一道亮丽的风景。

很多党员公益服务志愿者说，在为来访居民提供服务，收获感激和温暖的过程中，荡涤了心灵，激励了自我。随着五峰书院来访群众的增多，在很短的时间内，通过街道招募和自发报名的志愿者队伍已经达到了一百多人。

无论何时走进五峰书院，你都可以看到身穿红马甲，为读者送上一个微笑、一句问候、一杯温水的志愿者。工作日的白天，白发苍苍的退休党员志愿者，重新拿出上班时的热情，勤勉工作着。

晚间，周边社区的全职妈妈志愿者，带着家属和小孩也来到书院读书和做义工。

周末，白领青年志愿者，热情地接待读者的咨询，在志愿者日记上写下满满的心得体会。

于是，五峰书院的公益图书馆活动，影响越来越大。

陆家嘴文化沙龙与五峰书院共同发起共享图书馆计划。

六一国际儿童节请来有关领导和藏区的朋友，高原书屋援藏项目为藏区小学捐送图书。

来自香港的朋友捐赠近百本心爱的外文书……

随着时光推移，五峰书院的公共文化服务，越发成熟，越发细致，越发深入人心。

文化凝聚人心："浦东新动力"读书会活动，隔周逢四举行，由于"粉丝"们挤满书院会议室，只好挪到阶梯式的五峰讲堂。

书院炎夏送清凉：即将面临高考的学生，独自在家复习被压力围绕，来到五峰书院大家共同复习功课，精神备感亲切轻松，在这里度过高考前关键时刻的备考时光。

共建和谐社会：有自由职业者来书院阅读，在读者留言簿画下漫画，号召大家自带水杯，少用纸杯，保护环境。

这只是五峰书院的点点滴滴，昭示着新绿必将成荫。

我将浦东新区比喻为大树，明显感受到它的勃勃生机与悄然生长。我在有些城市见过历经喧哗却停止生长的"树"，或站桩于海滨，或枯立于河畔，一声不响诉说着不可持续发展的多舛命运。我深知那不是大自然的失败，那是"植树造林者"的失责。

我在《上海浦东开发开放情况简介》里读到这样的句子："坚定文化自信，建设文化强区，提升浦东文化软实力，布局陆家嘴、张江、临港'城市书房'等一批特色文化空间……"

我在字里行间，仿佛看到一株大树正在成长。一株大树欲参天，坐落在陆家嘴的五峰书院，无疑是浦东大树枝头的绿叶。它在明亮的阳光里，闪现出充满生命活力的新绿……

天池花山小记

　　天池花山者，天目山余脉也，坐落吴中，直望太湖。山之东坡为花山，西坡为天池，两坡合称天池花山，有"吴中第一山"美称。其主峰状若莲花，得名莲花峰。

　　花山东麓有旅舍，取名"花山隐居"。中国隐居文化，属于古代文仕生活，今人生疏久矣。花山隐居？一时间觉得古风浩荡，仿佛穿越时空，"不知有汉，而无论魏晋"了。

　　一座中国古典式庭院，迎面有"空山可留"砖刻匾额，与众不同。踏进前院，穿堂而过，庭中有池塘，曲行有游廊，廊下有山石，石旁有玲珑宝塔，塔旁海棠含苞玉立，只待信风拂来，旋即盛开。

　　拾阶登楼，廊厦深长。左侧露天观景，右侧一间间客房不以阿拉伯数字编号，而是别出心裁：冰心居、涤心居、赏心居、畅心居、沉心居、鉴心居、洗心居、清心居、惠心居、静心居、沁心居、随心居……真是心有所居，归属花山了。

　　夜晚空气清新，伴花香安眠，梦入儿时摇篮。花山隐居的清晨，你是被鸟儿啾鸣唤醒的，窗外喜鹊登枝。

　　都市白领生活，早晨依靠闹钟起床，声声噪耳。花山隐居的清晨，唤你回归大自然。

　　花山隐居的客舍早饭，有素食化趋势。白米粥、煮玉米、蒸红薯及佐餐小菜雪里蕻、白水煮蛋提供人体所需营养。

　　此时，面对近乎寺庙斋饭式早餐，你猛然想起昨晚仓促入住，没顾得开电视看节目。桌旁有人小声告知，这里是花山隐居，客房里不放置电视机。

多年旅行，客房不放置电视机还是第一次遇到。置身当代社会同质化生活，遇到"第一次"的事情很少，N次的事情居多。是的，人类已经被电视捆绑在床上，手机则训练着"低头族"和"拇指控"，我们的人生几乎被锁定小小屏幕里，忘记抬头远眺——前方风景独好。

走出花山隐居旅舍，遥望花山不远。山不在高，有仙则名。我们从东坡起步，乘兴寻访仙踪。花山顶峰海拔一百七十一米，不高。我们安步缓行，沿"花山鸟道"上山，优哉游哉。

花山鸟道两旁，巨石多见，正是摩崖石刻群了。一路观赏石刻，一路引人驻足。首先见到一尊刻有"上法界"三字的巨石。我乃俗人不通佛理，暗暗揣度"上法界"三字含义，深知拜山须怀敬畏之心。

满山皆石，逢石皆字，山野充满石趣。这令花山有了内容。上山途中，我依次看到这样的石上刻字：山种、隔凡、吞石、百忆须弥、龙颔、坠宿、渴龟、华山鸟道、凌风栈……自然风景固然好，人文历史沉淀其间，花山便厚重起来，山水皆有来历。

一尊巨石刻有"向上大接引佛"，令我心情肃然。之后的巨石刻字便是"布袋""皆大欢喜""落帽""卧狮"……前行数十步，有摩崖石刻"菩萨面"。来到"三转坡"巨石前，回望"菩萨面"，遥想乾隆皇帝品尝翠岩寺美味，那尊"菩萨面"巨石无疑是镌刻着天池花山美食历史的功德碑了。

花山的摩崖石刻，字字点睛，处处化魂。倘若空山无字，花山文化内涵锐减，几近野山了。纵观花山摩崖石刻，可谓点石成金。人人行至刻有"且坐坐"的石前，仿佛受到神明关爱，随即倚坐石前小憩，活像个听话的大孩子。

站在刻有"石床"二字大石板前，你会觉得这是神奇造物者为后人预备的下榻处，登山疲劳，请你侧卧歇息。

最具匠心是那尊刻有"仙"字的巨石。这个朱红色仙字将"人旁"置于"山"字头上，透露出民间社会的人格化精神。至于"百步潺湲"巨石刻字，则带我们随流水去了。

一尊尊花山摩崖石刻，开启一扇扇自然之门，让游人领略自然风光之时，还得到心灵感悟。

老子《枕中记》云："吴西界有华山，可以度难。"华山即花山。由此可见，花山宗教活动历史悠久。山间有翠岩寺名刹，历经千年风雨，如今只存废墟，依然吸引游人拜谒。

翠岩寺大殿始建于宋，毁于元，明永乐万历重建，兴盛于清初。翠岩寺大殿"文革"时期被毁，原址遗存十数根石柱，冲天而立，远望宛若举香祭天，令游人难掩惋惜之情。

翠岩寺遗址侧旁，已然重建了大雄宝殿，建筑坐东朝西，并不在翠岩寺山门中轴线上，这有违寺庙常规。聆听讲解得知，起初主张在翠岩寺原地重建大雄宝殿者，不在少数。然而，为维护文物原貌，保护历史真相，吴中最终决定保留"华山翠岩寺"原址遗存，异地重建大雄宝殿。这种胆见卓识极具文化意识，使得只留存十数根石柱的翠岩寺遗址，被誉为"苏州圆明园"，近乎国宝了。

如今，翠岩寺遗址院内古树参天，栎树榉树浓荫盖地。游客行走其间，仿佛置身历史深处，耳畔犹闻般若大家支遁法师开坛讲经。

路经御碑亭，亭内御碑镌刻康熙乾隆游览花山诗作，表达了登临花山终遂夙愿的帝王情怀。

前往莲花峰，须经放鹤亭。仙鹤远去，空余鹤亭。然而，簇簇白花盛开，点染山间春色。我突发奇想，这满山白花或为当初仙鹤抖落羽毛，化作种子迎春绽放吧。

登山途中，道旁石壁刻有乾隆《华山作》诗："问山何以分高下，宜在引人诗兴者。遥瞻濯濯青芙蓉，南嶂犹平堪跋马……"我发现这面石壁曾有刻字，为了镌刻帝王诗作将前人刻字铲平，只剩一个变体的"云"字。

汉字"云"有诉说之义，这个残留的"云"字与乾隆皇帝诗作并存，就这样向后人诉说着什么。有人不知所云。有人知所云。

终于登临莲花峰。这就是吴中第一峰。山巅有巨石矗立，酷似莲花盛开。尽管海拔只有一百七十一米，我立于莲花石前，顿觉高山仰止，斗胆攀登莲花石上，迎风站立，备感自身渺小，了无斤两，放眼远望，绝无一览众山小之豪情。

我以为这就是莲花峰给我的告诫，于是心有所悟，深感不虚此行。

拜谒了莲花峰，沿石阶小路从西坡下山，便入天池境内了。山下就是寂鉴寺。前方有寒枯泉，前方有洗心池，前方有菩萨面，前方有天池禅茶……

游天池花山，登莲花峰，感受好山好水。此前走过不少名山大川，山高路远往往乘坐索道缆车。然而这样的过程好比读书，乘坐索道缆车等于只读了山之前言，便径直阅读山之后记，对中间内容不甚了了。然而重要的恰恰是过程。天池花山仿佛造物主为凡人量身定制。一路游览，不需任何交通工具介入，一派自然天成，令人欣然而忘返。

天池花山，不大不小，正好。那朵硕大无比的莲花，正在海拔一百七十一米的地方等你。莲花盛开，清风入怀。

阳羡与陆羽

近日央视报道，中国茶在美国大有抬头之势，饮茶成了白种人日渐风行的生活内容。从央视记者随机采访画面里，我甚至看到有的体态健硕的美国受访者放弃咖啡而改饮茶了，而且言称遵照医嘱。中国茶，在美悄然形成一门新的产业。以前有过关于日本、印度乃至斯里兰卡茶叶出口超过中国的报道。如今看来，中国茶在西方井始打响翻身仗了。

可巧，我新近从江苏宜兴归来，受到紫砂文化的启蒙，也对我国茶文化也多了点滴了解。我九岁跟随祖母生活，小毛孩子天天喝茶，其实形同喝水。长大成人，对茶文化也是一知半解。如今经济全球化，我们对自家珍宝，一要做到爱护，二要力求光大，然而首先要做到了解，只有这样才能使茶文化深入国人的日常生活，真正成为代代相传的"中国茶"，这也应是实现中华民族伟大复兴的基本内容吧。

说起茶，人们都知道陆羽。查看《宜兴县志》（宜兴古称阳羡），方知饮茶的创始人是个名叫潘三的农夫。他后来被当地尊为"土地神"。而古时的阳羡今日的宜兴，正是陆羽完成巨著《茶经》的地方。

早在唐朝天宝年间，湖汶山坡布满茶树，已然成为贡茶产地。一年春天，时任常州太守派来一个制茶高手，协助当地茶农。这个人就是陆羽。由此可见，名留青史的学者陆羽其时还是手工劳动者。聪明的陆羽在每枝茶尖上摘一粒米似的嫩芽，制出名为"碧螺春"的贡茶，送往长安皇宫。时值杨玉环得宠，她打开茶筒仔细观看，一股清醇香气扑面而来，这茶绿似琉璃，鲜若翡翠，一层白似霜雪的茸毛附着其上，顿觉心脾舒畅。唐玄宗立即下诏常州太守，命陆羽进宫领赏。

陆羽身世坎坷。他是孤儿,被寺院住持智积法师收养,取名陆羽,留在寺院读经煮茶。十二岁离开寺院,一度入戏班为伶。虽然患有轻微口吃,但是他学什么像什么,初露聪慧本色。后来他成为一名隐士的弟子,学识日渐精进。二十二岁他开始游历江南,学习采茶。二十八岁隐居浙江湖州开始写作《茶经》,最终在今日宜兴的湖㳇地区完成了这部"茶的百科全书",流芳后世。

陆羽受到"茶圣"的御封,不骄不躁不脱产,继续带领当地茶农精耕细作,而且扩大了种茶范围,唐肃宗至德年间终于制出"阳羡紫笋茶",连年成为贡茶。于是,陆羽种茶的地方被御封为"唐贡"。陆羽死后,当地民众建起"茶圣庙",以示景仰。

我流连于当年陆羽种茶的湖㳇地区,张公洞的溶洞神奇,玉女山庄的潭水清澈,还有宜兴竹海的醉人翠绿,山山水水,尽透灵气。这景色无不引我思古联想。陆羽:一个民间劳动者,置身茶园,历经风雨,吃苦耐劳,一心钻研,为中华民族创出国之瑰宝,令子孙后代尽享其成,令华夏大地举国清香,实为今日中国知识分子榜样。斗转星移,千年光阴,茶圣陆羽留给我们的中国茶,足以成为中华民族文化的重要组分,传之东瀛,传之东南亚,传之全球,实为吾国吾民之骄傲。

今日,宜兴湖㳇地区已然成为著名旅游胜地。这里出产的"阳羡雪芽""阳羡红茶"备受赞誉。游人至此,落座品茗,一杯清茶,晶莹明丽,散出一股股清香,宛若茶圣之魂永在。时光流逝,茶犹在。陆羽不光造福于宜兴,他也给予中华民族乃至全世界以淡淡清香。陆羽的中国茶,流露着中国人独有的文化性格。因此,茶是不可替代的。因此,难忘陆羽。举凡令国人引为骄傲的中华人物,从宜兴到中国都是不会忘记的——尽管有不少国人改喝咖啡了。

我不禁"望文生义"作如是想:陆,往往令人想起一望无垠的大地,远至天边。羽,则令人想起轻盈的飘扬,无所待。阳羡的茶文化,以轻盈载物,远播天涯海角,光大中华。这正是华夏文化的光芒,这正是阳羡与陆羽的应有之义。

醉在苍翠荷塘间

　　那是无意间谈到"五加皮"，我自然认为这是我所居住的这座北方城市的名牌产品，而且有广告云："五加皮酒，选用本地特产上等高粱，配以十多种中药材加工而成，其味微甜，有祛风湿，舒筋活血之功效，采用传统陶瓷瓶装，古香古色，深受东南亚和南洋群岛等地的喜爱。"

　　这不是虚假广告，句句实情。据说本市"五加皮"曾获巴拿马博览会金奖，当然那是很久以前的事情了。

　　多年前我曾经打电话购买五加皮酒，得到厂商答复"全部销往东南亚"。确实，那些年在我们这座城市的超市或商店，真的没有见过它的靓影。

　　就这样，这座城市出产的五加皮酒，于我很遥远了。法国的香槟、俄罗斯的伏特加、日本的清酒等舶来品，反而显得伸手可得，花钱能够买到。

　　自从兴起网络购物，我也未曾尝试网购五加皮。毕竟不是嗜酒者，有它五八，没它四十。这就是时光。

　　山不转，水转。夏日里从萧山机场前往建德市路上，与接机的朋友谈到当地特产，无意间听到这个生疏而熟悉的名字——五加皮。浙江建德居然冒出什么五加皮？我完全不能相信。因为我始终认为这种具有保健功能的药酒，只有我所居住的那座北方城市出产，而且"全部销往东南亚"为国家创汇，令本埠市民难品甘醇。

　　俗语云：他乡遇故知。莫非我在异乡遇到家乡的名酒？倘若如此，不亦快哉。

建德朋友极其热情，几乎把我当作渴望迪士尼乐园的小朋友，驱车直奔建德市区消夜店，随即叫了瓶"五加皮"。

玻璃瓶，二两装，很是玲珑。我与五加皮隔瓶相望，此者净高一米八八北佬也，彼者酒液深橙色似古铜。这确是建德特产"五加皮"，品牌"致中和"，酒瓶贴签印着"精气神"三个字，显得很是自信。

有史料载，建德的致中和品牌创始于乾隆二十八年即1763年，有徽州药商朱仰懋在这里以"致中和"为店号开业，而"致中和"则出自《中庸》："致中和，天地位焉，万物育焉。"

建德出产的致中和五加皮，于1876年获得新加坡南洋商品赛会金质奖，1915年获巴拿马万国博览会银质奖，1929年获首届西湖博览会优等奖……这就是历史的时光。于是我的固有观念随即被颠覆，原来远在浙江建德地方，更是五加皮酒的古老产地。

我酒量极小，却有他乡遇故的感慨，于是饮光小瓶致中和五加皮，不觉间体会到"精气神"三字的实用意义，果然如此。

几天行走采风，渐渐悟出为何建德出产五加皮酒的缘由。自古新安江水清澈甘洌，实乃酿酒上佳水源。江南气候多湿，经二十九味药材酿制而成的五加皮，恰恰具有祛风湿抗疲劳的功效，可谓此地之物产者，必为此地之所需也。这便应了古诗云"越鸟朝南枝，胡马依北风"。建德出产五加皮，实属必然。

暑月小饮五加皮，心清气爽抖精神，不亦快哉。

其实建德还出产莲子酒。大慈岩近万亩荷塘，其莲产品已经成为地方特色产业。里叶古镇的白莲更是获得国家地理标志。那里酿造的莲子酒，有"里叶茅台"之称。

于是，因莲子酒而寻访古村里叶的十里荷塘，便丰富了采风行程。

建德所辖的地名，总让人觉得颇具诗意。里叶，尽管不知这两个汉字做何解释，已然令人神往。

里叶出产的莲子，在南宋诗词里已有描绘，"荷叶罗裙一叶裁，芙蓉向脸两边开"。清乾隆年间，里叶出产的莲子便被列为贡品。

如今的里叶，已经开发为"十里荷莲子采摘基地"，采莲蓬，赏荷花，踏水车，摸田螺，钓龙虾……夏日农家乐趣，让城市游客沉浸其间，乐而忘返。

我们来到里叶荷塘，纷纷抢拍相继盛开的荷花，将"接天莲叶无穷碧，映日荷花别样红"的诗意收入镜头窃为己有。据说这里已经成了摄影爱好者的天堂。

蓝天阳光下，满眼荷叶充满绿意。令人感到接天碧绿不仅仅是里叶荷塘的颜色，更有居家难得的味道。那一望无际的绿荷散发的清新，处处与你撞得满怀，爽神悦目，深入心脾。

其实我所居住的城市，早年不乏荷塘景色，有"小扬州"之称，因此有作家刘云若民国年间所著长篇小说《小扬州志》。随着城市化的推进，"小扬州"跟随作家而去，荷塘也荡然无存矣。此番拜访里叶荷塘，仿佛成为温故之旅，童年美景的再现，近乎移情——于是疑将里叶当吾乡。

里叶的十里荷塘，直接远山。给人的感觉是倘若没有远山屏挡，那无边无际的荷塘便漫天遍野而去，尽情尽性地充满人间……

我喜欢盛开的荷花，淡雅而不浓烈，安然而不喧哗。其实我更喜欢含苞欲放的荷蕾，它悄然包含的生命力，与盛大开放形成美的对比。一路行走也会偶见几行败荷，那荷茎，那荷叶，全然枯黄，有的侧身倾倒，却株株将周身化作铠甲般颜色，默然透露出生命无尽的顽强力量。

我想起近年时兴的荷叶茶。荷与莲同种同宗，本是浑身皆有用途的植物，即使制叶成茶极有降火清热之功效，因此人们对荷的吟诵，确实具有人生启迪意义。

里叶古村开发新型农村旅游产业，荷塘间已然建起长亭遮阳乘凉。有当地农民出售荷莲产品，老汉的肤色近乎古铜，与碧绿世界形成强烈对比。他出售莲蓬与莲子，被我们抢购而空。人们争而啖之。与以往食过的莲子相比，里叶的莲子味道果然不俗，清脆甘甜，齿颊留香。

买莲子，买莲蓬，买莲芯，这不是寻常意义的购物，分明要把里叶带回家去，将这里荷塘气息分享给亲朋好友。

行走荷塘间，忽闻洞箫声起。其声弥散开去，环绕荷塘不散。这是当地作家朋友以毛竹自制洞箫，乘兴吹奏以抒怀，那洞箫乐声露水似的流淌荷叶间，可谓适得其时。

　　来自天南地北的文友相聚于里叶荷塘，夏日清凉，其乐融融。尽管未饮莲子酒，心也醉了。醉在蓝天绿海里。然而那绿海正是里叶的十里荷塘，那无边的荷绿，染得远山苍翠，那苍翠所蕴含的是这方土地勃勃兴起的生机与活力……

第九辑

山东篇

苹果之约

春天的掌心是向下的，比如我们向田垄地里撒下种子，似乎连掌心也感受到大地的万有引力。种子向下深深植入泥土，投身绿色的梦。绿色梦境里经历几多风雨，渐渐结成丰硕的果实。这就是时光的年轮。

最有资格展示年轮的，是树。从小到大，年轮是树的环状档案，记载着不应忘却的成长经历。大地拥有多少种树呢？我不知道。然而，我来到栖霞，一下喜欢上这个名字：霞光栖息之所。放眼漫山遍野的苹果树，丰饶秀美。那苹果们小红灯笼似的挂满枝头，点染着白日绿野，释放万道霞光。

我从未见过大自然点燃这么多盏小灯笼。白日的栖霞苹果似乎对应着胶东夜空的繁星，你休想数得清。

这就是栖霞的苹果世界。汽车沿着丘陵地带，山路多弯驶向后寨村的作家苹果园，我蓦然想到苹果的不同寻常。大自然物种无数，只有苹果与人类曾经有着禁锢与放逐的故事。好奇的亚当食下禁果，那只苹果便启动了人类走出懵懂的机关。男人的喉结，似乎正是苹果的显形。一只苹果，承载着一个约定。

当牛顿的苹果落在大地上，被称为"万有引力"的科学定律诞生了。这个被人类广泛应用的科学定律居然出自那只苹果的暗示。当今的栖霞苹果，无疑秉承了如此灵性——挂满枝头的一盏盏的小灯笼，使我放弃世故而重返童趣，大孩子似的兴奋起来。

就这样，我站在栖霞的苹果园里，举手采摘果香扑面的苹果。这是醉人的丰收秋季——漫山遍野的苹果宛若绽放的花朵，吸引我将它摘在手里，挂在心头。

秋季的掌心是向上的。这貌似索取的掌心向上，其实是果农们虔诚的承接。一年的艰辛付出，承接着大自然厚道的回报。我从流光溢彩的苹果脸蛋儿里，仿佛看到秋天手掌的老茧——这是劳动光荣的指纹。

劳动，收获赤红的高粱，收获橙黄的小麦，收获碧绿的菜蔬……然而，我却对收获苹果情有独钟，尤其栖霞苹果——它那红得近乎温和的颜色，入肌入理，沁人心脾。

栖霞苹果色红而不夺目，形润而不失范，味甜而不过腻，口感清脆而不喧器。它犹如栖霞民风——淳朴而不失明亮，敦厚而不失力量。

栖霞作家苹果园里，更有令人惊喜的景观。一只只苹果上晒印着一个个作家的名字。一个月前果农们就将参加采风的作家名字粘贴在苹果上，经过日晒光照，作家们跟随着苹果沐浴阳光共同生长。

这是令人兴奋的时刻。我拎着提篮，伏身弯腰在苹果树下往返穿行，寻找着自己的苹果。我提篮里的第一只印着"肖克凡"名字的苹果，是别人帮我采摘到的。第二只苹果也是这样。一瞬间，我蓦然感到寻找自己并非是容易的事情。就这样，当我终于发现那只"肖克凡苹果"，感受到几分激动。不知为什么，我猛然感觉晒印在苹果上的那个名字有些陌生——这个我使用了五十多年的符号。

我不由产生了庄生梦蝶式的联想：我是苹果，还是苹果是我？

无论答案如何，我肯定是站在栖霞苹果园里的。挂满枝头的栖霞苹果的脸蛋儿，应当是我表情的写照。栖霞苹果的表情热烈而温厚。我则体会到丰收的感恩。苹果拟人，人拟苹果了。就其人生而言，我何尝不是那只挂在枝头的苹果呢？苹果饱满而从无自负，那么我就要消除怨艾；苹果甜脆而从无妄言，那么我就要克服虚妄；苹果无语却蕴含内在，那么我就要去除浅薄。我伏身穿行在栖霞苹果园里，这无意间是我向大自然与果农们致敬礼。我与苹果，微妙交流着。人，因为苹果而周正起来。

这正是我在栖霞苹果园里的新鲜感受。因此，这里的苹果确实是引发遐想的智慧果，不仅仅是牛顿。

我们告别作家苹果园，一路下坡而去。沿途我看到妇女们将收获的苹果装入荆条筐里，其势浩荡。然而她们表情淡然，毫无夸张与造作。我敢断定，她们将劳动喜悦投映于苹果脸蛋儿。那一只只即将进城的苹果，便有了人们难以察觉的心情。

这心情，便是栖霞对这山这水的承诺；这心情，便是苹果与栖霞的约定。

我们经年生长在这里，是栖霞的苹果。你们祖辈生活在这里，是栖霞人。

栖霞与苹果，浑然而一体。栖霞的苹果，一只只将笑意写在脸上。这苹果的笑脸告诉你：君与栖霞，今生想逢于此，前世必有亲情。

苹果的约定，香甜而入梦。

半月湾石子

从大陆渡海去长岛，极目远望，觉得世界如此简单：水、天；天、水，还有那透明的风。人，也透明起来了。

途中遇到风浪，真当应了那句"风来浪也白头"的人生感慨。渡轮靠了码头，我回头望去，大海竟然平静了。风，分明就是一只无形大手，一度弄乱了大海的头发，很快又抚平了她的容颜。

驱车前往半月湾。这半月湾，说是长山列岛的著名景点，乘车路上满眼是浅绿色的山，深蓝色的海，红玛瑙般的朝阳……

半月湾到了。

半月湾到了。一个老汉迎上前来，不曾寒暄，操着海味山东话向我们发出忠告说：半月湾石子，每人只许拣十颗，违者罚款。大家听罢都笑了。我暗暗猜测，半月湾石子，一定是此地的珍品了。

越过高岗，我看到海湾宛如半月，拥着柔情海水，一望无际。海面上，浪波不兴，展展如一页大自然的蓝色诗笺，待你提笔挥洒；海边上，微波轻轻拍打着海滩，好似慈母慎慎抚摸着娇儿，如歌如诉，尽是母爱童贞；白云知趣地全都退到天边，让蓝色的大海无遮无拦地仰望着蓝色的天空；太阳渐渐西去的时候，挂在半月湾左角弦上，染得海上泛起道道金光。日"月"共在，天水一体。

同伴们已经开始拣石子了。我这才想起，半月湾石子！

海滩分明是石滩：数也数不清的石子被阳光晒得泛白，只有浪花抚摸的地方才是五色缤纷的世界。千姿百态五光十色的小石子，洁白的如美玉，橙黄的似金橘，鲜红的像玛瑙……此时，你会想起童年时代的万花筒，只觉得世界如此美好——尽是可爱之物。急忙忙，我脱掉鞋子，挽起裤角，忘情地站在海水里，去寻、去觅。

我拣起晶莹如琥珀的球石，又拣起棱角非尽的扁石，拣啊拣，我渐渐进入充满神奇色彩的世界。

同伴们都已经回到海滩上，各自欣赏着拣到的宝贝。有人向我喊道，不要太贪，只许拣十颗。我这才想起世界上还存在数字概念，不由心底一沉，对手里的石子难以取舍。

涉水上岸，数了数兜儿里的石子，二十二颗。爱不释手，每一颗石子都向我眨着眼睛。

啊，我面临着忍痛割爱的考验。颗颗都是珍品啊。忍痛放弃几颗，我踌躇了。

同伴们回到停车的地方休息了。海滩上只剩下我。我又择出几颗，让它们重回海滩。兜儿里装着十颗石子，向停车地方走去。

蓦地，一个"聪明"的念头闪过我的脑海。我返身走回，飞快地拣起那两颗被我放弃的小石子，塞进自己鞋子里。

叔叔——一个童声在我身后响起。扭头去看，不远的地方站着一个小女孩。她一脸稚气，两只黑葡萄似的大眼睛注视着我。

她对我说，看守海滩的老爷爷说，每个游客只许拣十颗。这海滩，已经被拣下去二尺厚啦。

我的心一动。是啊，我们不能这样自私，独占了人间美好。这半月湾，每天都有游客前来，应当让大家共同分享这大自然独具匠心的美妙——半月湾石子。

我连忙脱下鞋子。

小女孩又说，叔叔你要是特别喜欢那两颗石子，就算是我拣的数儿，送给你啦。

丢下那两颗石子，我朝着汽车跑去，不敢回头看她。

叔——叔！那小女孩大声喊着。

归来路上，同伴们在汽车上互相传阅着石子，纷纷坦白：这个拣了十八颗，那个拣了二十四颗。几乎没人遵守看守海滩老汉发布的规章制度。

我静静听着，回头去看——那小女孩站在高岗上，朝着我们的汽车挥手告别。

回到家里，我将那十颗美丽的石子泡在一只小小的玻璃缸里，摆在案头。有时深夜写作，那石子就变成一双双亮晶晶的眼睛，久久注视着我。

日照短笺

东夷小镇

西狄东夷，南蛮北胡，这是古代中原王朝对偏远地区的惯用称谓，以此确立至尊地位。千年时光流转，中华民族融合，此类词语渐存故纸。然而，汉语词性毕竟积淀历史成因，仍然少有诸君以"夷"自况。这犹如我身高异于常人，而不愿以"傻大个儿"自谓。就这样，当我闻知日照地方有东夷小镇之所在，傻大个儿如我者，不禁萌动好奇之心。

晚间抵达东夷小镇，暮色四合，灯火闪烁，小街两侧建筑颇具古风，难以识别真古还是仿古。只觉得东夷小镇清静不喧，倒是个行旅安歇的好地方。

匆匆投宿顿觉腹饥，幸有主家安排微澜酒坊用餐。这是我东夷小镇的首餐。厨师手艺不错，中规中矩的鲁菜味道。

一连两天都是清早外出采风，时至晚间如鸟归林。故而感觉东夷小镇街宽客稀。只是采风结束那天，午后匆匆赶回东夷小镇准备返程，心急误入左近小街。忽见满街游客爆满，所见餐饮摊位异常繁忙，主客交易如流水不绝。于是顿生连日与世隔绝之感慨。好在我告辞东夷小镇之时，有缘充分感受到商旅繁华景象，看来小镇取名东夷谐音"东宜"，委实吉祥。拎起行李箱离开客栈，回首看到牌匾名曰"得驿"，客栈谐音"得意"或"得宜"，越发觉得齐鲁文化的妙处。

浮来山银杏树

上午走出莒州博物馆增广见识之余，我终于不再读错别字了，完全彻底掌握了莒字的正确发音，此乃大收获也。得知后续行程前往浮来山观赏银杏古树，我重犯望文生义老毛病：那座山是从哪儿浮来的？随即暗生小聪明，依照山东口音若叫"佛来山"岂不更好。年逾花甲切忌自以为是，于是专心关注银杏树了。

记得那年恰逢银杏成熟季节，我率天津作家团访问韩国首尔。一条大道两旁遍植银杏，其势参天。只见身穿制式马甲的志愿者，几人合力摇晃树身震落银杏果实，如此原始古老的收获方式给我留下深刻印象。

登临浮来山未见银杏古树，山间小径巧遇镂刻"象山树"字迹的巨石，相传出自《义心雕龙》刘勰手笔。"象山树"下可见盘龙状古藤。多年写作常用词组，唯有见到这株九曲十八弯的古藤方知"盘根错节"这一词语精妙，犹如杜牧《阿房宫赋》所言宫殿飞檐"钩心而斗角"。转而定林寺拜谒银杏古树，果然巍峨高耸难以言状。低观其根茎裸露地表，其骨硬若钢筋，形似龙爪抓地。仰望树冠目不可及，堪称遮天蔽日，浩浩然荫及十数丈有余。至于这株银杏树身周长多少，则有故事流传至今。

明朝嘉靖年间秀才赶考路经银杏树下避雨，忽发兴致意欲丈量树身几拱，便放置木棍标为原点，一搂一搂丈量起来。量至第七搂仍未接近木棍原点，扭脸竟然看到原点地方站着个也在避雨的小媳妇。由于银杏树身过于粗大，互相遮挡均未发现对方。此时秀才为孔孟礼教束缚，只得以手拃方式继续丈量，丈量至第八拃恰至小媳妇身边，只得将她身体宽度计算在内，于是浮来山银杏树身周长便就有了"七搂八拃一媳妇"的说法。这故事听来令人莞尔。

这株银杏树颇有来历。树下石碑两座，一座镂刻"天下银杏第一棵"金字，立于 2000 年 5 月。一座落款为"清顺治岁次甲午孟夏"，其碑文追记当年鲁公莒子会盟于银杏树下，可谓时光久远矣。另有碑文镂刻"隐公八年九月辛卯公及莒人盟于浮来。"此株古树目击两千多年前《左传》记载的诸侯会盟场景，实乃树中彭祖，堪称历史活化石。

岚山海上碑

海面平静，天空晴朗。三百多年过去了，无人知晓那天王铎来到岚山海边，天气究竟如何。我猜测是日天气不错，而且适逢落潮，海岸边礁石毕现，一派毫无装饰的样貌，裸裸呈于王铎面前。遥想海水渐退渐远，天公作美，地呈祥瑞，无疑成就着安东卫非同寻常的时刻，书法家王铎给海州湾畔留下旷世珍稀的景致。

三百多年后，有当代日照文士撰写相关资料云："乡人苏京极力邀请王铎在岚山头海州湾畔的礁石上刻下了八个大字，'砥柱狂澜''万斛明珠'，共同造就名噪中华万里海疆的风景名胜——岚山海上碑。"我读罢此句顿生疑窦，该文关键词义为"王铎在礁石上刻下八个大字"，由此可见是日王铎既携墨挥毫书写，又舞锤勒石镂字，一代书法家可谓脑体并用文武兼备，此类民间传说令人忍俊不禁。

近观岸边礁岩，既镌有大书法家王铎墨宝，还有"星河影动""撼雪喷云""难为水"的书法珍迹镂刻，其字雄健与柔美兼而有之，勒石阴文填以赤色，字迹如新，煞是醒目，据传乃乡贤苏京遗墨。尽管碑文言简意赅，貌似海天景色描摹，然而字字蕴含文人情怀，则要用心体会了。

我肃立岸边观瞻先贤墨宝，不解何以称为"海上碑"，就其坐落位置而言，分明岸边绝非海上，就其镌刻技法而言，称其礁崖石刻亦无不可。然而，历代后辈坚称"海上碑"，其中必有道理。纵观岚山海上碑因势造形，既有人文构思也有地理选择。只见尊尊礁石背朝大海，赤身无字不惧海水冲刷。然而镂刻字迹的礁岩面朝海岸，足以避免海浪冲击而尽得安逸。古人匠心令后人敬佩。

日出日没，潮起潮落。这令我想象每逢潮退之时，正是大海有心掀开册页，供有缘之人欣赏先贤墨宝，领悟碑文所传达的人生况味。每逢涨潮之时，则是大海合拢册页，令有缘之人静候开悟时光。于是，这字字珠玑的岚山海上碑，便成为大海之书。有海涛声声传来，那是大自然书声琅琅，引领你阅读人间事物，引领你思索人生道理。

阳光海洋牧场

等候小艇将我们转运至大船，人人身穿杏黄色救生衣。这是惯例。大海偶有顽皮时候便会送你免费洗澡。因此杏黄色救生衣就是游客护身符，此时救生衣宛若亲爹亲娘的呵护，而且是水性极好的爹妈。一艘小艇坐满等待转运的游客，使我觉得小艇由一块块杏黄色积木组成，反而忽略了小艇自身。我觉得身居大都市不会产生如此联想，只有大自然能够唤发生疏久矣的孩子气。大海是成年人的阳光牧场，产生积木式的联想根植于孩子气。于是，我也变身为杏黄色板块，被第二艘小艇转运到大船上去了。

阳光海洋牧场是旅游景点，远远望去宛若钻井平台矗立海上，不由想起原油涨价每桶曾达一白二十八美元。离岸航行四十分钟，其间甲板拥满游客，满脸急迫亲近大海的表情。我似乎对大海有些冷淡，可能与身居海滨城市有关吧。

满载欢乐的大船靠泊平台缓缓停稳，一只只杏黄色积木鱼贯登临，随即发出人类的欢呼。我暗暗观察欢呼最甚者，基本来自内陆省份，他们对大海的向往犹如处子，这使我联想起文学理论"陌生化效应"，尽管未必贴切。

我于工业系统工作多年，曾经乘坐气垫船登临此类"海上堡垒"。然而此时融身欢乐群体，尽管稍显几分克制，我还是举起手机自拍起来。

这显然是大海对我的感召。我不得不承认，虽然年逾花甲依然是大自然的孩子。此时阳光普照海洋，也唤醒我的孩子气。在日常世俗生活中，孩子气则是幼稚无谋的代词。只有在文学世界里，孩子气可比稀有元素，视为珍贵。

游客们来到阳光海洋牧场纵情钓鱼。我则独钓往事矣。

阳光不私

　　早年京津市民多饮花茶，谓之"香片"。电影《骆驼祥子》里车夫喝的"高末"当属花茶类。随着绿茶勃兴使得京津地区改饮绿茶者众。当年中国版图最北茶叶产区非河南信阳莫属。似乎信阳以北地区无以种茶。

　　山东则成为另类。青岛日照一跃成为中国最北产茶区。日照绿茶名声日隆，渐得京津民众认同，我也成为日照绿茶的消费者。

　　日照茶博园坐落于北高南低的向阳坡地，乃是中国江北地区最大的有机茶示范园。俗话说南方有佳木，我曾多次在广东、福建、贵州等地茶园尝试采茶。此番采风站在日照茶田垄间，恍惚置身南国。

　　日照产茶不无来历。瀚林春茶园附近即有"驻跸岭"和"解甲庄"村名。相传唐王李世民东征归来，曾于此处引山泉冲泡桑叶茶。此类民间传说显然助长日照绿茶的种植。尤其日照茶园间种豌豆、苜蓿和金银花，以此类黏性植物吸引啃食茶树的飞虫，令我再大长见识。

　　放眼茶园满眼翠绿，我突发奇想。太阳当空普照大地，无不恩泽遍地，可谓不偏不私。试问谁人不沐阳光，何处不见太阳。然而，偌大中国版图只有这座城市取名日照，经年不断强调着这个普世的事实——这里是太阳照耀的地方。

　　我不懂得日照地方历史，也不晓得日照地名由来，但是我感觉此地取名日照，似乎印证着始自先祖对太阳的感恩。

　　一个对太阳心怀感恩的地方，应当出产好茶。既然日照阳光不私，但愿我此言不虚，仅以短笺记行。

蓬莱琐记

我读初小时跟随外祖母生活，朦朦胧胧懂得人终会离开这个世界，便急切地问询说"姥姥您能不能不死哇"，记得她老人家爽快地告诉我，"能！成仙呗。"从此，我对神仙生活的地方，有了好奇的初心。

最早听说的人间仙境，正是山东蓬莱以及长山列岛。小学有了地理课程，我还在中国地图册查找过曾经出现海市蜃楼的所在，那里是住有神仙的地方。我连一个神仙都没见过，蓬莱那里竟然有八个神仙：汉钟离、张果老、韩湘子、铁拐李、吕洞宾、何仙姑、蓝采和、曹国舅。这还了得。

长大成人，初次到达蓬莱，那是三十五年前的事情。从天津乘海轮到烟台下船，乘没乘公交车我忘记了，只记得去蓬莱阁是乘坐"嘣嘣嘣"的农用三轮车，车费一角五分。那时候海边空旷，远远即可望见心仪已久的蓬莱阁，岿然耸立海边，并无他物。不知为什么，我觉得蓬莱阁是漂浮在海面的，这可能与我自幼将其神化有关。

那时还可以下到蓬莱阁近前的海滩。脚踏海沙，近观礁石，清风轻拂，浪花不兴。远望大海烟波浩渺，长山列岛依稀可见，颇有仙境不远的虚幻。偶然回望蓬莱阁临海墙壁上"大好河山"四个巨幅书法大字，猛然想起"天地者万物之逆旅"的名句，引发"光阴者百代之过客"的思考。正是如此蓬莱阁，以神仙故事流传，令我们积极面对人生，不愿虚度青春大好时光。

人间正道是沧桑。三十五年过去，弹指一挥间。此番重访蓬莱，首先惊诧其市容的清洁秀美。青草伏地，绿树成荫，几乎看不到裸露的黄土，这是大自然令这座滨海小城周身尽染绿意，还是这座滨海小城向大自然敬献的苍翠衣裳？我认为这是人与自然的相互给予，很像"云想衣裳花想容"那样自然天成，改革开放的蓬莱人为建设美好家园，付出无比巨大的努力。

蓬莱历史悠久积淀深厚。最早见于《山海经》"蓬莱山在海中"的记载。尽管《列子》被历代学者疑为伪托之作，其中也有"五曰蓬莱"之句。春秋战国时期所言渤海中三座神山，蓬莱居首。秦始皇东巡求仙也有"蓬莱仙山"之说。至于汉武帝瞭望蓬莱仙山而不得，遂下令筑城曰"蓬莱"以满足龙颜尊严。就这样，这座小城染得仙气，千百年来形成的神仙文化，已经成为民间文化瑰宝，至今流传不衰。

关于民间神话传说，中华民族如此，欧美国家亦然。我国翻译介绍的《希腊神话与传说》，其中有些内容与中国八仙神话传说形成文本互映。从比较神话学意义讲，人类神话传说既有共通特征也存在文化差异，从而构成世界文化现象。

此番参观游览，走过"人间蓬莱"牌坊，旅游景区明显扩容了，可谓"增其旧制"，蔚为大观。我边游览边拍摄，随即将照片发到朋友圈，马上有人根据"丹崖仙境"牌坊，断定我在山东蓬莱，由此可见蓬莱知名度大矣。

弥陀寺、天后宫、龙王宫、吕祖殿……我仔细观察一座座建筑，无论新建复建均形成文化整体，依然以蓬莱阁为文化核心，保持着"神仙文化"的原型。

穿过"显灵"的拱门，果然有"仙音"显灵，听到悠扬琴声自远处传来，很是悦耳。我们寻声而去，来到一座戏台前。操琴者高坐戏台中央，一只京胡拉奏的曲牌，疑似"得胜令"。我们驻足聆听，沉浸其间，不肯离去。显然喜逢知音，琴师不停演奏，形成"此曲只应天上有"的场面，竟然忘了鼓掌。

过"碧海丹心"照壁，已然是蓬莱阁核心地带。我见到"八仙醉酒"的大型彩塑，一个个醉态可掬似乎没了神仙形态，完全成为现实世界里的可爱人物。这时候我猛然悟出，中国的神仙文化，有其不可忽视的文化特征，首先是人格化的神，他们修炼为神依然热爱着现实生活。

于是，我站在蓬莱阁八仙神话传说的彩绘壁画前，情不自禁重返童年时光。似乎只要置身神话传说世界，人人皆是儿童。

彩绘壁画里已然羽化成仙的韩湘子，有史记载他在凡间是唐代大文学家韩愈的侄儿，名为韩湘。这时候，我猛然想起儿时我问外祖母，人为什么有右手与左手的区别，她老人家给我讲了韩湘子的故事，至今记忆犹新。

民间传说韩湘子修炼成仙，却思念尘世间的妻子。一天夜里他脚踏五彩祥云莅临人间，远观妻子沉睡袒露臂膊，便悄然降落伸出左手扯起被角，以免妻子受风着凉。之后返回天庭他伸出左手指向南天门，那门竟然不开。只得换作右手一指，南天门随即洞开。韩湘子当场醒悟，左手沾了凡尘从而失去神仙法力，因此天门不开。神仙既然如此，人间也有了右手与左手的区别。如此神话传说为人类生活做出的解释，是多么可爱、多么可信、多么童心不泯。

多少年过去，我再未听到有人如此讲述右手与左手的来由。此行来到山东，人在蓬莱，唤起童年记忆，我愿将这则民间传说献给亲爱的读者，以丰富蓬莱八仙神话传说，使其生生不息。

我不通文史，此番游览蓬莱阁得知苏轼曾经官仕于登州，尽管短短"不旬日"却留有诗作，令后人欣赏。

"东方云海空复空，群仙出没空明中，荡摇浮世生万象，岂有贝阙藏珠宫，心知所见皆幻影，敢以耳目烦神工，岁寒水冷天地闭，为我起蛰鞭鱼龙，重楼翠阜出霜晓，异事惊倒百岁翁，人间所得容力取，世外无物谁为雄……"

苏东坡的诗就这样镌刻于墙石，供吾辈后人品鉴其中深意。这正是八仙神话传说与古代文豪诗作的相通之处。

蓬莱风景区景致多多，即便流连不止，也难尽其详。不可遗漏的当然包括戚继光故居。拜谒这位名彪青史的抗倭名将，闻知英雄因张居正案遭贬免官，晚年归居故里的悲凉结局，即使故里街道遗有两座御赐石砌牌坊以示皇恩浩荡，依然令人心生戚戚焉。

参观戚氏故居，一间婚房还原着当年戚继光娶妻王氏的场景。大红喜

254

字下题有"芝兰茂千载，琴瑟乐百年"的吉言。人物塑像则选择了洞房花烛夜夫妻比武的场景，令人莞尔。

其妻王氏，万户南溪王栋将军之女，她通晓军机，有勇有谋，既是贤内助，也是将军虎女。我觉得有关王氏夫人的抗倭事迹，完全能够与丈夫比肩，流传后世。

起初戚继光镇守余姚临山卫，倭寇来犯，人心浮动，守城将士纷纷将家眷送走，意在保全子嗣。王氏夫人也随家眷撤离，她乘轿路经东街桥，目睹众多家眷慌乱撤离的场面，暗自思量："家眷撤离，军心涣散，抗倭怎能获胜？"她立即回署，放弃离城的打算。她的行动感染着将士家眷们，人心安定，形成同仇敌忾的气势，终于大胜来犯倭寇，人们将她停轿的东街桥改名"王氏桥"以示纪念。

后来戚继光率部台州抗倭，王氏携家眷亲属居住新河小城，只有少量"戚家军"护卫。大批倭寇突然包围新河小城，军情危急，王氏说服守城兵士，令全城女人孩子身穿"戚家军"军服，列队登城守卫。倭寇见城楼上布满"戚家军"顿感兵单势薄，不敢贸然进攻，退兵而去。王氏夫人临危不惧上演"空城计"，可见这"半边天"胆识过人，巾帼不让须眉。

参观戚继光故居，这位抗倭英雄的事迹自不待言，他的正室王氏夫人同样给游客留下深刻印象。至于戚继光晚年苦于无嗣连纳两妾，终于引发正室不满而分居，则令后辈游客唏嘘不已。

以往我们只讲英雄光鲜闪亮的故事，甚至不食人间烟火。我在戚继光故居听到导游介绍抗倭名将晚年家庭生活的真实故事，反而引发我们对真实历史的信赖、对英雄人物的敬重、对儿女情长的感慨，这才是真正的戚继光故居带给我们的感受。

讲好山东故事，首先要讲好蓬莱故事，讲好蓬莱故事，首先要真实有趣。匆匆游览，走马观花，对以神仙文化为主打的蓬莱旅游事业，有了几分肤浅的了解。纵观中国百姓对求仙的理解，与封建帝王有着本质不同。中国历代帝王求仙以获得长生，中国寻常百姓则通过求仙以获得平安幸福的生活。帝王求仙终不得，百姓求仙乐陶陶。

随后参观君顶葡萄酒庄园，我购得葡萄籽精油香皂四枚，以期将葡萄的香气与蓬莱的仙气带回家去，供亲友分享。

告别之际要我们留给蓬莱一句话，我不假思索脱口而出："我向往仙境，但我更热爱人间蓬莱。"

祝福蓬莱成为人间仙境，令吾辈尘世生活平安喜乐。

行走章丘寻古风

　　小时候知道的中国地名不多，譬如北京、上海和唐山，居然还知道章丘。记得经过天津闹市区瑞蚨祥绸缎庄，老辈人说："这是章丘孟家开的……"那时天津是大商埠，当地人对工商业有所了解，我因此而闻知章丘地名。

　　读小学时看了《水浒传》，一百单八将的大名，几乎倒背如流。其中有梁山好汉汤隆乃是铁匠出身。铮铮铁匠赤胳挥锤打铁，火星四溅，烫得浑身疤痕，因此落得"金钱豹子"绰号。这汤隆令我想起章丘铁匠，益发唤起小孩子阅读兴趣。因为章丘铁匠打造的铁器，那是远近闻名的。

　　近年来几次乘坐高铁路经章丘，车窗外绿油油的田野很是养眼。此行有章丘采风机缘，首先便是参观章丘博物馆。走近这座颇具汉代风格特征的建筑，仿佛脚踏历史与现实的交汇点，引发参观兴趣。

　　一个地方的博物馆，既是浓缩地域历史文化的长廊，也是感受风俗沿革的现场。章丘千年古县，不乏历史文化名人，更有名泉流淌其间。远望章丘博物馆巍然而立，本身就是无言诉说，诉说着悠久的历史文化积淀，也诉说着这里的人类文明遗产。

　　走进章丘博物馆展厅看到"瑞蚨祥"商号横匾，三个正楷大字出自天津书法家华世奎手笔。我是土生土长的天津人，见到乡贤遗墨却不知"瑞蚨祥"的"蚨"字何意，聆听讲解终得其意，不乏小孩儿般惊喜。

　　蚨者，古代为铜钱别名。古书称蚨为虫，蚨母即青蚨。传说用青蚨血液涂以铜钱，可以引钱使归。商人逐利，自古皆然。然而章丘孟氏以"瑞蚨祥"命名商号，可见其"融儒于商，贾而好儒"的商业理念，与如今

"富豪大酒楼""金皇大饭店"的"直白露"相比，显示出中华传统文化"以德为本、以义为先，以义致利"的儒商内涵。

参观章丘博物馆古代文物展台，从古代黑陶到黄金饰品，我不意间看到四枚蚕豆般黄金饰物，名为"纯金节约"。自从识字以来接触"节约"词语，均为节俭简约之意，从来不曾想到"节约"竟为马具配件。古代马勒多为皮革制作的缰索，皮革缰索相交处，多以带有钮鼻的铜环连接，起到节制约束的作用，此铜环谓之"节约"。我遍查当今词典，均以"节省俭约"解释"节约"本义，却无处提及马具用途。

站在章丘博物馆展台前，面对远古先民的遗物，我越发意识到自己无知，由此可见，读书是积累知识的重要途径，同时博物馆则具有对汉语权威辞书拾遗补阙的功能。

章丘博物馆馆藏丰富，从新石器时期的石铲石斧石镰，到汉代墓葬出土的诸多陶器，从龙山先民文化以至民国年间，好似历史长河奔流而来，无知如我者，从中淘得"蚨"与"节约"的知识，也算不虚此行了。

章丘博物馆的建立与设展，无疑代表着官方主流的文化意识与历史担当。当我们走进代表民间传统文化村落时，却有着别样的文化启示与现实感悟。

章丘区文祖镇的三德范村是个古村落，至今存有石砌城楼。穿过拱形城门走进村子，我极其无知地问道："三德范村民是不是大多姓范？"村干部笑了。

村道左侧白墙上墨笔大字写着"智、仁、勇"。下有竖写小字注解："好学近乎智，力行近乎仁，知耻近乎勇。"

这时我终于明白，智、仁、勇，谓之三德，出自《中庸》二十章。范者，榜样也。该村以三德为行为规范，因为得名"三德范村"。他们强调的是榜样的力量。尽管榜样有时处于落落寡合的境地，他们依然坚守，并不动摇。

三德范村庄不大，显得有条有理，一派祥和。参观该村的档案室，令我惊诧不已。一只只铁皮柜里，是一册册硬壳档案匣，一册册档案匣里完整保存着自清末民初以来的各类资料，有民国以来的户籍登记卡片，有建国初期土地交易契约，有多年以来的全村财务台账，甚至还有数页英文资料，原来是走出三德范村的海外游子在美国发表的学术论文……这间档案室，几乎就是活生生的三德范村"村史"陈列馆。

我打量着一卷卷颜色泛黄的字纸，内心越发感慨，这个齐鲁大地的小村庄，竟然如此严谨精道地保存着百年以来的完整档案材料，乃是有些大公司难以企及的。这正是三德范古村的真正意义，辈辈不忘先祖，代代不改初心。于是，我们的传统道德文化也就这样流传下来。

阳光灿烂走进坐落公路旁边的李开先纪念馆，同样感受到齐鲁大地生生不息的历史文化传承。

历史名人李开先，章丘绿原村人，明代著名文学家，嘉靖年间进士，入仕为官，人品刚正，通声律吟诵之学，多年潜心词曲创作，"文必秦汉，诗必盛唐"，与他人并称"嘉靖八才子"，他的代表作《宝剑记》，问世即轰动朝野，名重华夏。另有南曲《傍妆台》《中麓小令》，散曲《卧病江皋》，词曲理论著作《词谑》流传后世。

令我感动的纪念馆创办人李姓老支书。十年前他号召全村自力更生建起"李开先纪念馆"。这位六旬老汉身材不高，却充满历史担当的活力。他走村访舍，踏勘寻物，极力发掘颇具历史文化价值的古碑古匾以及散落民间的石雕，在原本废弃的李氏墓茔建造起这座纪念馆。他老人家不图名不逐利，竭力保护地方传统文化，使得被湮灭文物重见天日，力求把历史真迹留给后代子孙。

李开先纪念馆墙壁上，挂着几幅珍稀的当地照片：龙藏洞——嘉靖二十四年，四十四岁的李开先与友人同游，并作《游龙藏洞记》。李家亭——《宝剑记》剧本脱稿后，由雪蓑、刘九等人在此排练并演出。

一帖帖照片历史久远。我凝视老支书那双因常年劳作而畸曲变形的大手，想象着建造这座纪念馆的一砖一瓦、一石一木。一年四季，无冬无夏，这位老支书常年坚守这里，接待前来拜访先贤的人们。我们可以这样设想，如果没有这位老支书，如果没有建起李开先纪念馆，这里只是一块春季泛绿冬日枯黄的土地而已，关于历史、关于文化、关于风物掌故的流传，我们只能去浩若瀚海的字里行间去寻寻觅觅，甚至不明所以空手而归。从文化守望的意义讲，我以为称颂他为"民间文化义士"并不过誉。

章丘大葱远近闻名。采风走访农业示范点"青葱庄园"，我却意外发现满墙介绍章丘打铁历史的文字，再次与"民间"相遇，令人惊喜。这面墙上有诗描绘章丘打铁场景。

"庄庄净是叮当响，锤点压过寺庙钟，家家不用打鸣鸡，锤声连连报五更。"

明初定鼎，燕王扫北，动迁移民，有袁峰袁岭兄弟离开洪洞大槐树，一路打铁来到章丘，定居下来，形成打铁传统产业。抗日战争爆发，章丘铁匠大多搭伙为伍，投入军工生产，为抗日武装力量打造兵器，有歌谣为证："章丘铁匠改了行，深山密林建厂房，不打锨镢造刀枪，专杀鬼子打东洋。"

到了 20 世纪 50 年代，章丘县人口七十三万人，竟有三十八万人以打铁为生，炉火映红半边天。正可谓打铁的章丘，铁打的章丘。

过午时分，一路攀登齐长城，放眼望去，石砌长城蜿蜒而去，爬上山梁。只见齐鲁大地郁郁葱葱。山坡栽满花椒树，正值壮年，枝生芒刺，含苞待放，好似兵士守望城墙。有南方同行者不识北国花椒树，连称收获不小。以知论行，以行增识，这正是民间文化反哺意义所在。它犹如齐长城的石板，不言不语却见证着千年历史。于是，我捡了小块石头带回住所，以牢记知行在民间的道理。

第 十 辑

东 北 篇

蔚蓝色的大连

知晓大连

天津有一座著名的开启式铁桥，落成于旧时法租界，当时俗称"法国桥"，后来西方列强退出中国，中华民国政府收回外国租界，改"法国桥"为"万国桥"，以示和平。中华人民共和国成立了，翻身农奴把歌唱，它叫"解放桥"了。

解放，对于中国人民来说是个无比宏大的词语。解放桥因此而宏大。

解放桥坐落在海河上。沿着海河右岸下游不远处，有一座河运码头。它旧称英商太古码头。进入新中国，它被人们称为"大连码头"，距离大连码头不远的地方，有一条名叫"大连道"的柏油马路。

我知道大连，完全因为这座大连码头。当然也包括大连道。为什么叫大连码头呢？因为天津人从这里登乘轮船，沿海河而下，直出大沽口驶入渤海，前往大连。由于这座大连码头，我从小知道远在大海那边有座名叫大连的城市。当然，那时候曾经叫"旅大"，乃是旅顺与大连的合称。就像武昌与汉口的合称叫武汉一样。

后来我知道，大连市有一条"天津街"，天津市有一条"大连道"，这是两座城市的互相赠予。

大连，这是我自幼得知的词语，几乎与北京同时。知道北京，因为它是首都。知道大连，因为它在水一方。

水，是大连这个词语的应有内容。海水，是大连这个词语的具象内容。多年后我为《胶东文学》题词："两座半岛伸出两条胳膊，几乎将渤海围成一座大湖，只是上帝给这座大湖多撒了一把盐，这就成了味道咸咸的海。"

大连，就在"大湖"对岸，习惯以海里表达。在我的认知世界里，前往大连肯定是要乘船的，从来没有想过火车。大连，一个近在咫尺却隔海相望的地方。

大连初步

只要想起大连，便感觉那是一座沐浴在晨曦里的城市。我留下如此印象与首次抵达大连港口所见景象有关。那是20世纪80年代初，我首次乘船前往大连，记得船票不足十元钱。

夜海航行风平浪静，渤海湾宛若巨大无比的墨池，黑得令人恐惧。深夜大海无边，终于使人懂得，阳光下的蔚蓝只是大海的某种表情而已。大海表情多样多变，比如惊涛是它发出的欢笑。

一夜航行，大海渐渐褪尽墨色。微风轻至，晨曦初降，我走出船舱抬头远望，一座码头蓦然跃入视野，呈现在薄若轻纱的晨晖里。大连到了。

渐渐近了。首先看到候船室，老派风格的建筑。噢，这里也叫大连码头啊。这里才是真正的大连码头。我从天津的大连码头，来到大连的大连码头。我从彼大连码头来到此大连码头，这似乎蕴含着某种哲学意味。西方哲学家说，一个人不能两次跳入同一条河中。我呢，却经历了两座不同的大连码头。

随着人流下船，沿着码头长廊前行，首先是码头小广场。就这样，我走进晨曦里的大连。晨曦，给这座海滨城市披了一层薄纱，透露出东方式的神秘。

多年后，我从《大连日报》记者周代红的采访里读到这样的文字："天津与大连，这两座城市相互张望，就如同两个人彼此打量，寻找借鉴意义。"

三十年前我首次走出大连码头，确实四处张望着，急于了解这座历史并不悠久却有着丰富内容的海滨城市。

太阳升起了。我回头瞭望大海。这是大连的大海。阳光大绽，大海渐渐呈现蓝色。是啊，从黄土高原发祥被黄河流域滋养的中华民族，历来以黄土文化为特征。大连的蓝色属于海洋文化符号。海洋象征着开放与包容。开放与包容，这应是蓝色的应有之义。

漫步大连城区，寻找着蓝色海洋文化的细节。一座城市的细节，无不透露着城市性格。一处处细节，无言诉说着这座城市的秉性。

我站在 20 世纪 80 年代初期的大连街头，看到大连女人们衣着整洁光鲜，不声不响走出思想禁锢地带，悄然之间与南风北渐的服装时尚接轨。她们以北国女子的挺拔秀美，成为海滨大连的独特风景。

我在八七疗养院附近，遇见几位略施淡妆的中年女士，她们波浪式新颖发型，暗红色唇膏，闪亮的胸花……我被她们勇敢自信的精神感动了。中国改革开放初期，思想守旧的北方城市尚无时尚潮流，大连女人当仁不让走在前列。她们热爱生活，落落大方，敢为天下先，展示着中国女性的特有魅力。大连女人宛若灿烂之花，迎着早春时节的太阳，盛开了。

大连男人的口音近似胶东，爽直而不乏幽默，有着一种去伪存真的冲击力。尤其大连男人将"海"说成"海儿"，听着极其生动——那么辽阔的渤海一下子被儿化韵了，颇具"笼而有之"的气概。

大连女人的美丽端庄，大连男人豪爽坦荡，这是海洋赋予他们的性格。一个个大连人的性格汇集成为大连城市的整体性格。拥有一千九百零六公里海岸线的城市大连无疑是由海洋注定的。海洋，是大连的关键词。

宿 命

大连历史并不悠久，它因年轻而充满活力。大连因港而兴，依港建市，以港兴市。与中国内陆城市相比，大连有着华洋交织的历史。行走在大街小巷，随处可见俄式和日式建筑，保留着中外文化交融的遗迹，见证着百余年来这座城市"被开放"的历史。

1898 年，经过土木工程师贝尔盖茨和萨哈罗夫勘定，俄皇尼古拉二世敕令在中国大连湾南岸建设码头，这就是沙俄梦寐以求的"西伯利亚最大码头"。俄国财政大臣维特为其命名"达里尼"，俄语意为"远方"。

这是沙俄的远方，却是中国东北的领土。从此租借旅顺口，开发大连港，延伸东清铁路……这座城市在屈辱与抗争中写下自己的历史。

港湾桥、达里尼市政大楼、东清铁路轮船公司……大连城区留存至今的桥梁与建筑，记载着沙俄统治者在这座城市的扩张性建设。中国人的家园却被入侵者开发，这似乎是大连城市的宿命。

然而，进入 20 世纪初期，日本凭借坚船利炮成为日俄战争的获胜者，全面占据大连。沙俄的三色旗落下，日本的太阳旗升起，成为这座城市新的统治者。一贯奉行"大陆政策"的日本获取这座东方天然不冻港，进而虎视中国腹地。

满铁本部、埠头事务所、筑港事务所、汽船公司、福昌公司、码头栈桥……大连城区至今留存的码头与建筑，叠印着日本入侵者长达四十年的血腥统治。

被开发与被开放，似乎成为大连这座城市无以摆脱的宿命。大连与中国近代半封建半殖民的城市相比，则是一座被完全殖民化的海滨城市。这不仅仅是大连的悲剧，也是中国的缩影。纵观中国近代沿海城市，香港、澳门、台北、广州、上海、青岛、烟台、天津……无不打上被侵略被殖民被开发被开放的烙印。

一个人只有摆脱所谓宿命，方可获得新生。一座城市必须摆脱所谓宿命，才能辞别前世进入今生，成为真正意义的国际大都市。

1945 年 8 月，苏联红军进入大连，武装封锁码头，宣布解体"大连埠头局"，改称"大连中苏自由港"。往昔的沙俄，如今的苏联，已成为全世界社会主义阵营的"老大哥"，却仍然以俄文"达里尼自由港"称谓大连。大连，依旧有着强烈的外来色彩。1951 年 1 月，历经五年时光，大连终于完全回到祖国怀抱。

大连，终于彻底成为中国的大连。它不是沙俄的，不是日帝的，也不是苏联的。中国大连：中国是大连的定语。大连迎来今生。

从此，大连海水呈现出真正的蔚蓝色。这是中国的蔚蓝色。

今　生

1949 年 7 月，全国首届文代会在北平召开。五十二岁的老工人刘开忠代表大连港向大会献演《装卸号子》，音调高亢有力、粗犷热烈，表现了大连码头工人坚韧不拔的精神与淳厚朴实的情感，引起大会强烈反响。从此，大连工人阶级站起来了，大步登上历史舞台。

1999 年，大连迎来开港一百周年。百岁老人堪称人瑞，百年港口则焕出新鲜活力。中国的改革开放，给大连港带来空前的机遇，随之而来的是大窑湾保税港区的建立以及长兴岛港区开港。

2003 年 10 月，中央决策把大连港建设成为东北亚重要的国际航运中心。这标志着中国南部以香港、深圳为代表，中间以上海为代表，北面以大连为代表的国际航运中心的总体格局的形成。

悠悠岁月，时光荏苒。2013 年适逢建设大连东北亚国际航运中心十周年，我受大连市港口与口岸局的邀请，第三次来到大连。作家们一路采风，切实感受着改革开放以来的深刻变化。

大连确实变了。我的思绪闪回 20 世纪 80 年代初期的大连码头晨曦里，也闪回 20 世纪 90 年代中期的大连城市街区。

一片片林立的高楼大厦，缩短了城市天际线。一条条立交桥四通八达，将这座城市变成立体。星海公园变了，老虎滩变了，天津街变了，尤其是大连港重心从南湾港东移大窑湾……大连发生的巨大变化，让我无法辨认它曾经的容颜。然而，大连风采依然，它成熟而新丽，宛若渤海的新娘。

我看到，当年一排排日式平房被一幢幢"钢筋水泥森林"替代；当年繁忙的客运码头建成集艺术美食会展于一体的创意产业"15 库"，吸引中外游人光顾；昔日的滚装客运码头从大连迁移旅顺，建设更为便捷的海运通道；烟大铁路轮渡依然发挥着重要作用，一列火车分为五排摆在轮渡上，形同上帝钟爱的积木……

我们深入前沿采风，尽管是走马观花，一路下来却也是感受颇深。那巨变的总体与细节，无不唤起我对大连港的全新认识。

阅　　读

我从"2013 年大连市港航口岸工作报告"里看到，2012 年大连港的货物吞吐量同比增长 11%，位居国内港口第六，世界港口前十名。全港拥有集装箱航线一百零二条，位居国内第七，世界港口前二十名，其集装箱吞吐量同比增长 26%，位居全国港口首位，超额完成"三年超千万箱"的第二阶段任务……

这一系列令人振奋的数据，吸引我们驱车前往大连港采风。乘电梯登临高处，俯瞰大窑湾港口全貌，适逢雾锁海天，大连港尽显朦胧，令人难窥真容。然而，尽管薄雾包裹，我还是感受到大连新港的规模。远处，薄雾里泊岸的巨轮与岸边的塔吊，影影绰绰间显现出它们庞大的钢铁身躯，屹立天地间。

如果说大连港是个整体，那么它是由无数细节组成的。大雾笼罩了整体，却无以掩盖它的细节。有一句文学名言"细节是雄辩的"。于是，我们走进"2013 年大连市港航口岸工作报告"中提及的大连港集装箱发展有限公司，深入体验大连港的"细节"。

走进这幢整洁明亮的大楼，迎面玻璃幕墙绘有扇形图案，刻写着这样的文字："如意如意，人有人意，我有我意，合得人意，恐非我意，合得我意，恐非人意，人意我意，恐非天意，合得天意，自然如意，如意如意，万事如意。"

这句子朗朗上口，体现了中华民族传统价值观的内涵，表达了人与我的关系、主观与客观的关系，以及对"天意"即事物规律的尊重与奉行。

这个细节让我感受到企业文化之风迎面扑来，而且透露出浓重的"国学"意味。

我们与"大连集装箱"员工座谈，结识了这群朝气勃勃的年轻人。他们本身就是大连港的"细节"，他们好像一株株小树，与大连港共同成长着。

参加座谈的年轻人充满青春活力，使人想起一朵朵葵花。他们谈到企业文化，一个个很有心得体会。

大连港集装箱公司，分三期建设。已经建成的"一期"被称为"黄埔"，我喜欢这个形容。这说明它不光是员工们谋生的岗位，更是人才培养的摇篮，正是由于拥有这样的梯队，大连港与大连工人风雨同舟，亲若家人。

参观职工活动室，一个细节引起我的注意。大连港集装箱公司职工图书角的书柜里，存放着几十册文学书籍，均为当代著名作家作品，有韩少功、古华、王安忆、余华，还有铁凝、陈建功、邓友梅、冯骥才等人。令我大为惊异的是这些书籍均用牛皮纸包装着书衣，整整齐齐排列在书柜里。我猛然想起我们已经多年不为书籍包装书衣了。中国人尊崇文化爱惜书籍的传统，几近失传。我发现了这个细节，着实令我感动。

走出大连港集装箱公司大楼，小广场旗杆前有着这样的景观：六根石柱，五圆一方，相环而矗立。旁边有这样的文字解读牌："六根石柱外圆内方，寓意没有规矩不成方圆；五根圆柱在外一根方柱在内，寓意圆通；柱身下面的三种颜色，寓意和谐的三种境界，即太和中和保和；六根柱子象征事物发展的六个阶段。"

这出自周易六爻的智慧，立体而形象地展示在大连港集装箱公司小广场上，诉说着中国古老智慧与当代科学技术的融合，有力证明着这是中国大连港，一座日新月异而又不失文化传统的国际港口。

一滴水，可见太阳。于是，我对大连的阅读也是从细节开始的。尽管我没有感受大连港的整体，却从一个个细节感受大连港新貌。细节让我发现了蔚蓝色。这一个个蔚蓝色的细节，最终构筑成它的整体。这蔚蓝色的整体，就是大连。

这就是我此行蔚蓝色的阅读：大连。大连，我期待你掀开新的篇章。

太阳岛小记

三十多年前深秋初次登临太阳岛，我是从斯大林广场的码头乘船渡江的。东北的节气往往早于华北，已经一派萧索。记得我特意添加了一件毛衣。那时候我在工厂当技术员，出差哈尔滨电机厂专门学习巴氏合金技术。

学习归学习，我还是专程去游览了太阳岛。深秋了，然而岛上的树木依然绿着，而且绿得很是顽强。那时的太阳岛，小路加野草，静谧而不失本真，有着一颗令人难以言说的"岛魂"。它与郑绪岚歌唱的太阳岛，我以为是完全不同的。尽管郑小姐也是我们天津人。她歌唱的太阳岛似乎只有夏日阳光。我以为更不应当忘记太阳岛深秋的沉郁。太阳岛深秋的沉郁，给我留下了终生难忘的印象。

二十四年之后的今天，我再度前往太阳岛，真是恍如隔世。一条柏油路直通大门口，已经无须乘船了。无须乘船，那么"岛"的意味似乎淡化了。

太阳岛成为公园了。公园进门是要购票的，而且井然有序。改革开放经济大发展，世人皆知的太阳岛已经被建设成为一座现代化气息极其浓烈的公园。

一切都是这样井然有序。这是我二十四年之后再次登临太阳岛的强烈感受。井然有序，却没了二十四年前的渡船。我们在阿城市朋友们的陪同下，乘车前往。由于乘车直达，我竟然感觉太阳岛已经不是岛了。这种感觉怪怪的，好像就是因为没了那只渡船。

适逢周末，太阳岛公园可谓游人如织。无论江上泛舟、林荫漫步，还是嬉水江岸，茶座品茗，皆为休闲娱乐，心情煞是轻松。站在奔流不息的松花江边你会想起具有百年历史的"哈啤"，乘坐环岛行驶的游览车你不会忘记余香在口的俄式"大列巴"。中西文化的交汇融合，产生了中国北方名城哈尔滨，可这风景宜人的地方为什么得名"太阳岛"却是我所不知的。太阳岛——这名字多么美妙啊，无论什么人听到这座岛的名字，都情不自禁地眼前一亮。啊！太阳岛。

太阳岛自有太阳岛的历史。太阳岛在郑绪岚的歌声里成长。太阳岛在改革开放的新时代成为世人瞩目的地方。是啊，太阳岛向着太阳，正在发生着巨大变化。

可是，不知为什么我还是怀念二十四年前的那座充满野趣的太阳岛。我想，那时候的太阳岛一定记载着我当时的心情吧。我当时究竟是怎样一种心情，如今已经淡忘了，淡忘得干干净净。可太阳岛犹在。由此看来，一个人的心情与太阳岛相比，只是一朵浮云而已。天之苍苍其正色耶？太阳岛则经受着时光的打磨而永远存在——尽管她有时变换了面孔。

我没有告诉同行者这是我平生第二次登临太阳岛。因为这毕竟出于一种心情。是啊，这正是太阳岛在我心中的永久魅力。

因为，每个人心中都有他自己的太阳岛。

重返故乡满眼新

走进沈阳铁西区的中国工业博物馆，大厅迎面大型古铜色浮雕，两个炼钢工人挥舞钢钎牵出火龙，钢花飞溅。一个引钩工人指挥起吊钢水包，浇铸出红彤彤的世界。火车头和拖拉机，普通车床和皮带运输机，空压站和油罐，还有遍布工厂血脉的管道……虽然离开工业战线多年，这场景依然吸引了我。

这座工业博物馆建筑面积六万平方米，已建成铸造馆、汽车馆、铁西馆、冶金机械展区，以及露天展区。我做过六年铸造工人和两年铸造技术员，抬头看到"铸造馆"方向标，好像听到当年师傅呼唤，快步跑了进去。

这原是沈阳铸造厂的车间，完好地保留着当年样貌。当年的铸造生产设备成为如今铸造展馆的陈列物品，似乎还散发着热度，透露出钢铁的性格。

仰望那台俗称"天车"的桥式起重机，主钩与副钩高悬，似乎等待地面指令起吊砂箱。走到碾砂机前我想起"打芯"使用的油砂、大粒、煤砂，那是我身穿劳动布工作服的岁月。

手动压铸机、壳芯机、震动造型机，还有储砂斗和送风管道……一台台铸造生产设备触手可及，无不凝固着昔日荣光。

铸造展馆的两座冲天炉，原汁原味保留完好，好似两尊钢铁巨人等待投进焦炭和铁锭，然后点火鼓风熔化铁水。我凭仗经验估测化铁容量，果然是两座十吨冲天炉。回忆我曾为轧辊车床床身设计铸造工艺，几番计算浇铸所需铁水量，不禁恍惚如昨。

其实昨天已然远去。前几年有影视公司意欲拍摄工业题材电视连续剧，居然难以找到重现计划经济时期的工业场景。我们的工业历史遗存正在消逝。于是，这座工业博物馆便显出它的工业文物价值与工业美学意义，可谓功德无量。

铸造展馆里陈列着几项铁西铸造的"工业之最"：直径最大的 2.2 米口径铸管；体积最大的 115 吨立式车床横梁；铝合金铸造最大的超高压断路器壳体，还有厚度只有 0.38 毫米的最薄铸件……我学的是机械制造铸造专业，当然懂得这几项"工业之最"的分量。

穿过冶金机械展区，走进铁西展馆。工业是铁西的根，工业是铁西的魂。打从 1905 年现代工业兴起，特别是新中国"一五""二五"计划的实施，铁西工人阶级以主人翁精神，掀起社会主义建设新高潮，他们创造的新中国工业数百项第一，可以说数不胜数：第一个铸造用机械手、第一个自主研发的管模、第一根超高压管的样管、第一台万能式钻床、第一台八轴立式机床、第一台精密丝杠机床、第一台五轴联动机床、第一台水压机……新中国首枚国徽也在这里产生，然后挂到天安门城楼上。

铁西因工业而诞生，铁西为工业而成长。新中国成立以来铁西援建包建国内企业高达 103 项，分布在祖国 29 个省市区，包括全国闻名的第一重型机器厂。铁西经过多年自力更生艰苦奋斗，形成以机电工业为主体，以国有大中型企业为骨干的综合性工业基地，为我国建成独立的现代工业体系做出巨大贡献，因此被誉为"共和国的工业长子"和"共和国装备部"。

然而，当历史车轮驶进改革开放新时期，作为计划经济体系下最具代表性的铁西工业区，面对市场经济的严峻挑战，只得放缓脚步直至面临困境。1986 年 8 月 3 日，沈阳防爆电机厂宣布破产，这是新中国成立以来首座正式宣布破产的国营企业。破产——这是多么陌生而震惊的字眼。多少年过去了，我还记得读到这则新闻报道时的复杂心情。

企业关停，工人下岗，资金匮乏，人口外流。昔日共和国工业长子的殊荣，光环褪去。如何振兴东北老工业基地，几成难题。我的工业题材长篇小说《原址》，尽管故事背景与人物原型不是来自东北老工业基地，小说主人公面临的生存困境，却与铁西人的艰苦跋涉实无二致。

时过境迁。铁西究竟怎样走出企业生存困境呢？我的记忆还停留在如何振兴东北老工业基地年代里。

我们来到铁西新区展位前，共同感受共和国工业长子的艰难拼搏历程。几经浴火，走向重生。早在 2006 年铁西初步完成老工业区调整改造任务，便科学谋划未来发展大目标，重点规划"先进装备制造基地"，制定了"92125"发展战略，即做大做强数控机床，重矿机械，环保装备等九大产业；创建沈阳机床集团、沈阳鼓风机集团等二十个世界级企业；打造一百个世界级产品；发展仪器仪表、模具以及铸锻等二十个基础产业群；建设基础制造、公共研发、金融服务、现代物流、人才培养五个公共服务平台。这个"92125"发展战略，实乃大手笔，令我感到强劲的"东北风"。

制造业是铁西传统强项。因此我特别关注"先进装备制造基地"规划远景，如今北方重工集团已然将蓝图变成现实。一张张高端产品图片呈现面前：大型全断面隧道掘进机，复合式土压平衡盾构机，泥水平衡盾构机……

铁西自行设计制造大型盾构机——我的沉郁情绪被阳光穿透，我的陈旧记忆被瞬间刷新，心情很是振奋。20 世纪 70 年代初，天津是国内第二座建造城市地铁的城市。苦于施工设备落后，全凭人海战术作业。记得地铁沿线大街被"开膛破肚"完全断交，马路两侧只留人行便道，逼仄拥挤，难免发生市民坠落事故。进入 20 世纪 90 年代有了盾构机，可以做到封闭式地下施工。然而谁都知道由于受到技术专利制约，我们只得付出巨资引进国外盾构机。一条条蓬勃发展的中国城市地铁，似乎成了被缚手脚的钢铁巨龙，难以完全自主前行。

从老铁西的传统机械制造业到新铁西的先进装备制造业，沈阳励精图治浴火重生，大步迈向新型工业化道路。

近十年来，沈阳机床集团、沈阳鼓风机集团、沈阳变压器集团……一大批具有国际竞争力的企业在这里崛起；近十年来，核电机组电动辅助给水泵，系列车铣中心，单相自耦变压器……一大批具有自主知识产权的世界级产品在这里诞生。参观铁西新区成就展，仿佛置身鲜活明亮的美丽新世界。

　　铁西是前世，东软是今生。坐落浑南的东软医疗系统公司，便是沈阳工业今生的典型代表。这家具有自主知识产权的民族企业，早在1997年研发全身CT—C2000并实现产业化，一举打破CT技术被少数发达国家的垄断，促使那些跨国公司的CT产品降价高达30%，售后服务价格下降50%。极大地推动了CT项目检查在我国基层医院的普及。我们都有这样的记忆，当年中国普通患者接受CT检查，必须提前多日预约而且收费昂贵。由于购置医疗设备资金不足，不少医院只得引进国外落伍的"二手货"。东软自主研发的新型CT机向充斥中国医疗市场的"二手洋货"发出挑战，宣布推出CT机以旧换新活动，请那些陈旧落后的洋货下岗回家。东软是独立自主的民族企业，就是要让中国医院使用最为先进的医疗设备。这无疑给中国广大患者带来福音。

　　东软2007年便获得国家科技进步二等奖，然而企业并未停步。中国第一台螺旋CT研发成功并通过CE认证；中国第一台彩超研制成功；中国第一台16层CT超导磁共振及直线加速器、PET新品发布；中国第一台128层螺旋CT研发成功；全球第一台与医生智慧链接的超高端CT发布……尤其PET/CT的研发投产，这种正电子发射计算机断层扫描仪对全身肿瘤早期筛查，提供宝贵的技术支持。东软医疗连年发展壮大，先后成立美国分公司，中东、越南、秘鲁、俄罗斯子公司，已经成为名副其实的全球性科技制造公司。

　　参观新松机器人自动化公司，同样令人振奋。这里设有国内唯一机器人国家工程研究中心，堪称中国科技实业崛起的样本。新松公司曾经荣获第十七届中国自动化及智能化年度"智造示范奖"，从"制造"到"智造"，音同义不同，说明中国制造业的巨变。新松公司的产品有工业机器人、移动机器人、服务机器人、特种机器人、智能装备、智能物流、智能工厂、智能交通、智慧生活几大类，处于同行业先进水平。

　　特别是智慧生活类机器人，引发我们很大兴趣。智慧生活类包括智能养老、医疗康复、家庭陪护、智能服务等系列机器人，能够在广阔领域为人类生活提供帮助，从而深刻改变我们的日常生活。我们在现场轮番提问那个名叫小科的机器人，它眨着大眼睛对答如流，聪明伶俐活泼可爱，一瞬间我觉得它无异于人见人爱的孩子。很显然，我们所说的智能时代其实已经到来。我们对机器人的认可，也就是对未来生活的认同。

新松机器人自动化公司的名称，令我想起杜诗"新松恨不高千尺"。他们继承发扬铁西创业创新的精神，势必茁壮成长而其势参天。

铁西的工业文化源远流长，形成独特的历史人文积淀。"1905 文化创意园"的落成开放，就是要留住铁西工业文化的根，保住铁西工业文化的魂。这座建筑原是沈阳重型机械厂金工车间，完整保留原址独特的工业建筑风貌和内部框架结构。我沿着走廊穿行其间，发现脚下正是当年起重机行车梁，身旁钢铁装饰正是当年车间通风管道。处处可见铁西工业遗存，时时感受当代文化艺术氛围。小剧场、独立书店、沈阳往事酒吧、原创手工作坊、世界青年艺术展、美术工作室……工业历史文化与现代文化艺术巧妙相合，使 1905 文化创意馆成为新铁西文化地标，3A 级著名工业旅游景区。

走出 1905 文化创意馆，回头望见北侧大墙镶嵌"铁西"二字，据说每字重达三吨，它是沈重集团用最后一炉铁水浇铸而成。这既保留了铁西老工业的历史记忆，也开启了新铁西的腾飞记录。

我深受感动。此番铁西采风我的工业记忆被唤醒。我不是沈阳铁西人，却有重返故乡的感慨。毕竟工厂有我的根……

图书在版编目（CIP）数据

为有暗香来／肖克凡著. — 北京：中国文史出版
社，2020.3

（中国专业作家散文典藏文库·肖克凡卷）

ISBN 978 - 7 - 5205 - 1646 - 4

Ⅰ. ①为… Ⅱ. ①肖… Ⅲ. ①散文集 - 中国 - 当代

Ⅳ. ①I267

中国版本图书馆 CIP 数据核字（2019）第 262200 号

责任编辑：蔡晓欧　薛未未

出版发行：**中国文史出版社**

社　　址：北京市海淀区西八里庄 69 号院　　邮编：100142

电　　话：010 - 81136606　81136602　81136603（发行部）

传　　真：010 - 81136655

印　　装：北京东君印刷有限公司

经　　销：全国新华书店

开　　本：720×1020　1/16

印　　张：18　　　　字数：256 千字

版　　次：2020 年 5 月第 1 版

印　　次：2020 年 5 月第 1 次印刷

定　　价：58.00 元